花の残日録

Ogawa Seiya
小川征也

作品社

花の残日録

1

ペリーが浦賀に来てから何年になる？　だのにまたまたアメリカに押し込まれ、昨今やたらと弁護士の数を増やした。若い連中はひどい就職難だそうで、議員秘書の公募に殺到したり、軒先弁護士といって法律事務所に名札だけ置かせてもらっている者も存在する。

私はこういう不遇な弁護士に同情以上のものを覚える。どちらかといえば自分もそちら側に属しているからだ。

何とか弁護士の数を減らせないものか。

そんな思いが最近は夢にまで現れ、今日も事務所のソファで寝ていると、弁護士会館の大講堂が出現した。「司法試験合格者数を四分の一に減らせ」「粗製濫造を憂う」「アメリカは司法から手を引け」などとぶちまくると、巣をつつかれたスズメバチのように興奮し、全員ジャンプまで始めた。その轟音、その振動は地軸を揺るがすほど凄く、大講堂の床をぶち抜くのにさほど時間はかからなかった。ああ、ああ、同業者が落下してゆく……。

だけど、これで弁護士の数もだいぶ減るから、まあいいか。そう思ったとたん自分の体も墜落し、どーんと尻に強い衝撃を受けた。

「先生、だいじょうぶですか」

「ああ、夢だったのか」

事務員の下村まどか女史が傍らに来てボスの無事を確かめると、身を屈めソファの下を点検した。先日この底が抜け、女史が法律書を積んで応急措置を行ったのが、夢のジャンプで何冊かずれてしまったらしい。

「補強が足りなかったようだわ。もう一段高くしますか、それとも新しいのを買いますか」

「とりあえず前者でお願いします」

私はソファの肘掛に手をついてそろりと起き上がり、道路側の窓に歩を運んだ。ここはエレベーターのつかない四階建ての三階である。新橋駅から近いわりに家賃は安いけれど、飲食店がゴタゴタとひしめき、顧客の寄りつきには劣悪な環境である。

窓の向こうは、四メートルの道路を隔てて同じようなモルタル塗りの古ビルで、三階は税理士が借りている。頭髪をきっちり七・三に分けた几帳面そうな男で、あちらも窓に寄り所在なげに佇んでいた。こちらが会釈しようとすると、まずいものを見たように目を伏せ、逃げるように窓を離れた。

「向うさんは、だいぶひまと見えるな」

机に戻ると、「どうぞ帰ってください」と女史に声をかけ、一時間後に事務所を後にした。

赤坂の氷川神社裏にある鈴木医院に着いたのは午後七時頃だった。以前はこの家の洒落た三角屋根が神社の大木に映え、森の中の一軒家のようだったが、周りはすべてマンションになった。

鈴木医院も六、七年前、庭の一部にコンクリートの平屋を建て、診察室を出っ張らせた。以前は優雅な貴婦人のような二本の楓に迎えられ、その下の敷石を踏んでいくと、それだけで名医の診察を受けられると実感したものだ。ただしこれは今の順一医師の父君が健在だったときの話だ。

待合室にはまだ五人の先客がいた。どうせこのあと順一と飲みに出るのだからとのんびり構えていると、誰かがこんなエピソードを書いていたのを思い出した。それは医師会のボスであった武見太郎の診療所風景をスケッチしたもので、近衛文麿は静かに順番を待っていたが、吉田茂は入ってくるなり診察室へ直行したとあった。この二人がまだ生きていてここに診てもらいに来たら、と私は想像し、ちょっと愉快になった。近衛さんは変わらないが、吉田ワンマンは順一医師の優しい、無言の手つきによって待合室へ戻ることになるだろう。

四十分ほどして名前を呼ばれた。私はあとの予定を考え、診察室に入るなり用向きを伝えた。

「食欲、体調は変わりありませんがこのところ便秘がちで、ときどき腹が痛みます。例のとおり軽い下剤を処方してください」

去年もおとしとしも秋口にこうなり、順一の診察を受けている。例の下剤で済むと、私は気軽に考えていた。医師は立ったままの私に対し黙って椅子を示し、「上を脱いで」と一言いうと、いささか偏執的なほどじっと私の顔を観察した。それから聴診と打診で上半身の表と裏を診察し、それで飽き足りないのか寝台に横になるよう指示した。「喉がからからなんだけど」といいながらも私は従った。患者からいきなり処方を指示され、プライドを傷つけられた医師が患者を懲らしめてやろうというのか。

しかしそんな安易な気持ちは仰向きになったとたんに吹っ飛んだ。腹をさぐる手つきがこれまでの診察とちがい繊細で、医師の憂慮が精緻な指先から伝わるように感じられた。鳩尾の左下あたり、一点を中心にその近辺をさぐるように少しずつ動き、その圧力にも微妙な強弱が加えられた。「超音波検査、やるよ」と医師が告げた。その声は低く太く、ぶっきらぼうに感じるほど一本調子だった。

後で振り返ると、私はこのとき覚悟の半分ぐらい出来てしまったように思う。それほどシビアな雰囲気があった。

医師は目的を、癌があるか検査することと短くいい、その機能について私のようなメカに弱いものでもわかるように説明した。私は検査の間目をつむりモニターの方を見なかった。自分が癌だったら順一にどんな顔をしよう、それが治療の難しいものだったら告知する医者はどんなに辛かろうと、そんなことばかり脳裡に去来した。

検査が済んで服を着、医師と向かい合った私は、今大地震が起きて天井が落っこちてきてもびっくりしないぞと腹に力をこめた。私はわりと平静だったと思う。

医師はすぐに口を開かなかった。白皙の、すっきりした細面に形のよい鼻。縁なし眼鏡の中の切れ長の目は屈託ないほど明るく、いつもどおりの順一に見えた。私は少しほっとし、「結果はどうでした」と自分から質問した。医師は「うん」と深くうなずき、ひと呼吸してから「膵臓がちょっとね。うっすらとだが影が見られる」と静かな口調で答えた。私は親父を膵癌で亡くしているので、この病気のことはわりと詳しく知っている。この臓器は胃の後ろにあり、血糖値を調節するホルモンと消化酵素を分泌し、医学上は頭部、体部、尾部に分けて考察される。中でも体部、尾部は症状が出にくく大変厄介であるとされている。

「で、異状が見られるのは膵臓のどのあたり?」

「体部へんと考えられる」

「ふーん」といいながら私はあわてて視線をそらせた。医師の目に薄雲のかかりそうな気配を、そのまばたきから察したからだ。私は意識してフランクな口調を使った。

「腹具合の悪いのは膵がんの徴候だったのか」

「たぶんそうじゃなくて、年中行事のあれだと思う。いつもの薬処方するよ」

「つまり癌はまだ症状としてはあらわれていないのか。親父より少しは時間がありそうだ」

親父は背部痛が起きるまでとくに不調を訴えることもなく、発症すると急坂を滑落するように三か月後に亡くなった。その経過は順一医師も知っている。

「大学病院を紹介するから早急に検査を受けてくれ」

「紹介状には膵臓体部に癌の疑いあり、と書くのか」

「紹介状は封筒に入れて糊付けするから、中身は見られないよ」

順一はただちに大学同期の医師に連絡を取り、「あさって行けるか」とこちらの都合を聞き、

「二時に大事な和解があるけど、一時半までなら」と私は答えた。

「それじゃともかく検査を受けてくれ。なに、エコー検査の精度は低いし、うちのは最新鋭じゃないからな」

「鈴木医師は触診で掘り当てたんじゃないのか。厄介な金鉱を」

「僕は神の手を持った医者じゃない。待合室で待っていてくれ」

二十分後、私と順一は六本木の焼鳥屋の止まり木に、常連客の顔をして坐っていた。いつものように串のコースを頼み、酒は生ビール一杯の後日本酒へと、自動的な調子よさで進んだ。周りの何もかも、変わりはなかった。燻った店の明かりも、大将の胴間声も、香ばしい炭火の匂いも。

私は毎晩のように酒を飲むが、酒量は並であり、対して順一は倍ぐらい強くピッチも速い。だから、二人で飲むときはマイペースの手酌と決まっている。この間二人はジョークの応酬を散発的にやるほかは、だいたい鈍行列車が駅に停まるぐらいの間隔で会話を交わす。高校の級友で気心が知れているから、これで十分なのだ。

今夜はさすがにジョークも冴えず、焦った私はとうとうこんなことを口走った。

「酒のおかげで病変が消えそうだ。スイガンモウロウとしてきたぜ」

順一は「うん?」と一瞬首を傾げたが、ほとんど同時に「酔眼」と「膵癌」の文字が瞼に浮かんだらしく、「草平!」と私を叱りつけた。

翌々日、文京区千駄木にある私立大の附属病院に八時半に着き、さほど待たされず診察室に通された。紹介された大森医師は、まん丸の目とワイドに開いた耳がディズニー風で、私をほっとさせた。これまでの病歴、この一年の体調、父親がたどった病状についても丁寧に聞き、聴診、触診の後検査の説明を行った。その中にエコー検査もあったので、「鈴木医院でもやりましたが」というと、「いやCTと併用し、補完するのです」と答え、「使用するCTには転移を調べるPE

Tという装置もそなわっています」と言い足した。検査はそのほか色々あったもののわりとスムーズに運んだが、地裁の和解があるため一週間後を予約し、病院を出た。

それから予約日までのあいだ、ひまが出来ると膵癌の研究に没頭した。ただ、私の場合、自分が見たおやじの膵癌がどっかと根っこにあった。記憶によると、おやじは死ぬ四か月ぐらい前から背中に痛みを感じ市販の鎮痛剤を服用、一か月後痛みが強くなり病院で受診し即入院、腹を開いたところ手遅れとわかりいったん帰宅、一か月後再入院し二月後にそこで亡くなった。このとき教えられたのは、膵癌という病、症状が急に現れ、急速に周囲にひろがり、激痛を引き起こすということだった。いずれにせよ、告知されることを仮定し、準備だけはしておかねばならない。

弁護士会の図書館には専門家用の医学書が何冊かあり、このほかやさしい解説書や癌一般についての概説書なども購入し、ざっと通読した。概説書によると、癌細胞は遺伝子の変異の蓄積によってもたらされるそうで、親父のDNAを受け継いでいる自分は、親父と同じ経過をたどると、一応心しておかねばならない。また、どの本にも共通しているのは、膵癌は手術に適応する事例が少なく、一応適応と判断されても予後が悪く、手術しない場合の放射線や化学療法もさして延命効果がないということだった。手術に関する記述で驚いたのは、適応とされた症例でも三十パーセントは手術中に不能と診断されるとのこと、もっと驚いたのはこの癌を切除する割合が英国では数パーセント、わが国では六十パーセントであることだった。これ、本当だろうか？　私は何度も読み返しながら、親父が空しく腹を開かれたのを悔しく思った。

超音波検査についてはどの本も、小さな膵癌は検出が難しいとあり、だとすると自分のは相当大きいらしいなと想像してしまう。私の思考は自然に、手術した場合の予後の良し悪しに移った。これも驚いたことに、三年内に九十パーセントくらいが再発し、ほとんどが再手術不能だという。

それでも私は自分に即し手術適応について検討してみた。問題は癌の進行がステージⅢのように一応手術適応があるとされる場合である。たとえば腫瘍径が二センチを超え、リンパ節転移が局所にとどまる場合がこれで、自分がそうだったら、どうするだろう?

私は四十五歳、職業人としては現役真っ只中にあり、何もしないでぶらぶらしていられる身ではない。手術したのはよいが、その後の三年をもっぱら療養に過ごすなんて真っ平だ。その向こうに復帰の可能性が展望されるのなら別であるが。

このように私が仕事を強調するのは、妻も子供もおらず、唯一気がかりなおふくろにしても、私よりしっかりしているからだ。生きる目的は何か、自分の尻を鞭打ち励ましてくれるものは何か、とあれこれ模索し、結局仕事しか頭に浮かばなかった。これには我ながらびっくりした。いままでこんなに仕事一途な自分を見たことがないのだ。

さて仕事を続けるとなると、二つの道の一つを選ばねばならない。事務所を閉鎖してイソ弁になるか、わが「浪漫法律事務所」を継続するかである。前述したように、現今弁護士の数は飽和状態で、イソ弁に雇われるのはなかなか難しい。まして膵臓癌を患った人間を採用する事務所などめったにないだろう。仮にそうなれたとしても、担当事件にどれほどの力を注げるか自信がない。つい腰かけ的な気持ちになるかもしれないし、実際病気が再発すれば即刻事務所にも依頼者にも迷惑をかけることになる。

私はやはり、一切をやり遂げる責任を負う、今のままを続けようと決断し、手術を受ける条件として次の二点を設定した。

一つは、退院後一か月で仕事に復帰できること。

休業中は法廷を延期するかピンチヒッターを頼むことでしのいでも、二か月が限度である。

二つは、術後二年間、ほぼ無事で仕事をこなせること。

この二年というのは、新件を受ける期間を一年に限るとしても、その終結に一年かかるという概算に基づいている。

たぶん、この第二の条件はハードルが高くて医師を困らせるだろう。それでも私は無礼を承知で判断を仰ぎ、医師が相当程度の可能性を認めるならば手術を受けようと思う。けれど、医師がどちらとも答えず、自分の決意もあいまいなまま手術を受けるのだけは避けねばならない。

手術をするのかしないのか。それは医師が決めることではなく、自分の決断にかかっているのだ。

自分にしてはまことに珍しい、不退転のこころの決め方だった。私はこれを順一医師に伝えたうえ、病院に赴いた。

結果は膵体に二・二センチの腫瘍があり、リンパ節へ局所的に転移している、というものだった。

私は告知する大森医師のモノトーンな声を聞きながら彼の手を見ていた。耳とは大違いに繊細そうな指で、これは神の手かもしれないぞと、とっさに質問した。

「先生、手術は可能でしょうか」

いきなりずばっと突っ込まれ、たじろいだのか、医師は目をぱちぱちさせ、「可能ではあります」と尻すぼみの声で答えた。それからひと呼吸おき、「膵臓の周囲は血流や神経の分布が豊富で、手わざでやる手術を難しくし、また、癌細胞が背中の後腹膜というところに散らばりやすいのです」と諄々《じゅんじゅん》とした口調で説明した。丸い目に隠しようなく憂慮の色が浮かんでおり、先生は正直に手術の無益さを表情に表しているようだ。私はそのように見たものの、用意した二つの条件を医師にぶつけた。

「手術を受けるとして、退院後一か月で仕事に復帰したいのですが」

「他に疾患もなく、体力もおありになるから、それは可能でしょう」

「私、一人で弁護士をやっておりまして、あと二年は働きたいのです。何とか無事に二年過ごしたいのです。先生、どうでしょうか」

「うーん、それは……難しい質問ですね」

「可能性はどうです。先生から見てかなりの可能性があると思われますか」

「百田《もも た》さんの場合、お仕事と相関的に判断しなければなりませんね。仕事はハードでしょうから、率直にいって、かなり可能性があるとまでは申せません」

「手術しない場合、放射線や化学療法で生命予後を改善できますか」

「ノーです。化学療法は半歩ほど前進してますが、まだまだです」

「それでは緩和ケアしかありませんね」

「まあ、手術の適否をつきつめると、そう答えざるをえません」

「まだ症状は自覚しておりませんが発症はいつ頃になりますか」

「膵体部の顕著な症状としては腰背部の痛みですが、明日にでも発症するかもしれません。あるいはまだまだ先になることも」

「今後のことは鈴木医師に任せようと思うのですが」

「そうしてください。我々の同期に緩和ケアの専門家がおりますが、関西におりますので彼と相談しながらやってくれるでしょう」

「ありがとうございました」

ある程度こころの準備をしていたのでショックを受けて茫然自失することはなかった。会計を待っていると空腹を覚え、そのことからこんな風に思考が展開した。これは順一の処方が利いているんだな、あいつは名医かもしれないぞ、腹具合の悪いのは膵癌と関係ないと診断したのだからな。この場に限っていえば、私は法廷にいるより平静だったろう。

病院の食堂に入り、オムライスとコーヒーを注文した。小講堂ほどの広さの中、半分ぐらいテーブルが埋まり、入院患者と見舞客らしい人たちも何組かいた。室内は壁も天井も淡いクリーム色に統一され、広い窓から斜めに射した陽がほこほこと私の背中を温めた。すべては変哲もなく、活き活きと明るく、ウエイトレスはまだ夏の制服を着、二の腕を露出していた。

オムライスをぺろりと平らげ、コーヒーにかかったとき、こんな疑問に襲われた。ここにいる人たちで、俺より先に死ぬ人間が何人いるだろう。むろん入院患者も含めての話だが……。私は即座に考えるのをやめようとしたが、その前に結論が出た。たぶん俺より先に死ぬやつは一人もいないのではないか。ただの一人も、だ。それにしてもなぜこの自分なんだ、どうしてどうして自分が先なんだ。胸のうちで呪文のように唱えながら、椅子を立った。

病院を出るとすぐ目の前に根津神社の石の鳥居と拝殿の青い屋根が目に入った。私の足は来るときの大通り経由を避け神社の境内に入っていった。正面の朱塗りの鳥居へと敷石を進んでいくと、餌をつついていた土鳩が私とぶつかる寸前に飛び立った。ザーッと通り雨のような音を立て、鳩たちは私の来た方向に飛び去った。そのあとのぱたっと音のやんだ、水底のような静けさ。するときゅうに物の形や色彩が鮮やかに目に映じた。今日は上天気だけれど日差しはやわらかい。だのにこんなにくっきりと見えるのはどうしてなのか。もうすぐ死ぬと自覚した人間は神経が研ぎ澄まされてこうなるのか。境内には名所になるほどたくさんの躑躅《つつじ》があり、長い築堤の上に幾重にも半円を連ねている。それが九月というのにつやつやと青葉を輝かせ、池はそれを映し冴え冴えとしている。私は小さいときから何度もここへ来ている。この季節、葉っぱは暗い緑になり、池は濁ってどろっとしているはずだ。

境内を出ると爪先は右の路地へと向いた。ここは歩いた記憶がなく、一戸建てと低層マンションの混在する街区も初めて目にするものだった。道は上り坂から石段となり、十段ぐらい上っては左へ折れ、そしてまた同じような石段へ、くねくねとつづく。不思議なことに人っ子一人通らず、犬の吠え声もしない。ただ白壁に照りつける陽光と濃いものの影があるだけで、ふと脳裡に「廃市」という文字が浮かんだ。ここは地中海のどこか、人の住まわぬ街か？

いつの間にか道は真っ直ぐ平坦になった。ここも異邦の地であることに変わりなかったが、少しして大通りに突き当たり、私ははっと我に返った。ここが言問通りだとわかり、とたんにこの通りから離れたくなったのだ。高校時代よく走らされた所で、あのときのしんどさが、人生の激変で、懐かしさにかわりそうな気がしたからだ。

私はすぐに言問通りを左に折れた。幅六メートルほどの道がなだらかに下っていて、区の案内板が「暗闇坂」と教えてくれた。右側はずっと東大の構内で、頑丈そうで無骨な建物が連なり、巨大戦艦のごとき押し出しで細い坂道を睥睨していた。私は気持ちが折れそうになるのを覚え、反射的に足を早めた。すると、それが脳にひびいたのか、かえりみて心残りのことどもが次々と頭に浮かんだ。

一番目は長編小説「大統領夫人の恋」だった。これはすべて未完である私の小説の中の一つで、日本の革新党の党首との恋をどう決着させるのか、十五年もペンディングになっている。

次はクサ亀の「ぽん太」の甲羅が現れた。この亀は結婚の一年前に飼い始め、結婚によって実家に預け、離婚後すぐ引き取ろうとしたら、頭を甲羅に引っ込めて抗議し、まだ和解が出来ていない。これも十五年になろうとしている。

三番目は杉森豊だった。彼とは中三の一年間、通学時にすれちがうとき「おはよう」を言い合った。そうして一年がたったあの日、一度だけ話をする機会を持った。そのとき彼は貨客船の船長になって、君に絵葉書を送るよと約束したのだが……。

杉森の顔が消え、忽然と目前に不忍池が現れた。私はひと休みしようと公園に入り池畔のベンチに腰を下ろした。対岸に手漕ぎボートなど遊具がずらりとならび、みんなゆらゆらと居眠りしていた。あのアヒルの形をした大きなのは何と呼ぶのか、足で漕ぐのか、舵はついてるのかなどと考えていて、ふいに最重要課題に突き当たった。携帯で鈴木医院を呼び出すと、午後は休診なのに医師が出てきた。「結果が出たよ」「大森君から連絡があった。今からこちらに来られるか」「じゃあそうするよ」。

私はゆっくりと千代田線の湯島まで歩き、同線の赤坂で降りた。情報がすでに届いてるせいか、鈴木医院へ五分の道のりを、さして緊張もせず歩いた。診察室で順一と向き合うと、私は「そういうわけで」とだけいった。医師はうんうんと二度うなずき、ごく自然に見える微笑を浮かべた。この男もだいぶ修練を積んだと見える。

「面倒、みてくれるね」

「うん。緩和ケアは若輩だけどね」

「ひとつ、お願いがあるんだ」

「何なりと」

「いずれモルヒネを使うことになるね」

「それはそうなる」

「原料はケシだよね」

「ああ」

「それなら原料の同じ、アヘンを使ってもらえないか」

私は渋い顔の順一にこんな話をしてみせた。グレアム・グリーンの小説にサイゴンでアヘンを吸飲する場面が出てくる。白い絹のズボンと花模様のローブを着た美しいアンナン娘がその介添えをしてくれる。熱くなったアヘンの軟膏を煙管の火皿の縁で針を回しながら練るのだが、灯に照らされて娘の肌の色は琥珀色に見える。これはランプの炎の色でもあり、女の肌からほんのりアヘンの香りが立ちのぼる。

「どうだろう、こんな風に優雅にやってもらえないか」

「よかろう。ズボンとローブと煙管はこちらで用意する。美しいアンナン娘とアヘンはそちらで調達してくれ」

「ダメモトでやってみるよ。商事と物産に友人がいるから」

私はもう少しグリーンの小説を引用した。主人公がアンナン娘を見ながらボードレールの詩をつぶやく場面である。

「いとし子よ、妹よ　のどかに愛し　愛して死なむ、君にさも似しかの国に」

このあと私は睡眠導入剤をもらいたいと医師に頼み、処方箋を手にすると「お世話になります」と頭を下げた。まだ日が高く、順一の気持ちを察すると、酒を誘う気にはならなかった。

私は死ぬのが怖い、大変に怖い。どうしてそんなに怖いかというと、死んだ後どうなるのか、どこへいくのか、まったく想像がつかないからだ。死に近づきつつある状態でキリストに会ったとか或る星に行ったなどと臨死体験を語る人がいるが、これも希薄な意識の中の幻覚だろう。実際に死後の世界に滞在し、ふたたびこちらに帰還した人は地球上に存在しないから、歴史に学ぶことは不可能だ。

とはいえこの問題は私にとって非常に深刻であり、どうしても解明したい。私は仕方なく宗教書に助けを求めた。もう時間がなく、駆け足の拾い読みとなる読書を、まず仏教からスタートした。おやじが「うちの宗旨は浄土真宗だ」といって法事を東本願寺の末寺に頼んでいたのを思い出したのだ。そういえばおやじ、たまに「ナミアムダブ、ナミアミダブ」とぼそぼそ唱えていた。一度も親鸞の名を口にしたことがなかったから、何か悩みがあるときだけの念仏にちがいないが、そう不自然には聞こえなかった。

私の知りたいのは自分が死んでどうなるかの一点であり、ずばり答えているのは一冊しか見当らなかった。この著者は、肉体が滅びても霊魂は不滅であり、輪廻転生のことわりによって別のものに生まれ変わる、と説いている。何に生まれ変わるかは生前の行いによって決められるそうで、私はひき蛙に変わるかもしれない。私はここで思案した。霊魂は不滅であるというが、内に記憶装置をそなえているのだろうか。いや、それは肉体にそなわっているもので、肉体が滅べば当然に消滅するのではないか。そうでなければ、ひき蛙になった自分が人間時のしあわせを思い出し、塗炭の苦しみを味わうことになる。案の定或る仏教書に「現世において前世の記憶がよみがえることはない」と述べられていた。さてそうすると、前世の百田草平と現世のひき蛙とはどう関連するのか。いくら霊魂不滅といわれても、宙に浮いた火の玉のようなものとしか思えず、前より死ぬのが怖くなった。

キリスト教はというと、世の終わりにイエスが再臨し、死者をよみがえらせて裁きを行い、神の国において永遠の命を与えるか地獄に落ちるかを決められるという。私はまずイエスの再臨まで死んだ人間はどこに送られ、どれくらい待たされるのかと考えた。世の終わりまでの時間は神によって早められるかもしれないが、未決囚として待たされるのは死ぬより辛いことだろう。それはともかく自分が僥倖に恵まれ、神の国行きを許されたとしたら、どんな自分になるのだろう。一つのヒントがパウロの「コリントの信徒への手紙一」にあった。

「死者の復活もこれと同じです。蒔かれるときは朽ちるものでも、朽ちないものに復活し、蒔かれるときは卑しいものでも、輝かしいものに復活し……」と書かれている。つまり神の国に上げられた人間は、欠点だらけだった地上のときと全く違う、善き人、完璧な人間となるというのだ。たぶんそこには詐欺師も好色漢も存在せず、皆が草原に咲くコスモスのように優しい微笑を浮かべ、同じ善良な性格、同じ平和な顔つきをしている。いったい地上で百田草平と称した人間はどこにいるのか。個性においても容貌においても地上との連続性は見出せず、私はまったく別の人間になるらしい。つまり死によって地上の自分は消滅するのであり、日常感覚的には非常に怖い。

イスラムにおいても、同じように死者に対し最後の審判が行われ、楽園に入るか火獄に落ちるかが決められる。楽園に行けたとしても、怖い点ではキリスト教とかわりはない。

一週間ヤミクモに宗教書を漁ってわかったのは、死の恐怖を克服するには弁証法的論理は何の役にも立たず、唯一これが可能なのは情念のロケットに乗って信仰の天空へと突入するしかない、ということだった。

これまで信仰心をいだいたことのない自分にそれがやれるだろうか。そのうえ、死を目前にしてこれに縋るのはあまりに功利的過ぎはしないか。神はそんな人間も拒まれないだろうが、自然の気持ちとしてはそこまで熟していない。

だとすると、やれることは、出来るだけ死を考えないこと、死とまともに向き合わないことしかないだろう。

私には一つ恵まれた点がある。死んだ後のこの世のことをそれほど心配しないで済むことだ。私には妻子がいない。おふくろは親父から相続した家があるし、都庁職員だった親父の共済年金で食っていける。わが財産といえば簡素な葬式を出せるほどの預金しかないから、おふくろは相続税を心配しないで済む。そうそう財産といえば実家に預けてある亀を忘れてはいけないが、あれはわりと大食いだから負債に属するといっていい。負債というと、一年で離婚した妻に対し自分としては過大の慰謝料を払った。信用金庫に借金して一括払いをし、十年かかって金庫に返済したから、今はゼロである。

肝心の仕事であるが、積み残しがあっては方々に迷惑をかける。さいわいなことに、面倒な民事事件がこのところばたばたと片付いたので、これからは半年でケリがつかないと判断したらきっぱりと断ろう。もう一つ仕事上気がかりなのは事務員の下村女史のことで、四人の子持ちのうえ、彼女自身の言葉を借りると夫は薄給である。突然事務所閉鎖ということになれば彼女自身の薄給も入らなくなるから、この事態は避けねばならない。

さて、この世でどう死ぬかも考えておかねばならないが、病院はご免こうむり自宅で死にたい。自宅とはここ、勝どき橋のたもとの築二十五年の賃貸マンションで、順一医師の緩和ケアによってあまり苦しまず逝きたい。介護はおふくろに頼もうと勝手に決めており、それなら実家が適当かとも考えたが、私のため一室空けるとすると、妹の子供たちに同室を強いることになるなど、妹夫婦に迷惑をかける。

先行き不安だらけであるが、おふくろがわが願いを受け入れてくれることだけは確信している。からっと明るく、肝っ玉の太い人で、隅田川も築地の場外市場も好きだから、足取り重く、ということにはならないだろう。いつ、どんなタイミングでおふくろに告げるかであるが、出来るだけ間際になってからと考えている。ドサクサのほうが人間、開き直れるし、力も出るだろうと、おふくろのバイタリティに期待しているのだ。

一番厄介なのは、自身が死ぬまでどう過ごすか、である。これだけは絶対やり終えたいというものを持っていればさいわいだが、自分にはそれがない。いくつかの未完の長編は未完のまま永眠するだろう。

にわかに生活態度をがらりと変えるのはどうだろう。おやじは毎朝近くの神社で木刀を振り、夕方六時に帰宅し風呂に入って、晩酌は一合と決めていた。これを真似るとたちまち痛みが発症しそうだし、といってこのほかに良い考えは浮かんでこない。結局ふだんどおりにやることになるか。

ただ、平素の気持ちの持ちようと人に接するときの態度について期するものがあった。第一にハードボイルドを貫くこと。私流にこれを訳すと、「さばさば、からっと」ということになる。第二は「ユーモアを絶やさずに」である。関西人は死ぬ間際にもアホなことをいうそうだが、俺もこれでいこう。いまわの際に、おふくろを笑わせてやろう。

そうだ、とこのとき私はふいに思いついた。病気を知ってからの日常を、面白おかしく、ハードボイルドに綴り、そのタイトルを「花の残日録」としよう。「花」と銘打つ以上、悩みや苦しみは相手にしてはならないし、どうしてものときは最小限にとどめること。

ともかく死と向き合わぬこと。それが一番大事だと自分に言い聞かせ、日常をたどってみると、晩飯後寝るまでが最も危ないと気がついた。私は残業するほど多忙ではないから、週に四日は一人で飯を食べ十一時頃寝てしまう。医師から導眠剤をもらっており睡眠は心配ないとして、問題は宵の間独りでいることだ。何かこの時間を埋めてくれる娯楽がないものかとあれこれ思案していると、ふいに田伏元治の温顔が瞼に浮かんだ。半年ほど前築地の小料理屋で飲んだとき、大学からの退職金で自宅の一部をアパートに改築している、応接間をシェア・サロンと呼ぶものにして、宵の間テナントと過ごすんだ、と活き活きした表情で語っていた。そうだ、これは天からの賜物かもしれないぞと、私はすぐに田伏に電話した。「シェア・サロンの件で伺いたいのですが」というと、「どうぞどうぞ、この家の扉はいつでも開かれています」と牧師のような返事をした。

今彼の居宅は青山にあるが、その前は妻の所有する原宿の高級マンションに住んでいた。私がこのへんの事情に詳しいのは、彼が相続事件の依頼者だったからだ。そのとき聴取したところによると、田伏は五十歳のとき六十歳の女性と知り合い、男は初婚、女は再婚、新婚旅行は南欧から北アフリカへ、その費用はみんな細君持ちだったそうだ。田伏は私大の英文学の教授、妻は大企業の創業者の娘で、株の配当だけでも田伏の給料の五倍はあり、いつも冷蔵庫の上段にドン・ペリニヨンが横たわっていた。十年後妻が死に、先夫との間に出来た二子と相続争いになった。

四年前田伏は誰の紹介も持たず事務所に現れた。飛び込みの客は開業以来初めてなので、私はびっくりしてしげしげと相手の顔に見入った。ふくよかな童顔に草色のベレーがよく似合い、金縁の眼鏡の中の丸い目が子猫みたいな稚気をおび、好奇心を抑えかねているようだった。椅子をすすめると客はベレーを取った。頭が帽子の形に禿げていて、まわりはふさふさした銀髪だった。大学の先生らしいなと私は見当がついた。「で、どうしてこの事務所へ」とたずねると、「浪漫法律事務所の看板を見ましてね」と答え、「あれ、ピンクのネオンにしたらどうですか」と親切なアドバイスまでくれた。たしかに白地に黒の袖看板はこの街には殺風景だ。

「事務所の名前から風変わりな弁護士でも想像されたのですか」

「この人なら財界と官界に縁がなさそうだとね」

「ほー。それで実物を見てどうですか」

「前に西部劇の保安官が外科医もやるのを見ましたよ。悪漢の腹から銃弾を取り出してやるのです」

「ははん。そのように何でもやる弁護士に、見られたのですね」

「発想がフリーで、やんちゃな人がいいのです。争いの相手は二人で、それぞれ財界と官界に顔が利く大物弁護士がついています」

「私にやれますかね。胸に保安官バッジをつけていないけど」

「先生、相続の大事件ですよ」

この一言で受任の意思が固まり、早速事情聴取に入った。思ったとおり依頼者は大学教授であったが、相続財産は私の思惑より遥かに多かった。総額十億ほどのものを、財務官僚である息子と大実業家に嫁した娘が、四分の一ずつ寄こせと主張しているという。私はしめたと思った。彼らは相続分を欲しいといってるだけだから、この人さえごり押ししなければ簡単にまとまる事件であり、この人、そう欲張りには見えない。

「何が問題なのかわかりませんね。常識的な方ばかりに思えますが」

舌に力をこめ、説得の第一歩を踏み出したところ、依頼者はこれを耳に入れようとせず、平然とこう主張した。

「妻は生前、子供には十分してあげたからもう一銭もやる必要はないといっておりました。私はこの遺志を大事に守ってやりたい」

「というと、全部あなたへ、ということですか」

「ノーノー。全部寄付するのです、ユネスコやなんかにね」

「う、うー」

私は絶句し、それでは弁護士報酬はどうなるのか、と自問した。依頼者に経済的利益がなければ、報酬はゼロが原則ではないか。数秒後私はまあいいか、この依頼、筋は悪くないからなあと考え直した。田伏氏の人柄に好意を持ったのだろう。

この事件の難点は、遺言やこれに類する文書が存在しないことで、利点は子供たち二人とも世間体を考えて話し合いで解決したいと望んでいることだった。数日後田伏氏がこんなものが見つかりましたと、便箋六枚に丸っこい字で書かれた文章を見せに来た。すぐに目を通すと、全財産を恵まれぬ人に寄付したいと記されてはいるものの、頭でっかちというか、前置きが大半を占め、そこには夫との蜜月が綿々と綴られていた。これ、田伏氏が作ったなと私はピンと来たものの、大物弁護士との三度目の交渉において、「書いたものはあります。審判になれば出さざるをえませんが、余計なことも書いてあるので、お子さんたちにはちょっとね」と断ってから、ごく一部を朗読した。

「夫は五十歳で初めて結婚したためか体力は悍馬のように逞しく、その指づかいは五月の風のようにやわらかでした。六十にして私は初めて本当の女の歓びを知りました。私の愛の泉は毎夜こんこんと湧き溢れ、尽きることを知らぬ有様でした」

読み終えると私は感に堪えぬというように首を振り、ふーっと溜息をついた。それからおもむろに、さらりとした口調でこう提案した。

「先生方、どうでしょう。お子さんたちには遺留分を、四分の三は世界の恵まれぬ人たちへ、ということで」

結局この線で話がまとまり、実際の処理は会計監査法人に任せることになった。全ての処理が終わりお礼に来た田伏氏は私に二百万円の報酬を与えた。遺産は監査法人が厳格に管理したから、これは彼の懐から出たものであろう。

その後田伏氏とは年に一、二度新橋か築地で飲むきりで家には行ったことがない。祖父、父と二度の相続で四分の一になったという田伏邸は南青山にあり、FAXで送られた手書きの地図が私を案内した。外苑の銀杏並木を右に見て大通りを五十メートル行って左折する。この道は青山墓地に通じていて、桜並木になる手前を右に入ると目印のヒマラヤ杉がそびえていた。芝生の庭にこの木と楠が一本あるだけで、庭の広さとバランスよく二階を付け足したような建物が立っていた。

私は表の垣根越しにこのたたずまいを眺め、貸室はあの二階部分であろう、採光はよさそうだなと判断し、ようやくブザーを押した。ほとんど同時に芝生の先の玄関から田伏氏が出て来て、こっちへと手招きしながら「今月新規テナントを受け入れたんだが、一室が埋まらなくてね、ちょうどよかった」とうれしそうにいい、玄関に入るや、目の前にある階段を上がらせ二階へと案内した。「三つの部屋はどれも同じ広さ、同じ規格、日当たりも閑静さも公平に分配されるから、百田先生がしんがりでも、割を食うわけじゃありません」。

そんなセールストークを聞かされたあと見せられたのは一番奥の物件で、八畳ほどの居間兼寝室と、冷蔵庫や簡単な炊事道具、小卓などそなわったダイニングキッチンだった。むろんこのほか、洗面所、トイレ、シャワーがつき、入浴は一階の浴室を共用するのだそうだ。八畳のほうはベッド、デスクなどシティ・ホテル並みにしつらえられ、暮らすのに不自由はなさそうだが、テレビはおいてなく、パソコンを接続する設備も付いていない。この辺の理由について「基本理念はアンチ・テクノロジーです」と氏は説明し、「ただし防音には十分配慮してある。ワーグナーやアイーダの大音響にも耐えられます」と自画自賛した。「何か質問は」と聞かれ、「いやべつに」と答えると、「気に入ってもらってよかった」と氏は先手を打ち「参考に下も見てもらいましょうかね」と気楽な口調でいった。

階段を降りて右の扉を開けたところに応接間があった。田伏氏はちょっと立ち止まり「ここが例のサロンです」とだけいってそこを抜け、廊下に出た。左側はかなり広いダイニングキッチン、右側はトイレ、洗面所、浴室とつづき、ここで廊下はおわり、氏のいう専用部分に突き当たる。私たちは回れ右をし、応接間に引き返した。およそ十二畳ほどの広さに、ワインレッド、革張りの長椅子と、セットになった二脚の椅子がテーブルを挟んで三方に置かれ、長椅子の後ろに五十号大の油絵がかかっていた。私はしばらくこの絵を観察した。中央に若い女が酒を置いたカウンターに手をついて立っている。胸の豊かさと腰のくびれを強調した礼服のような黒衣を着て、どこか放心したような目をしている。よく見ると背後にたくさんの客と女の後姿が描かれている。あっそうか、これは女のバーテンダーを描いたもので、後ろに鏡があるんだ。私はこの絵を、西洋の巨匠たちという画集で見たのを思い出した。

「田伏さん、これ、たしかマネですね」

「そう、フォリー・ベルジェールのバーというタイトルでね」

「これ、原寸大なんですか」

「え、えっ、何だって。先生、これ、本物じゃないの？」

びっくりしたように田伏氏はのけぞり、信じられんといった顔で、その姿勢のままマネを見た。

それからがっくりと肩を落とし「やっぱりレプリカか」とつぶやくと、「茶を淹れてくる」と部屋を出ていった。

この部屋の装飾といえばマネのほか、入口の横にステンドグラスの窓があるのと、右側の壁を背にしたピアノの上に陶器の人形が置いてあるくらいだった。ディズニーの七人の小人たちである。

私はひとわたりサロンを眺め、もう一つ、大事な装飾を忘れているのに気がついた。私の位置から左右へ広角に、庭が眺められる。ここの敷地は百坪あまりだろうが、両端の木の幹のほか目に入るのはカイヅカの垣根と刈り込まれた芝生だけで、その青と緑の単純な構図こそ、原寸大の本物にちがいなかった。

田伏氏は五分ほどで戻ってきた。出された茶は大変うまく、「甘露です」とほめると、「だったら、契約してください、それじゃ骨子を述べます」と姿勢を正した。

第一、契約は他のテナントと同様、来年八月末までとし、期間は更新しない。更新すると、複雑な人間関係を生じることがあるからね。

第二、早く帰宅したときは、八時から十時まで、なるべくサロンで過ごすこと。

第三、大家とテナントらはお互い、この中の誰とも外で会ってはならない。

第四、大家は毎日朝食を提供することとし、一同七時半に食堂に集合のこと。

第五、大家と各テナントは輪番制で日曜の夕食を作ること。費用は一人分千円以下とし、当番が負担する。

第六、貸室へは誰も入室させてはならない。隣のテナントといえども、である。

第七、家族、知人が訪ねて来たときはサロンを使うことが出来る。ただし夜八時以降はこれを禁ずる。

第八、一か月の賃料であるが……

田伏氏はここでちょっと言葉を切り、「適宜柔軟に対応することとする」と澄ました顔でつづけた。「それ、どういう意味ですか」「なに、収入を私が憶測して、累進方式で算定するのです」「賃貸条件が同一なのにですか」「そうです。百田先生は十五万いただきます。なお、賃料については守秘義務がありますので厳守してください」

その口調がさらっとしていたので私は思わず「はいっ」と返事した。勝どきのマンションにも同じぐらい払っているので重い負担だが何とかなるだろう。田伏氏があらたまって「ありがとう」と礼をいった。「ところで契約書は」と私は、弁護士としては当然の質問をした。「文書にすると、弁護士さんがああだこうだといいじくるので止めておきましょう。それで、いつ引っ越してきますか」

「はい、この土曜にでも。弁護士としては九月分の家賃も取り決めていただきたいです」

「日割り計算ですか。私は割算が苦手です。サービスしときますよ」

私と田伏氏は椅子を立ち握手をした。聞かれると思っていた、なぜここに住みたいの、の質問が出なかったのはとても有難かった。やはり田伏さん、粋な人なんだ。

さて仕事についてだが、民事事件に関し法律扶助という制度があり、法務省所管の「法テラス」というところが運営している。刑事の国選弁護と同様に弁護士報酬が公的に保障され、わが事務所もだいぶ恩恵を受けている。現にここから依頼された商品取引の事件を担当しており、これは近々解決しそうだが、新件は受けてはならない。民事事件は多くの場合半年以上かかるからだ。私は法テラスに出かけ、こちらの都合で申し訳ないがと今後の受任を断った。それからその足で東京商工会議所に出向いた。私は週に一度ここの法律相談を担当しており、職員とは懇意である。法律相談は代替がきくから、相談員が欠けたら自分に声をかけてくれと頼みに来たのだった。事件数を減らすのだから財政的にも仕事の意欲を落とさないためにも補強が必要なのだ。係の職員は私が窮状にあると見たのか、八王子の担当者にも声をかけておきますと約束してくれた。

この夕方、行きつけの焼鳥屋「トリベエ」のおやじから姪の相談に乗ってほしいと電話がかかってきた。「姪って真弓さんのこと」と聞くと、「そうです。身の上相談のようなんで、先生一人のときがいいんですがね」と微妙な言い方をした。私はにわかに脳の奥が熱くなり、つい口ごもった。

「相談ってど、どんなこと」

「それがはっきりいわないんです。あの子、思いつめるたちでね」

私はとりあえず、明後日の六時に予定を空けておきますと返事した。

トリベエという店は、烏森の飲み屋街からシカトされたような小路の奥にある。夫婦の営む店で、鉤型のカウンターに丸椅子が八つ並べられ、予備の椅子が二つ表に合羽を着て待機している。

酒はビールと清酒のみ、単品の注文はお断りで、坐ると十本のコースがほどほどの間を置いて自動的に出てくる。串はどれも塩焼きで、その塩加減が絶妙である。

私がそのトリベエで初めて真弓を見たのは八か月ほど前のことだ。ガラガラ音のする扉を開けると、いつもなら「らっしゃい」という威勢のいい声と、ころころとしたおかみの丸顔にぶつかるところ、その日はちがった。

「いらっしゃいませ」と丁寧な挨拶とお辞儀を受け、おやっとその方を注視した。まだ蕾に近いチューリップ型の顔を長い黒髪が縁取り、化粧っ気のない頬を清楚に見せていた。際立った美人でも、愛嬌があるのでもなかったが、私が「やあ」と手で応えると、はにかむような微笑をかえした。

私は鉤の手の奥に空きを見つけた。そこからはこの新人の立ち居がよく見えた。胸に蝶のアップリケのついた、背中の開いたエプロンがよく似合い、燗の湯加減をみる指の仕草などじつに初々しかった。

おやじにビールを頼むと、彼女が運んできて無言で私の前に置いた。すると、隣の客が待っていたように声をかけた。

「おねえさん、お酌してくれない」

「はあ……」

口ごもり、もじもじしているのを、おやじが出っ張ってきて引き取った。

「お客さん、手酌でお願いします」

続いて私がおやじに声をかけた。

「おかみさん、どうしたの」

「腰を悪くしましてね」

「そりゃいけないね。入院してるの」

「いや、二、三日安静にしてりゃ治りますよ」

おやじは行こうとした足をつと止めて向き直った。

「先生、この子、私の姪です」

怒ったような、つっけんどんな言い方だった。さては私を警戒しているらしい。私はうれしくなり、それからずっと彼女を視野に入れたまま杯を重ねた。おやじに客との会話を禁じられているのかもしれないが、いかにも控えめで口数の少ない女性に見える。

酒が回ってくると私の想いは飛躍し、そのくせ現実的になった。彼女と結婚し、控えめな会話とつつましい夕食で新婚の夜々を過ごし、ほどなく彼女は懐妊する。そしてまた翌年か翌々年に第二子が生まれ、自分にも平凡で幸せな日々が訪れるのだ。私は最高の気分のところで酒を切り上げ、勘定係の彼女に「明日また」と小声でいい、おやじにわからぬように指先だけで手を振った。

翌日、六時を待ちかねて事務所を出、何人もの人を追い抜きトリベエに到着した。にこにこ顔で扉を開けると、「らっしゃい」の声とともに丸い笑顔が大写しになり目に飛び込んできた。

「あれっ、もういいの」

「はい、お蔭さまで」

「無理しちゃダメですよ」

私は精一杯、それだけいった。

それから長い無沙汰の後、ここを訪れたのは三か月ほど前のことだ。扉を開けると、奥の端に浜町署の山名刑事課長の顔が見え、つづいて近くで、ひくく澄んだ声が「いらっしゃいませ」といった。私はすぐに顔を見るのが惜しい気がし、俯き加減に視線をカウンターへと向けた。はたしてそこには、白地にオレンジの、あのアップリケが輝いていた。

おかみさん、また腰を痛めたんだ。声には出さず顔を上げると、相手は俯いてチロリに酒を注いでいた。

私は山名課長の隣に腰を下ろした。

「ここの席、取っておいたんだ。百さんが現れそうな気がしてな」

「今日は品良くやりましょうよ」

「どうしてだい。あっそうか、彼女だな」

そんなやりとりをしていると、彼女がお絞りを持ってきた。山名が気安く話しかけた。

「おねえさん、名前、何ていうの」

「はい、マユミです」

「弦の真っ直ぐな弓という字？」

「は、はい、そう書きます」

「いやね、こちらの客が名前を知りたがってね」

山名は人のお絞りを奪い取り、それを開いて私の顔をひと撫でした。

「ほら、なかなかいい男でしょ」

水を向けられ、彼女、伏目になり頬をぽうっと染めた。

「あのな、こういうことだな」

真弓がその場を離れると山名が講釈に及んだ。

「百さんは店に入るなり俺の顔を見て渋い顔をした。それから真弓を見て目を輝かせた。今の真弓の様子からすると彼女もまんざらじゃないな。早い話、二人は相思相愛ちゅうことになる」

「おぬし、その早とちりで何人誤認逮捕したの」

「数まで憶えてねえよ。しかし色恋方面の第六感は冴えてるんだ。俺、力になるぜ」

「早速だけど、この件から手を引いてくれ」

「あの子、うちの女房に似てるんだ」

「ほう、そうだったの。奥さん料理はどうお、シチューなんか上手?」

「得意は田舎料理さ。芋の煮っ転がしとかな」

「人付き合いは?」

「社交的とはいえないな」

「それは理想的だ。山さん、しあわせだな」

「俺の留守中に家に近づかんでくれよ」

「彼女、おやじの姪っこだってさ」

「へえー、そうだったのか。この縁談、あのおやじがネックになるな。よーし、狩猟法でしょっ引くから、その間に真弓、ものにしちゃえよ」

山名はたまに禁猟のツグミなどをおやじからご馳走になっており、狩猟法で検挙すると自分の身も危なくなる。ともあれ、縁談の点はまんざらジョークとも思えなかった。日頃から私の独り身を心配し、早く身を固めろと口うるさいからだ。

こういう下地があったうえ、おやじから「あの子思いつめるたちで」などといわれ、私はそれを、自己本位に拡大解釈したのだった。

翌々日、六時きっかりにドアがノックされた。仕事の客はたいていブザーを鳴らすから、やっぱりプライベートの相談らしい。

真弓は紺のスーツに白のブラウスと、真摯な話をするのにふさわしい服装をしていた。糊のきいた広い襟を外に出し、髪は三つ編みを後ろでまとめ、化粧も目立たなかった。何となく野暮ったく、映画で見た分教場の先生みたいな感じは、私が離婚後に抱懐するに至った理想を体現しているといえた。

私は真弓をソファに坐らせ、彼女と向き合った。まず彼女は小竹真弓ですとフルネームを教え、鉄鋼メーカーの総務部に勤務し、齢は三十歳ですと告げた。色白で目元に含羞のあるこの顔がそんな齢だとは意外であったが、それよりもしめたという想いが胸いっぱいにひろがった。十五の齢の差なら体力的にも何とかカバー出来る。このとき私は病気を忘れるほどにのぼせ上がったらしい。

頬が紅潮するのを感じながら私はじっと腕を組み、話の展開を待った。そうして数秒後、事態はノーテンキな夢想から現実の奈落へと急降下した。相手がハンドバッグから白封筒を出し、「これ、些少でございますが」と私の前に置いたのだ。これで万事は休した、今からビジネスが始まるというわけだ。私は封筒に無念の一瞥を投げ、一つ大きく息を吸い込んだ。

「それで、相談というのは」

「はい……男の人のことです」

「といいますと、何かトラブってるのですか。婚約不履行とか」

「婚約までは、まだです」

「相手が煮え切らないとか」

「その気はあるようですが、まだ言い出せないのです」

「あのね小竹さん」私は声をやわらげ、どうにか笑顔を作った。「私は恋愛コンサルタントじゃありません。あなたは行き先を間違えたようですよ」

いいながら私は白封筒を真弓の方に押しやった。彼女はそれを手に取って向きを変え、私の方に滑らせた。

「相手というのが普通の人とちょっとちがうんです。いいえ、だいぶちがうんです」

「ちがうって、まさかまさか、ヤクザじゃないでしょうね」

「はあ……」

真弓は言葉を濁し、肩をすぼませた。私はその態度に苛立ちを覚え、「あなた、そのヤクザと手を切りたいのですね」と自分の直感を口にした。

「いいえちがいます。あの人を脱退させたいのです。ああいう社会から」

毅然といわれ、私は天を仰いだ。

「それは弁護士の仕事じゃなくて、警察のやることです」

「警察に相談に行ったら、こちらじゃ扱いかねるといわれました。彼、暴力団の構成員じゃないのです」

「すると、準構成員といわれるチンピラですか」

「総会屋の秘書みたいなことをしており、その団体は暴力団とつながりがあるようです」

「正業は持っていないのですか」

「一応、月刊紙の編集長をやっています」

とっさに耳のアンテナがぴんと立ち、「その新聞、財界ポストというんじゃないでしょうね」といいかかった。一年ほど前、そっくりの身上を持つ緑川という男の弁護を担当したことがある。自分が主幹の新聞にスキャンダルを載せるぞと持ちかけ恐喝した事件で、執行猶予を取れたのだが、それというのも緑川が更生を誓ったからだ。しかるに彼は今に至るまでそれを実行していない。まさかあの緑川と真弓の相手の男が同じなんて、そんな途方もないこと、起こるはずがない。地味で勤勉そうな女と軽薄無頼の緑川が恋仲になるなんてこと……。たしかに健全な社会通念からすればそのとおりだが、ある種の狂気ともいうべき恋愛においてはなあ……。

私は自信が無くなり、二人の名前を瞼のうちに浮かべてみた。緑川卓と小竹真弓。小竹卓と緑川真弓。組み合わせをどちらにしても語呂がよく、なかなかお似合いのようだ。私はひどく弱気になり、男の名をたずねる勇気が出てこなかった。

「その男と、いつから付き合っているのです」

「十か月ほど前に知り合いました」

「肉体関係は」

「……はい、あります」

「いつからですか」

「四か月ほど前です」

「そうですか、なるほどなるほど」

私は暗雲が一度に霽《は》れたような気がした。そうか、相手は緑川じゃなかったのか。あの不良っぽい男なら半年も女に手を出さないなんて、あり得ないことだ。私は背中をぴんと立て直し、質問した。

「それで、彼の名は？」

「ミドリカワタク、といいます」

真弓はうれしそうな顔で、はっきりと発音した。私は懸命に別の漢字を当てようとしたが、一字も思い浮かばなかった。

「茶を入れてきます」

ぶっきらぼうにいって、椅子を立った。ちくしょう、真面目な女ほどヤクザな男に引っかかるというのは真理だな。といっても三十女なんだから分別はあるはずで、自業自得というもんだろう。勝手にしやがれだ。

湯を沸かしている間不快感と闘いながら、弁護士としての対応を考えた。これは感情どうこうじゃなく、受けてはならない案件だ。事柄が法律の範疇を大幅に越えているし、普通の民事事件よりこじれるだろう。自分の体はその前にダウンするから、断固ことわらねばならない。

とはいうもののこの女性、もう相談に行く所がないのだろう。思いつめるたちだそうだから、むげに断ると何をしでかすかわからない。ここはひとまずペンディングにし、お引き取り願うことにしよう。私は席に戻り、渋面を作った。

「小竹さん、この案件、非常に難しいです。裁判を提起して済む問題じゃありません。よく検討しますのでしばらく時間をください。そういうわけですので、封筒はとりあえずお持ち帰りください」

2

今日は田伏邸へ引っ越す日である。賃借期間は来年八月末まで十一か月あるが、約定期限を全う出来るとは考えていない。最長でも八か月、最悪の場合は四か月で勝どきへ撤退することになるだろう。といってもこの予測、私の独断であって、医学的根拠はゼロである。わがにわか勉強によると、膵癌という病気、海底深く潜航し、浮上するとき一挙に全貌を現す、陰険凶暴な鮫らしい。私の場合たまたまエコーで発見されいまだ潜航中だから、この点に望みをかけ、田伏邸でまずまず無事に五か月、あと三か月鎮痛剤でしのごうと太平楽な見込みを立てている。

引っ越しといっても仮の宿りなので、普通の段ボール箱が三つだけ、一番大きいのが炊飯器だった。防音完備だそうだからCDを十枚と小型のプレーヤー、書物は広辞苑と数冊の宗教書、それにダシール・ハメットの『マルタの鷹』を加えた。これは残り少ない人生における座右の銘、「何事もハードボイルドに」のお守り役をさせるためだった。

私は結婚離婚を含めこれまで四度引っ越しを経験したが、そのつど手放さなかったものがある。中学時代に買ってもらったグローブとおやじのキャッチミットで、何気なしに手にはめてみると、置いて行くのがつい惜しくなるのであった。それともう一つ段ボールとは別に、ブーゲンビリアの鉢植えも荷物に加えた。これは街娼をして捕まった女性がお礼に来たとき、「国選事件は何ももらっちゃいけないのです」と一度は断った品である。「精一杯のわたしの気持ちです」と私に手を合わせ、彼女はさっと帰って行った。私はこれを日当たりのよいマンションに移し、もう二年元気を保たせている。

引っ越しには普通乗用車のレンタカーを借りた。荷物の運び込みは、テナントが留守のようで家主が手伝ってくれた。ブーゲンビリアをヴェランダに置いていいかたずねると、「よろしいとも。女性の贈り物だね」と脇腹をつつかれ、「もらってはいけない人からです」というと、「人妻ですね。部屋に連れ込んではいけませんよ」と親指を立てて禁止の表示をした。私は皆への挨拶がわりに寿司を取ろうと思いつき田伏氏に伝えたところ、自分もそれを計画し二人には六時までに帰れと伝えてある、私と折半にしよう、一人大食いがいるから五人前を取り、特上じゃなく上でいいでしょうと話をまとめた。

六時十分前に私は応接兼サロンに入り、ソファの右端に腰をつけた。田伏氏はすでに斜め前の椅子にパイプを手に悠然とおさまっていた。外はもうわずかに青をのこすぐらいの暗さで、左右の壁の燭台の灯が硝子戸に浮かび、瞬く間に灯の色が濃くなった。

トンと音がした。階段を一段飛ばして着地したらしい。敷居の向こうに長身をかがめるように若い女が立っており、私が会釈すると、顔を前へ押し出すようなお辞儀をした。まるで鳩時計の鳩のようだった。田伏氏が手で指すと、音のしない軽やかな素早さでソファの左端に身を落ち着けた。私はほとんど反射的に尻を左へずらし、「百田草平です」といって右手を差し出した。体がどう反応したのか、彼女は一瞬のうちに私との距離をちぢめ、私の手を自分の方へ引き寄せた。そして「小平マヨです」といいながら、私の手の平に「真世」と楷書でしたためた。私はその字を見て、もし名が体を表すとしたら、かなり手強い女性だろうと想像した。私は「よろしく」といって、視線を手から顔の方へと移し、素早く観察した。肩口でバサッとカットしたような髪のせいか利かん気らしく見えるが、灯りをうっすらと受けた、化粧っ気のない頬にソバカスがちらばり、ほどよく隆起した鼻にもたくさんあった。私が前に向き直ると、同時に彼女もしゃんとしたのか、そちらの方からバニラのような香りが流れてきた。あっこれは、と私は中学三年の転校初日を思い出した。浜田邦子という子の隣に席が決められ教室にざわめきが起きたとき、これと同じ匂いを嗅いだのだった。そのときは全然気づかなかったが、邦子は全校一の美人だそうで、彼女、今どうしているだろう。

匂いとの連関で、その顔を思い出そうとしていると、階段を踏む音がし二人目のテナントが現れた。つるつるのスキンヘッド、田伏氏と同じ丸顔ながら粗削りな感じがするのは、骨太であるためか。首も太く、肩幅も広いから、この青年に捕手をさせてキャッチボールがやりたいな。

彼が応接に入るや、「あちらへ」といって田伏氏は腰を上げ、先に立って食堂へと入っていった。ここは八畳の広さにマホガニーの食卓がどっしりと場を占め、六脚の椅子がゆったりと配置されていた。アイボリーの内装に、晴れた朝のような明るい照明、家具といえば台所との仕切りに食器棚が一つあるだけだった。食卓には一緒盛りの寿司に五百ccの缶ビールが一本ずつ用意されており、「この粗餐は百田さんと私の共催です、では乾杯を」と田伏氏は簡単に述べ、乾杯が済むと、

「まず一番若い人から」とスキンヘッドへ自己紹介をうながした。

「大田原伝、二十三歳、大学六年生」と若い人はそこまでいうと、「各論に入る前に」とことわってビールをぐいと飲み、続けざまにトロとコハダをほおばった。「伝ちゃん、あなたの分、確保されてるから心配しないで」と小平真世が口を挟んだ。私もこれからはこの青年を伝ちゃんと呼ぼう。そのように私が決めている間に、彼はもう一つ口に放り込み、それから弁舌の人となった。

――自分は試験に落ちたのでも、大学に残りたいのでもなく、実家の酒屋を継ぐモチベーションが持てないから単位を残しているのだ。親父は北前船の盛時に起業した造り酒屋の十何代目かで、閉じたきりの白壁土蔵をいくつかと商工会議所副理事長という肩書を持っている。だいぶ前から腕利きの杜氏がいなくなり、全国へ発送するほどの量産が出来ず、小売りの店先に土産物を並べ、じり貧を絵に描いたような商いをやっている。自分はひそかに再興を期しているが、良い知恵が浮かばない。そこでもう少し生き馬の目を抜く東京で社会勉強しようと帰郷を拒んだら、仕送りを半分に減らされた。やむを得ず主に大学関係者を念頭に便利屋を開業し、もう一年半になる。白タクなどもやっていて、この車は自動車部員の父親が何台も持ってる中で、一番ボロなのを月賦で買った。校内は学生の乗り入れ禁止だから、近所の老婦人の家にガレージが空いているのを見つけ交渉すると、犬の散歩をやってくれるならといわれた。そこで、週五日の散歩と週一回の体洗いを引き受けた。犬はゴローという名の足の短いコーギー種で、こんなのちょろいと思っていたら、とんでもない性悪だった。毎日散歩のコースを変えないと、ぺたっと尻を地面につけて動こうとしない。無理に引きずると、動物虐待の現行犯に見えることも心得ていやがるんだ。公園のベンチの脚に一時間ほどくくりつけ、散歩のかわりとする手を使ったら、次の日、首に万歩計をつけているではないか。しかしある日、商店街でわが女子学生に出くわし、ゴローがしきりと尾を振るのを見て、大発見をした。この犬、女好きであるが、面食いではないと。早速正門の守衛さんに一升瓶を持参し、犬の校内散歩を認めさせた。それからは同じコースでも犬は頓着しなくなった。何せうちの大学は半分近く女子学生だし、面食いでない犬だもんで、毎日ご機嫌なわけ——。

ようやく伝ちゃんが話し終えると、同時に鮨桶が彼の方へ近寄せられた。次は当然、小平真世が指名された。

「わたし三十五歳、私大社会学部の准教授です」

へえー、二十代と見ていたのに三十五とは驚いたなあ。ぽかんと口を開けたのを、何か誤解したのか、ぴかっと瞳を光らせ私に質問した。

「社会学とはどんな学問ですか」

私は即答が出ず、逆に聞き返した。「ロビンソン・クルーソーは社会学者ですか」

「うーん、なるほど。考えてみると彼は偉大な社会学者ですね。自分の周りをすべて把握していましたからね。その点、私は街をほっつき歩く雑学者に過ぎません」

「雑学研究の一端を披歴してもらえませんか」

「例えばですね、犬の小便無用の立札を発見したとすると、これは犬自身に対する警告だろうか、飼主に対してだろうか、野犬も含むのだろうか。無用と立札の主は決めつけているが用のあるのは犬のほうであり、無理にやめさせると膀胱炎になってしまう。それにドッグ・ランがあって犬の公衆便所がないのはどうしてか。などと思考をめぐらせたりするのです」

「大した思索家だ」

伝ちゃんが讃嘆の声を上げ、真世のグラスにビールを注いだ。

「気楽な仲間と雑学クラブというのを作っていて、たとえば飛行機が空を飛ぶことの非工学的考察なるテーマで論じ合ったりします。そのときの答えの一つにこういうのがありました。サン・テクジュペリがリビヤの砂漠に墜落したとき、初めは工学的思索に耽ったらしい。何でこんな重いものが空を飛ぶのだろうかとね。けれど彼が発見したのは飛行原理などではなく、小さな小さな星から来た一人の王子でありました、というのが。以上です」

これで真世の話、おしまいかと思ったら「そうそう」と言葉を続け、「わたし東北の田舎の育ちで銭湯に入ったことがないのです。社会学者としてあるまじきことですが、脱衣してから湯船まで、手にしたタオルをどう持って歩くのやら、つきつめて考えるとタオルを落としそうになるのです。本当に以上です」

透明な声に余韻があり、それは耳を通して目に伝播し、湯けむりの中の女を連想させた。

「百田さん、あなたですよ」

私ははっと我に返り、湯の中の女が消えてから話しだした。

「町の弁護士です。田伏先生にはとても筋のよい事件を依頼され、最高の報酬をいただきました。そうして今般、最高の家賃でもってテナントに迎えられたのです。さて大田原伝ちゃん、私も学生時代犬洗いのバイトをしました。ブルドッグのオスでしたがとても内気なやつで、風呂場で洗おうとすると、尻尾を巻いて大事なところを隠していました。そのくせこの犬、外では堂々と小便をしていました。犬の公衆トイレである電柱へ片足を挙げて、です。これは大変爽快なもので、私がやったときはゴビの砂漠に虹が立ちました。ですから電柱の撤去には断乎反対です。真世教授、反対運動を一緒にやりませんか」

真打の田伏氏は、寿司桶が空になった後、パイプを手にすることから始めた。

「このパイプ、私そっくりだな。火皿には何も詰まっておらず空っぽだし、肌はつやつやしているのに誰も吸ってくれない」

話はここで休止し、続きを待っていると、田伏氏はパイプを手にしたまま椅子を立ち、隣のサロンへさっさと入っていった。ここでは途中缶コーヒーが配られただけで一滴の酒も振舞われず、それでも会話はなごやかに進んだ。あっちへこっちへと飛ぶ雑談のうちに、伝ちゃんが大学の後輩だとわかった。私の時代には女子学生は今ほど多くなかったが、やっぱり美人に出会うのは、よほど運のいい日に限られていた。もっとも、私の審美眼は当てにならない。あの浜田邦子だって、人にいわれるまで十人並みと思っていたのだから。

もう一つ、小平真世がおふくろと同じ角館の出身だとわかった。おふくろはぽっちゃりした丸顔、真世はすっきりした細面。一見同郷らしく思えなかったが、ソバカスをくっつけた頬に血の気がさすと、真世の顔が少女になった。あどけなく、初々しく、先刻のスピーチと何とアンバランスなことか。私は急に雑学クラブに入りたくなった。けれどこれは、外で示し合わせて会うことになりはしないか。それよりも例会が三月に一度であるという。仮に一番近い会が明日としても自分はあと二回出られるかどうかである。いくら計算しても、それ以上良い答えは出てこず、私は急に気分が落ち込み、賑やかなこのサロンから逃げ出したくなった。さいわい、少しして田伏氏が「百田さん引っ越しで疲れたでしょう」と声をかけてくれた。私は「はい、少々」と答え、それで会はお開きになった。

私は十一時に導眠剤を飲み、四時間あまりぐっすりと眠った。このところ、それから朝までふたたび寝つくことが出来ず、過去のあれやこれやが暗い色調をおびて覆いかぶさってくる。友人を傷つけた一言とか、訴訟相手の悔しそうな顔とか、未完のままの小説原稿とか……などのうちで一番脳裡に浮かぶのは別れた妻のことだ。

彼女とはわずか一年で離婚した。それが早過ぎるというのなら、知り合ってから結婚まではもっと早かった。新幹線で知り合ってわずか四か月のスピード結婚だった。

京都地裁へ出張した帰りの車中、隣の女が切符を持っておらず、検札でそれがわかり、も一度料金を払わされた。自分は同情心もあって何か話しかけようとし、この女性、切符もないのによく席がわかったものだと気がついた。早速たずねたところ、女はすらすらとこう答えた。

「五号車の十一列であることは自分の誕生日が五月十一日なので記憶してましたし、窓側のE席であることも自分の名がエイコなので憶えていました。切符を落としたのは、改札を入り、歩きながら今日の見合いは断ろうと決心したときだと思います。見合いの相手の人と一緒に切符も私から脱落してしまったのですわ」

私はいっぺんに隣の女が好きになり、二時間何十分が飛ぶように過ぎた後、東京駅の十八番ホームで「偶然が必然的でもあるような出会いでしたね」と彼女にいった。プロポーズと取られればそれでもいいや、くらいの気持ちでいったのだが、彼女は「二度目の切符は失くさないようにしなくっちゃ」と応え、それで事実上結婚が決まったといっていい。

普通車に隣り合わせたので生活水準は自分と同程度だと思い込み、堅実な生活を築けるだろうと、一月後婚約にまで駒を進めたが、直後に親に会って銀座の貴金属商の娘だと知った。すでに娘のために新築マンションが用意されており、これに逆らうのも大人げない気がして、一年だけの約束で妥協した。一年のうちに自分の収入に見合った中古物件を購入するつもりだった。

彼女、英子は洒落た会話の出来る社交的な女で、料理も上手だった。その七、八割はフレンチで、肉にも魚にもこってりと濃厚なソースがかかっていた。食材に途方もない金をかけているようなので、ある日「俺の渡した金で足りるの」とたずねたら、「いずれ、あなた稼ぐんですもの。今は親の金を使わせてもらってるの」と答え、二度大きなウインクをした。彼女、弁護士というものに大いなる幻想をいだいていたようだ。金をじゃんじゃん運んでくる、精力絶倫の人種であると。

体力といえば、私はその頃長編小説に挑戦していて睡眠時間を切り詰めていた。結婚前に序章を終えていたのでやめるわけにいかなかったのだ。筋書は日本の革新党の党首とアメリカ大統領夫人の恋物語で、党首が大統領を広島に呼び謝罪させようと企て夫人に近づくところから始まり、やがて二人は恋に落ちる。ところがこの二人、すこぶるセックスが強く、その描写に精力を注ぐあまり、現実をお留守にしたことは否定できない。新婚にしては夫婦の営みが少ないのを今は特別の時機だと自分に言い聞かせ、あまり気に留めようとしなかった。

けれどこれは自分をごまかしていたに過ぎない。私は標準の男子に比べてセックスが淡泊であるらしく、それもかなりの程度であるようだ。新婚時代は耽溺するのが普通であろうし、そもそもセックスというのは淫するのが自然なのだろう。

私はこの点において失格だった。そのうえソースのかかった料理もしだいに鼻についてきて、こってりしたもの、生臭いものにはつい逃げ腰になった。毎月の生活費もぜんぜん増やすことが出来ず、二人の会話は新幹線の十分の一になった。一年後英子は実家に戻り、何度かの話し合いにおいて、冷たい人の所へは二度と戻らないと頑なに主張し、私の財力にしては過大な慰謝料請求がなされた。

冷たいといわれれば身に覚えがあり、反論しないでいると、ほらそんなところがとっても冷たい人よといわれた。たった一つ、弁護士の私は心の中でこう反論した。亀のぽん太のことはどうなんだ。あなたはぽん太にあんなに冷たかったじゃないか、と。

この亀は英子と知り合う一年前、靖国神社の夜店で衝動的に買ったのだが、雌雄がはっきりしないのでぽん太と名づけた。こんな名前の芸者がいるような気がし、男女どちらでも通用する名前を選んだのだ。英子はこのぽん太が気に入ったようだった。私のアパートに遊びに来たとき、手のひらに乗せ、わあ可愛いと甲羅を撫でていた。引っ越し荷物を整理に来たときは、グローブとミットを大切そうに荷造りしていたので、ぽん太も可愛がってくれるだろうと、私は一点の疑念も持たなかった。ところがいざ引っ越しとなると、亀を同伴することを猛烈に反対し、その強情さに私は根負けしてしまい、仕方なくおふくろに預ける仕儀となった。

けれど新居に移ってからも、ぽん太はつねに頭の一隅におり、ちょっとした拍子に英子を不快に感じるとき、その姿が海亀ほどに大きくなった。

ダメだダメだ、亀のせいになんかしては。

導眠剤の薬効がすっかり抜け、冴えてきた頭の中で、英子にすまないことをしたと心から思った。この結婚の失敗は自分が標準的男子ではないからで、彼女に落ち度があったわけじゃない。そういえば自分は金でセックスを買うという、たいていの男なら一度はやる経験を持ったことがない。大学の友達四人と関西旅行をしたとき、琵琶湖大橋そばのソープ街に足を踏み入れ、登楼したことがある。その街は、静かな水彩の景色の中に突如ラスヴェガスが出現したようだった。私はその異様さに驚いたが、性的興奮は覚えなかった。私は、あいかたになった女性にセックスの代償より多い金を払い、マッサージを頼んだ。かなりの苦労人と見え、マッサージは大変うまかった。店を出て、「どうだった」と感想を聞かれた私は「テクニシャンだった」と笑ってごまかした。離婚後の私は恋人もセックス友達も持たず、孤独な高校生のように己が欲望を己が手で処理しているのだ。

思考が英子からここまで進んだとき、外が白んできたのに気づきベッドを離れた。そして半時間近く窓辺に佇んだ。毎晩毎晩こんなことを繰り返し自分を責めていては早晩痛みが発症するぞ。

至急に何か気の紛れる、刹那的でも夢中になれることを見つけなくちゃいけないな。あれこれ思案をめぐらし、行き着いたのはやはり物を書くことだった。私は長編、短編、コントの三つを俎上に載せ、毎晩集中できるのは、の一点に絞って検討した。短編とコントは試みたこともないし、次々とストーリーを思いつくほどの才能もない。そうなると長編しかないわけだが、だいたいの骨格だけ決め、筋は登場人物まかせ、その日の風まかせに進めればよい。たとえば目的地だけをイスタンブールと定め、アジアの端から出発した大陸横断バスが、あっちに寄ったりこっちに寄ったりするように。むろんこの体では、イスタンブールまで完走するのは無理であろうが。

眠れぬ夜を安楽に過ごすのだけが目的だから、モチーフの明確性とかストーリーの整合性など、どうでもよかった。ただ面白おかしく時間を過ごせばそれでいい。奇想天外、爆笑ギャグ、エロチックな会話等々。

私は長編を書くにあたっての心構えとして次の二点を肝に銘じた。

荒唐無稽に、そして、ハチャメチャに。

この二つを、毎晩呪文のように唱え、机に向かうことだ。

引っ越してから三日目、呪文を唱えながら机に坐り、しばらくしてこんなアイデアが頭に浮かんだ。人工知能に小説を書かせてはどうか。

このアイデア、たしかに奇抜な思いつきではあった。たとえば、あまりに型にはまった愛の告白が笑いを誘うことなどありそうだった。しかし、人工知能が風の吹くまま道草を食い、タシュケントの娘と一夜を過ごしたりする自在さを持つだろうか。それに、著名な恋愛小説が組み込まれたりしていると、私が剽窃《ひょうせつ》の嫌疑を受けることになる。

それでもなお私は人工知能にこだわり、登場人物の一人にこれを装着することを思いついた。そうだ、恋愛小説を書こう。男は普通の人間、女にこれを植え付ける。女はおつむが堅くて、少々浮世離れしたところに愛嬌があり、男はずるずると引き込まれてしまう。

まずは出会いの場所を設定するとして、作者つまり私が何度も訪れ、寺院が多く密会の場所にも事欠かない京都がいいだろう。そうそう、奥嵯峨の常寂光寺なんかどうだろう。ほそく急な石段の道。頭上を蔽う紅葉が人の目をも染める、あの季節は避け、八月半ばの午下がりとしよう。私はこの時季に行ったことはないが、構うものか。小暗い木の下道に輪唱のようなカナカナの声。男はTシャツに半ズボン、女は薄紫の絽の着物。女が石段の十段目ぐらいで立ち往生している。「どうしたのです」「もう歩けへんのどす」「あと三十段はありますよ」「うち、どないしょ。お参りせんと怒られます」「誰にです。日蓮さんですか」「誰って、あたしを作らはったお人どす」

この人を作ったのは両親に決まっているのに、変なことをいう人だ。男はしげしげと女を見る。つるんと茹で卵のような顔の形に三日月眉。その下の目は切れ長で、笑ってるような、人をからかってるような……。「上までおんぶしてほしいんやけど」甘えるようにいわれ、男はしゃがもうとするが。

作者は早くもここで行き詰った。女はいわゆるロボットだから人間の肉体をそなえていない。着物の内側にあるのはハリボテであり、背負ったら軽過ぎることに男は気づくだろう。男が女の正体を知るのはもっと後にしなければこの物語、長続きはしない。私はとりあえず、出会いの場所を変えることにし、この日はおさめた。

仕事のほうは、境界紛争の調停が成立し、成年後見の被後見人が亡くなる等件数が漸減し、そのかわり八王子へ法律相談に行くことになった。時間があると、決まって脳裡に現れるのが小竹真弓の件で、検討しますなどといってしまったから、真に受けて連絡を待っているだろう。こないだの面談で一番記憶に残っているのは、二人が半年後に肉体関係になったということだ。考えてみると、緑川が半年も手を出さなかったのはそれだけ真剣に真弓を想っているのだろう。それなら力になってやりたいが、私には時間がないし、その手立ても持っていない。しかし、じつをいうと私、緑川を憎めないやつと思っている。

——この男、一年少し前、田伏元治と同じフリーの客として登場した。紺の背広に無地のシャツ、臙脂のネクタイと、お堅い経理マンを思わせる恰好をしていた。「ここへは誰かの紹介で」とたずねると、「つい先日、ビルの前で先生を見かけましたので」と答えた。「私、弁護士に見えました?」「バッジをしてなかったら、そうは見えなかったでしょう」「何に見えました」「そうだなあ……夕日のガンマンですかね。長い影は見えなかったですが、そんな影を曳いてるような」「その日は苦い勝訴判決を得たのかな」

ガンマンといえばわがおやじ、鼻筋の通った、目に苦味のある、なかなかの二枚目だった。私は自分をてっきり父親似と思っていたが、ときどき「お母さん似ね」といわれる。おふくろは目のほんわかとしたお多福顔だから、この評はあまり嬉しくない。別れた妻にいわせると、私はマイルドなクリント・イーストウッドだそうで、四角い林檎といわれたようで、ちっとも有難くなかった。

「第一印象で、この弁護士はいい人だと直感しました。一つお願いしたい件があります」

「どんな内容ですか」

「はい、私、刑事被告人です」

男は足の横に置いた小型のトランクを膝に乗せ留金をパチンと開いた。そのトランクは野暮な服装に不似合いなカーキ色をしたブランド物だった。男は名刺と起訴状を私の前にすべらせ、「私、ブンヤと特殊株主のアシスタントをやっております」と自己紹介した。名刺には「財界ポスト主幹　緑川卓」とあり、起訴状に目をやると、年齢三十一歳、罪名は恐喝未遂、身柄については勾留中と記載されていた。つまり被告人緑川は現在保釈中の身というわけで、誰かがその手続きをしたことになる。この点をたずねると、会社の顧問弁護士ですと答え、「でもあの人には絶対頼みたくない。あのタヌキ弁護士には」と語調を強めた。

私はとりあえず起訴状の公訴事実に目を通した。要するに、ある会社の社長と女性秘書のスキャンダルを月刊新聞「財界ポスト」に掲載すると告げ、紙面の変更が出来ないことはないと暗に金を要求したという事件である。

この緑川、ヤクザかなと疑念を生じたが、先入観は禁物と自分に言い聞かせつつ男の外貌を観察した。頭は側頭部の青々としたスポーツ刈で、眉毛濃く、頰はしまり、あごが少々とがっている。背丈は私より五センチほど低いようだが、胸のあたりの分厚そうな張りはトレーニングの賜物だろうか。そんないかつい外見の中、長い睫毛に縁取られた目は微妙な色調をおびている。一見明るく涼しげに見えるけれど、光の加減では無頼にも獰猛にもなりそうだった。

詳しくは捜査記録を読んでから聞くことにし、この日は事件の背景をざっと聴取した。それによると、月刊紙「財界ポスト」は、政治結社「旭日社」総裁の八田房吉がオーナーで、同人は総会屋が本業であるが今や斜陽であり、ソープやパチンコ屋の儲けでカバーしている。「財界ポスト」は一応経済紙の体裁を保たせているものの、ときに財界のスキャンダルも取り上げるが、大半は広告主をよいしょする内容であり、暴露記事が印刷まで行くことはめったにない。

緑川は二人のアルバイトを使いながら、執筆、編集、営業と業務の全般をこなし、手取り六十万の月収を得ている。これまで、やはりスキャンダル記事をネタにした恐喝で懲役一年執行猶予三年の前科があり、これは猶予期間が満了して二年経っている。

今度の件は未遂とはいえ、同類型の犯罪を繰り返したのだから再犯の怖れありと、実刑を食う確率はかなり高い。

私は衝立の向こうの下村女史に記録の謄写申請を指示し、緑川の差し出した、この件の着手金にしてはぶ厚い封筒を、「あっ、そう」といって受け取った。

二日後に上がった記録を読んで、これはなかなか厳しいぞと、世の中そう甘くないことをあらためて認識した。もっとも、その生い立ちには同情すべき点が少なからずあった。五歳のとき父親を交通事故で失くし、母親が小料理屋を開き家族を養っていたが、中三のとき母親が店の客と再婚し、緑川と二つ下の妹は上野で商人宿を営む叔母に預けられた。兄妹は旅館の一室を与えられ、母からの仕送りで私立校に通うことになった。運動の好きな緑川は中学から始めたボクシングの部活に打ち込み、高二のときインターハイで準々決勝まで勝ち進んだ。ところが当日の夜、妹の急死を知らされ準決勝に出ず帰京する。葬儀が終わると緑川は叔母の家を出て、学校も中退し建築現場の作業員として飯場を転々とし、これが二十歳まで続く。

このような少年時の境遇は量刑に有利な材料として使えるだろうし、二十歳のとき、ひょんなことから八田房吉と出会い面倒をみてもらったことも、犯行に至らしめたやむを得ぬ事情として利用できるだろう。つまり、八田はよくいえば、漂流生活をしていた青年を拾い上げ、社用車の運転手に雇ったばかりか、大学入学資格検定を受けて私大の夜間部に通学する便宜を与え、卒業後は財界ポストに雇用し主幹にまで育て上げた人物といえるのだ。このような恩義ある人間に対し、反抗したりなど容易には出来ないだろう。

記録を一読したところ、当局の狙いは八田にあったようで、二度にわたって事情聴取を行っている。その供述調書によると、八田は財界ポストの一切を緑川に任せ、具体的指示は一度も与えたことがない。旭日社のモットーは経済人の非違を糺し国家経済を健全な軌道に乗せることであると大見えを切っている。

私は八田を法廷に引っ張り出し、とことんこの男を追いつめ、真実を明らかにしたかった。緑川の刑を軽くするにはそうするしかないと二度、三度と説得を試みたが、彼は応じようとせず、そればかりか情状証人として母親や叔母を申請することも肯んじなかった。母親には迷惑をかけたくない、叔母を証人なんかにしたら妹が浮かばれないと言い張るのだった。「俺がインターハイに出ているとき、高熱を出した妹に売薬しか与えず、急性肺炎で死なせてしまった、そんな女ですよ。先生、法廷で傷害沙汰が起きますよ」

緑川の目に涙が浮かび、ぴかっと光った。私はしばらく間をおいてから、おもむろに提案した。

「妹さんはどうだろう。法廷に出てくれないかなあ」

「せんせい！」

切れ長な、獰猛になった目が私をにらみつけた。

「いやいや、妹さんの書いた作文で、お兄ちゃんのことに触れたのがあったら証拠に出したいと思ってね」

「失礼しました。かおりの作文、いくつか残してあります。適当なのがあるかもしれません」

五日後帰ろうとしていると、階段を駆け上がったのだろう、当人が息を弾ませて入ってきた。

「かおりの中三のときの作文です」

チャック付きの保存袋から出されたそれは、三枚の原稿用紙に跳ねるような字で書かれていた。私は仕事机に坐り、「お風呂のこと」と題する作文を一語一語丁寧に読んだ。

三つのとき父が死に、母が玄海亭という小料理屋を開きました。それからはずっと兄と一緒にお風呂に入っていました。まだ髪がうまく洗えないので兄にやってもらい、背中は互いに洗いっこするのでした。

兄は都バスの運転手にあこがれていて、私たちはよく湯船で歌いました。「運転手は卓だ、車掌はかおり、あとの四人が玄海亭のお客」と。兄はまた「僕が運転してるとき、かおりが乗ってきたら、運賃はただにしてやるからな」といばって宣言するのでした。

兄が六年生、私が四年生になったとき母が「もうそろそろお風呂は別々に入らなくっちゃね」といいました。それから少しして、いつものとおり二人で同時に服を脱いで湯船に入ろうとしたら何とこれが水でした。ガスをつける役の私が忘れちゃったのですが、一緒に足をつけたとたんとても恥ずかしくなりました。お風呂よりプールに入ったように感じ、裸である自分を意識したのだと思います。それ以後お風呂は一人で入るようになりました。

中一のとき母が再婚することになり陰でめそめそしていると、「僕らに不自由させないためにハゲ社長の会社に就職するだけさ。これからはホテル暮らしだぞ」と私を元気づけました。そのホテルは富山の薬屋さんなどの客が多く、困ったことに女子専用の風呂がありません。私が入るときは「女子入浴中」の札を下げるのですが、面白がってのぞく人がいるのです。兄に話したら「僕がガードマンになってやる」と、その日からお風呂の前でシャドーボクシングというものを始めました。

この間私の誕生日に、兄に銭湯に誘われました。私はすっかり長風呂をし、一時間後に出てくると兄が待っていて、「ハッピー・バースデイ」と気取った声で祝福してくれました。それから私たちは甘味屋に入り、氷宇治金時を食べました。食べ終わると兄は思い出したように「背中、ちゃんと洗ったか」とたずねました。「うん、ごしごしと、お兄ちゃんの分まで」と答えると、顔をくしゃくしゃにして後ろに倒れそうになりました。

読みながら何度か目頭が熱くなるのを覚えた。

「これはいい、他の誰が証言してもこうはいかないね。しかし、これだけではまだ足りないな」

私は率直にそういい、何かほかにはと聞こうとした。緑川はそれを察したように「それで、ご相談なんですが」と椅子を立ち、直立の姿勢をとった。私は手ぶりで坐るよううながした。

「八田さんと縁を切ることにしようと思うのですが、先生、どう思われます」

「そういえば暴力団の偽装解散というのがあるな。君はあれを真似ようというのかい」

「とんでもない。私、本気です」

「そんなこと、簡単に出来るのか」

「簡単には無理です。残務整理があるし、私の後釜も見つけなくちゃいけませんから」

「いずれそのうちに、じゃ裁判所は歯牙にもかけないよ」

「裁判では、八田さんに決意を述べたと申します」

「それなら八田に出てもらおう。君の退社を了解するかどうかだけ聞くといえば出頭に応じるだろう」

「ところが八田さん、昨日出国したのです。当分帰って来ないと思います」

「この件で、びびったようだな。ところで君、本当に自分の意思伝えたの」

「明確には告げていません。ただ、顧問弁護士を解任して先生を選任したことで、察しはついているはずです」

「彼が了解していないとすれば、この点の主張は弱いね」

「しかし八田さんが日本にいても出廷に応じないだろうし、退社を認める文書も書きませんよ。むしろ海外におればば了解したかどうかあいまいにしておけるから、あとは私が大声で宣言して、裁判官の判断にゆだねるしかありません」

私は天井を仰ぎ、その姿勢で数秒思案した。

「せめて今後の仕事でも決まっておれば、信じてくれる可能性はあるな」

「私、子供に関わる仕事をしたいのですが」

「へぇー、君が子供とはねえ。それで例えばどんな?」

「はあ、一つはですね……」

緑川は照れたのかスポーツ刈の頭を撫で撫で、こんなことをいった。

「小学生の課外授業に街で靴磨きをさせるのです。キリストは弟子の足を一つ一つ洗われました。子供たちはこれによってどれほど多くのものを得ることでしょう。自分はその用具を学校に卸すことで生計を立てます」

私は束の間このアイデアに乗りそうになったが、突飛なことに飛びつきたがる自分の性癖を思い出し、この男もかと緑川を凝視した。密生した睫毛の中のきりりとした目は真率そのもので、軽薄さの微塵も見られなかった。とはいえ、おおかたの裁判官はからかわれたとしか感じないだろう。

そうだそうだ、あれがある。私の頭に、かおりちゃんの作文がくっきりと浮かび上がった。

「君は小さい頃、どんな仕事に憧れた？」

「都バスの運転手です」

「今はどうだい」

「そうか、これがあるのを忘れてました。かおりの作文が後押ししてくれますよね」

「君にまったくその気がないのなら持ち出さないほうがよい。正直に、まだ決まっていませんというべきだ」

「いや、都バスでいきましょう。裁判まで鋭意勉強しておきます」

緑川は力強く宣言し、あごをぐっと引いてみせた。

さて公判であるが、事実を争わないから審理は一度で終わる。緑川はよく勉強したと見え、私よりの質問、検察官の反対尋問に、はきはきと要領よく答えた。その真摯な態度は、裁判長が目を開けててくれれば爽やかな印象を与えただろう。

初めてお目にかかる裁判官だった。のろのろ登壇し、申し訳程度に頭を下げ、面倒くさそうな物言いをし、途中、長い中高な顔にかけた眼鏡が何度かずり落ちそうになった。居眠りをして、ふと我に返るのであろう。

このぶんじゃ裁判長の質問はなさそうだ。意地悪な質問をされるよりかましだと考え直し、最終弁論の原稿に目を移した。

「それでは私からたずねます」

きびきびした口調に思わず顔を上げると、眼鏡をはずした裁判長が目をいっぱいに開き被告人を観察していた。私はにわかに緊張を覚えた。

「先ほどあなたは勤め先をやめると決意を述べましたが、八田さんでしたかな、あなたの雇い主にそれを申し出ましたか」

「口で伝える前に外国へ出かけたのです」

「えっ、海外へですか。いつ帰国するのです」

「だいぶ先になると思います。ただ、私の退社の意思は社長も気づいていたと思います」

「それはどうして」

「私が社の顧問弁護士を解任して百田先生に依頼したからです」

「ははあ、そうなんですか。百田弁護士を選任した後、八田さんは出国したの」

「四日後だったと思います」

「百田弁護士のついたことが彼の出国をうながしたのですか。弁護方針によっては自分に火の粉が降りかかるとか」

「それはわかりません」

「記録によると、あなたは八田さんの片腕のような存在と思われますが、大事な部下の裁判中に外国へ出かけたのはよほど緊急の用があったんだろうね」

「用向きの点はわかりません」

「率直にいって、あなたが退社と称しているのは裏社会から足を洗うことじゃないのかね」

「まあ、そういわれても仕方がありません」

「そう簡単に抜けられるとは思えないが」

「自分の意思が固ければやれると思います」

「身辺に危険が及ばないだろうか、というのは考え過ぎかな」

「はあ、それは……」

緑川は答えに窮し、ちらっと私の方に視線を走らせた。裁判長その質問はちょっと、と異議を挟もうとすると、さっと緑川の右手が上がった。

「なんですか、被告人」

「そのことで発言したいのです」

「どうぞ」

「裁判長が私の身を心配してくださった今の言葉が、裏社会に対する強い牽制になると思います。ありがとうございました」

緑川はそう答え、深々と頭を下げた。「へえ、そうかね」といった顔で裁判長は受け流し、別の質問に移った。

「弁護人の質問に対し、都バスの運転手になるについての免許取得、その教習要領、費用などにきちんと答え、よく調べたことはわかりましたが、ちなみに裸眼の視力は」

「はあ、両方一・〇だと思います」

「ちょっと待って」

裁判長は書記官に一枚紙片を出させ、何やら書きつけた。

「この字、読めますか」

「は、はい。更生の余地はあるかな、と書かれています」

「あなたが都バスの運転手になり更生したとして、お金を忘れた客が乗って来たとき、どう対応しますか」

「はい、その場合は……次に乗ったとき倍の料金をいただきますといいます」

「都バスで一番好きなコースは」

「新宿から市谷、本郷、蔵前橋通りを浅草へと行く線です」

「更生を誓うとして、それを支える精神的後盾がありますか」

「はい」

「それは何ですか」

「天国の妹です」

「ああ、かおりさんですね。よくお風呂で歌ったようですね。運転手は卓だ、車掌はかおり、でしたかな」

「は、はい、ありがとうございます」

緑川は証言台に乗せていた手を腰のわきにぴんと伸ばし、九十度のお辞儀をした。

「弁護人、検察官、これからはオフレコです」

法廷でオフレコなんて初めて耳にした私は、何秒かぽかんとしてしまった。

「百田弁護人、実際のところどうなんでしょう。被告人は本当に足が洗えると思いますか」

私は異議を述べこの質問をかわそうとしたが、オフレコ中では異議の出しようもなかった。私は心中に反し、自信ありげに振舞った。

「私はそう確信しております。出来得る限りそのために力を尽くします」

「被告人はたいそうあなたを頼りにしているようですが、長い付き合いですか」

「はい……いや、それほどでもなく、フリーの客なんです」

「というと、ふらっと事務所に入ってきたんですか」

「正確にいうと、私が事務所に戻ってくるのを一度見たそうです」

「その印象がよほどよかったのですね」

「夕陽のガンマンに見えたそうです」

「あなたが、ガ、ン、マ、ンですって。こりゃ頼りになるわ」

裁判長は声に出して笑いだし、途中から肩が揺れるほど全身に伝染させた。私はむっとしかかったが、裁判長の心証を慮り、苦笑するにとどめた。

翌週判決が言い渡され、懲役一年六月に執行猶予四年が付加された。事務所にいっしょに戻り、お茶で一服してから私は念を押した。

「裁判長に感謝して一日も早く更生することだね」

緑川は神妙に頭を下げ、十秒ほどその姿勢で決意の固さを示した。

「ところで、あのう……ひとつ、聞いてもいいですか」

「どうぞ」

「裁判所は私の追跡調査なんかやりませんよね」

「さあどうだろう。君が強く望むなら、有料でやってくれるんじゃないか」

緑川はいったん帰り、夕方ふたたび来て、私の働きの対価にしては持ち重りのする封筒を差し出した。

「先生、更生は明日からにして今日は無礼講といきましょう」

「気を遣わないでくれ。仕事が溜まりに溜まってるもんでね」

緑川はニヤニヤしながら「いいからいいから」と背広の袖をつかみ私をタクシーに乗せ、向島の料亭へ連れ込んだ。十二畳ほどの座敷に通されると、「先生、今夜はあたしタニマチだからね」と声を鼻にかからせた。

「はてな、ここは大阪の谷町なんですか」

「ご承知の通り、タニマチはお客にごっつあんといわせるまで帰すわけにいかへんのです」

「そんなにご馳走が出るのですか」

「うーん、じれったい。草平たら」

緑川は完全に女声になり、つーつーと膝で私のそばまで寄ってきた。

「あたし、向島のハナマル、今夜は帰さないから覚悟おしよ、この色男」

ほどもなく、緑川に声色を真似られたそのひとがあでやかな日本髪で登場した。ハナマルは「華万留」と書くそうで、なかなかの美形だった。緑川は私と彼女を今夜中に仲良くさせようと躍起になったが、私は料理を平らげると、「ごっつあん」と礼をいい、さっと席を立った。

この翌日、緑川は至極真面目な電話をかけてきた。裁判官に誓った更生を実行したいので協力していただきたい、ついては定期的に近況報告をしに行きたいのですが、というのである。むろん私に否やはなく、それからは毎月事務所にやって来た。ただ、ときどき月刊紙の原稿を見せられることがあり、半年前のこと、次のような文章を持ち込み、小説仕立てで発表するのはどうでしょうと相談に及んだ。

「艶福家の井坂社長は秘書の栗山麗子を今夜も湯島のホテルに連れ込んだ。これが五度目だから麗子の足取りは社長よりも張り切っていた。回を重ねるごとに彼女の体は成熟し、あられもない嬌態をほとばしらせた。井坂は禿げチャビンの頭を編み込み式かつらで隠している。これを知らない麗子がかつらの毛をかきむしるので、すぽっと抜けはしないかと気が気じゃなかった」

笑いをこらえながら一読した私は、まず文章を直したくなった。「連れ込む」という言い方は初回のみ使うべきであって、五度目なら「しけこむ」のほうがよい。「回を重ねるごとに成熟し」は「回を重ねるごとに感度を増し」のほうがリアルである。「あられもない嬌態を」の場面は「淫乱な雌豚のように」と形容してはどうか。

だがこの際、文章が問題なのではなかった。緑川はこれが何かヤバい事態を招くのではと心配しているのだ。私は自分の推測を断定的に述べた。

「人物名は仮名でも、この会社は実在しているな。会社に内部紛争があって、財界ポストは反社長派に加担して見返りを得ようと企んでいるのだろう」

「小説形式でもやはりまずいですか」

「これは禿げを暴露されたことが名誉毀損にあたる、というような生易しい問題じゃないな」

「しかし、これをボツにすると……」

緑川は言葉を濁し、それきり黙ってしまった。長い睫毛の中の、途方にくれた少年のような目が私に向けられていた。やはりこの男、ボスに重用され棲む世界から抜け出すことが出来ないのだな。しかしこのままでは同じ過ちを繰り返すことになる。そんな懸念が彼に対する憐憫のようなものとまじりあって、私を次のような行動に駆り立てた。「こんなものさっさと捨ててしまえ」と原稿を突き返すと、「君が足を洗うまで、当事務所への出入りを禁止する」と言い渡したのだった。

緑川はというと、「ははあ」と九十度に頭を下げ、恭順至極といった態度をとった。それが少々芝居じみて見えたので、それ以降音信不通状態になるとは考えもしなかった――。真弓という恋人を持ちながら、あいつはどう生きるつもりなんだろう。

事務所の長椅子で、そんなことを考えているときだった。

「夕方、お時間いただけないでしょうか」

切迫した調子で小竹真弓が電話してきた。あれから二週間がたち、しびれを切らしたのだろう。

「それでは六時半に」と、私は声の必死さにつられて返事した。

彼女が来るとただちに、一枚のメモ用紙をその前に置いた。それには「緑川卓」とだけ書かれていた。

「私は一年前にこの男の刑事弁護を担当しました。どうやらあなたの付き合ってる男と同一人物のようですね」

真弓はメモ用紙を手に取り、う、うっと呻き声を出し紙ごと顔を覆った。私はその顔が上がるのを待って、冷厳な口調でいった。

「彼はそのとき裁判官に更生を誓ったのですが、実行しませんでした。私はがっかりしているのです」

「先生、受けてもらえないのでしょうか」

「やるもやらないも、緑川君にその意思が無いとどうしようもありませんね。あなたから見てどうです」

「ひいき目かもしれませんが、その気は十分あると思います。ただ、何かすごく悩んでいるようなのです。先生は見込みがないとお考えですか」

「わかりません。ただあなたがそう見ているのだから、見込みはあるのでしょう」

言い方が冷たく聞こえたようで、真弓は肩をすぼめ、黙ってしまった。それを見て、ともかく何か話さねばとの気持ちから、「あなた方、どうして知り合ったのですか」と聞いてしまった。とたんに真弓は背をぴんと伸ばし、弾んだ声でその始まりを詳しく語った。会話の部分などを活かし、ちょっと小説風に記すと次のようになる。

――十か月ほど前、背広の三つ揃い、蝶ネクタイの緑川が真弓の会社に現れた。総務部長に代って真弓が応対に出ると、財界ポストの件で部長に会わせろという。同紙に対しては社の方針で次号から広告を断ることになり、数日前彼女がその旨連絡したばかりであった。「そういうことでございますので」と目でどうぞお引き取りをの意思を伝えると、「部長の都合がつくまで待たせてもらうわ、茶は出さんでええで」と緑川は尻上がりの声でいった。真弓は名刺を差し出し、胸を張った。

「この件は私が一切任されています。お話があるなら私が伺います」

「俺は声がでかい。東商ホールの窓ガラスにひびを入れたことが三回ある。ここで大声はまずいから一階の喫茶店でフレンドリーに話し合おう。あなたもすべて任されているのなら、部長に出かけてもいいですかなどとお伺いを立てることもないわけだ」

押しつけがましい言い方に、真弓はこんちきしょうと反発を覚え、それがかえって仇になった。

「いいですとも、先に行って待っててください」と答えていたのだ。

喫茶店に入っていくと、緑川は「さあさあ」と椅子を引いて真弓を坐らせたが、テーブルに向き合うと声が厳しくなった。

「広告を断った理由、正直にいってほしいな」

「費用対効果を考えたのです」

「だいぶ業績が悪いと見える」

「そんなことありません。経営合理化の一環です」

「わかりました。広告は打ち切ります。しかし次号に御社の名が出るかもしれませんよ」

「と申されますと。何か記事を載せるのですか。業績が悪いというような」

「さあ、どうでしょう」

「もしそんなことをされたら、名誉毀損で訴えますからね」

二週間後、総務部小竹真弓宛に財界ポストが送られてきた。おそるおそる見慣れた広告欄に目をやると、何ということか、わが社が出ていて赤ペンで囲ってあった。真弓は瞬時にして憤激の極に達し、受話器を鷲摑みにした。相手は二十秒ほど待たせてから、「どうも失礼、ムクドリに餌をやってたもんで」などといった。

「いま財界ポスト届きました。これ、どういうことです」

「あれ、もう着きましたか。その宛名、自分で書いたんです。真弓の箇所で手が震えちゃってね」

「緑川さん、とぼけないでください」

「なぜ広告を載せたか、ですね。とっくりと説明したいので、六時にあの喫茶店で会いましょう」

「お断りします、いま説明してください」

「じっくり話を聞いてくれたら来月号には載せないかもしれません。真弓さん、これはビジネスですよ。手間ひまを惜しんじゃいけないと思いますがね」

真弓は受話器をつぶれるほど握りしめ、何度か深呼吸した。

「いいですよ、勤務時間なら」

「このところ昼間は忙しくて出られんのです。ムクドリに餌をやるひまがないので鳴かなくなりました。あなた、何も昼にこだわることないでしょう。広告を断るのも立派な仕事なんだから残業扱いにすればいい」

相手の図々しさに真弓は呆れ果てたが、一応の筋は通っている。まあ喫茶店で一時間話すだけならどうってことないか。しおらしく聞くふりをして一札取ってやろう。

午後六時、喫茶店には緑川が先に来ていて、真弓と目が合うと、両手を使って投げキスをした。

その不真面目さに、真弓の頭はかっとなり、非難の声が上ずった。

「緑川さん、約束を破りましたね。あなたってどういう男」

緑川は目をぱちぱちさせ、腑に落ちぬといった顔をした。

「小竹さんに会いたいと思って、そうしただけです。広告を載せたら文句をいってくるから、必然的に逢引することになる」

「どうしようもない人ですね。当社に広告料を払わせたうえ、女子社員を呼び出して面白がってるんだから」

「今月の広告料は俺が出します。だから今晩付き合ってください」

「何を言い出すんです。ふざけないでください」

「何もベッドを共にしてくれといってるんじゃない。食事だけでしあわせなんです」

「わたし、失礼します」

「飯を一緒してくれなきゃ、来月も広告を載せますよ。再来月もね」

「どうぞご勝手に」

真弓は椅子を立ち、二歩、三歩と足を運び、くるりと踵を返した。そして緑川の顔をにらみながら椅子に戻った。

「わたし、次号が刷られる前に、印刷屋に頼んで当社の広告を削除してもらいます」

「あはは、そんなこと出来っこないね。あそこのおやじはガチガチの昔気質で、金を積んだって乗ってこないよ」

「そのおやじさん、あけぼの印刷の大野善三さんじゃありませんの」

「そうさ、よく調べたね」

「わたし、元は大野真弓と名乗っていました。学生時代祖母と養子縁組したので苗字が変わったのです」

「えっ、えっ、すると君は」

「そう、大野善三の娘です。父もこの広告をめぐる理不尽なやり方を知ったら、財界ポストとの取引、考え直すでしょう」

「ひやー、それはないよ、それはないよ」

緑川は目の前の茶碗、コップを脇に寄せ、「平にお詫び申し上げます」と額をテーブルにこすりつけ、顔を上げると右手を胸に当てて宣誓した。

「緑川卓、小竹真弓に手を出さぬことを誓います。今夜も、そして、つづく夜もずっと」

真弓は何やら馬鹿らしくなった。と同時に、もうすぐ三十になる女が突っ張っていてもしようがないと反省する気持ちにもなった。おまけに腹の虫がグーッと鳴った。というようないきさつで、割勘を条件に食事を共にすることになったが、彼が強引に勘定を払ったので二週間後お返しを申し出る成り行きになった——。

ここまで聞いて私は考えた。これ以上続きを話させると、私が受任する気でいると誤解されるおそれがある。ここは話題を変えて、さらにこの件の難しさを知らしめることだろう。

「小竹さん、彼、次の仕事について何か展望を持っていますか。裁判官には都バスの運転手になると約束したんだが」

「はあ、展望といっても……」

真弓はちょっと思案してから、次のようなエピソードを話した。

――付き合って五か月になるころ、渋谷の宮益坂へ馬肉のすき焼を食べに行き、その後ホテルに誘われたことがあった。自分は「少し散歩しましょう」といってホテルらしい建物の無い街筋へ歩いていった。五分ほどで閑静な所に出たので「ホテル、遠くなったね」というと、彼は「そうでもないよ、JRのガードをくぐって南南西に進路をとればホテル街さ」とそちらを指し「歩いて十分、駆ければ五分だよ」と耳元で囁いた。自分は胸がドキドキし、どうしていいかわからぬうちにガード近くまで来てしまった。このとき緑川が「ちょっと待ってて」とわたしに断って駆けだした。ガードの手前、線路沿いに公園があり、少年が一人ボール蹴りをしていた。彼は少年の所まで行くとぽんと肩をたたき、それから二人でボールを回しながら走ったり、ドリブルを見せ合ったりして、子犬がじゃれているようだった。五分たち十分たち、とうとう十五分たった。その間緑川は手を振るような合図もせず遊びに熱中していた――。

「あの人、そんな人なんです。子供がとても好きなんです。だから何かその関係の仕事が出来たらと……」

「まあ都バスもその延長にあるといえますが、曖昧模糊とした話ですね」

私はこれでこの件を断る伏線を敷いたと判断し、気がかりな点を質問した。

「ボール蹴りの後、緑川君どうしたのですか」

「わたし、何だか悲しくなって、それ以上に腹立たしくもあって彼を置き去りに帰ってしまったのです」

「ふーん、そうですか、ふーん」

緑川、調子に乗り過ぎてお預けを食ったわけだな。

時計を見ると二時間近くたっていた。出来れば二人の力になりたいけれど、やはりこの件はとうてい私の手に負えない。といって、ここまで具体的に話を聞いて、今すぐ逃げるのは気が引ける。私は居ずまいを正し、先日と同旨の科白をいった。

「この件は非常に難しいです。よく考えますのでもう少し時間をください」

3

病気を知ってからひと月たった。体調に変化はなく、順一医師の処方した胃腸薬で腹具合も普通である。田伏邸での生活も自分なりのリズムが出来、この頃は大家のことを真世と伝ちゃんにならって「元じい」と呼ぶようになった。

この下宿は朝食付きで、きっちり七時半に始められる。中身はパンと生野菜と卵料理に飲物がつく。パンは日によってトースト、クロワッサン、菓子パンと色々、卵料理もハムエッグだったりオムレツだったり日替わりで、飲物はコーヒーか紅茶のほかミルクが必ずつく。

弁護士の一日は、法廷の始まる十時を基点として予定が組まれる。これまでの私は一時間ほど起きるのが遅く、朝食は法廷後にブランチすることが多かった。ここへ引っ越してからは前述のとおり夜半に起きだして机に坐り小説を構想する。そして六時ごろ机を離れるが、食事まで十分に時間がある。私はもう一度ベッドに戻り、手の平を使って腹部に我流のマッサージをほどこし、それからサロンへ降りて、これも自己流の体操を十五分行う。マッサージも体操も、腫瘍に余計な刺激を与えないよう優しくやわらかくを心がけてやる。

洗顔、ひげ剃りなども済ませ、定刻の十分前に食堂に入ってゆくと、五分後には卵料理の皿が運ばれる。私も元じいも、根は几帳面なのかもしれない。真世と伝ちゃんはたいていぎりぎりに飛び込んでくる。まだ目が覚めないらしく、食卓での発言回数は元じいが圧倒的に多い。だいたい時事問題をテーマに、かなり辛辣にコメントすることもある。今日はいきなり真世に対し、こんな質問をぶつけた。

「雑学の先生、オーストラリア和牛というの、知ってますか」

真世は「はあ?」と皿から顔を上げ、庭の方に向かって目をしばしばさせた。庭には牛はおらず、黄色い嘴の小鳥が数羽芝をつついていた。

「それ、存在自体矛盾していません? いや待てよ。ラストサムライでしたっけ、あれ、トム・クルーズでしたよね。米国産の侍がいるくらいだからオーストラリア産の和牛だっているかもね。元じい、その牛、花子という名でしょう」

「そうそう」と伝ちゃんが口を挟んだ。「メルボルンにも一頭いるよ。名前は太郎という紅毛の牛」

「さて、百田先生、真面目な答えをお願いします」

「はいわかりました。その太郎、またの名を松蔭といいます。日本に憧れ海を渡ろうとしたのですが、ペリーの軍艦に拿捕され下田奉行所に突き出されたのです」

「君たち、午前中ぐらい日本国を真剣に憂いてもらいたいね。名前がトムであろうとメリーであろうと、和牛という日本の固有種があちらに輸入され飼育されて食肉になると、オーストラリア和牛というブランドになる。これが今後安く入ってくると日本の酪農は大打撃だろうね。しかし固有種を守れといったって、日本人にその気があるのかね。大銀行のコマーシャルを見てごらんよ。清楚で日本的なしとやかさを持つ女優がグーといって親指をおっ立ててるじゃないか」

元じいはいいながら自分の指をおっ立て、がぶりと噛みつく仕草をした。

この日、地代に関する調停が六回目でまとまり、依頼者が夕方礼をいいに来てカステラを置いていった。事務所で菓子をもらうと、四人の子持ちの下村女史にパスすることにしているがカステラだけは上げられない。おふくろの好物だからだ。早速電話し、「母さんのこと考えてたら急にカレーが食べたくなった」というと、「頭に浮かんだ順序はカレーが先ね」と言い返された。冷凍したのなら自家製があるというので、「ごちそうさま」と食べる前に礼をいった。

私は人相が変わっていないか調べるために洗面所に入った。見たところ顔の輪郭や肉づきに変わりはなく、白目と皮膚の色こそ黄色っぽいが、黄疸が発症したわけじゃない。中古物件のここを契約したときから鏡のほうが黄ばんでいるのだ。それでも女史の前任者の河原君がいたときはこまめに掃除するので、ぴかぴかしていた。それが女史に変わってから、うっすら曇っている。私にとってこれはかなりの誤算だった。彼女を採用した理由の一つとして便所掃除が好きな人、というのがあった。健康的な小太りの体つき、実直そうな丸い目を見て、マフィア映画に出てくる掃除のおばさんを連想したのだった。極悪非道のやからのうろうろする中、黙々とモップかけをしているあのおばさんを。

じつは、そんなタイプではなかった。そのかわり、デスクワークは優秀で知的好奇心もすこぶる旺盛である。私が内心「女史」付で呼んでいるわけはこの点にある。

おふくろに病気を告げるのは、本格的にモルヒネをのむようになったときと決めている。今のところ外貌にさほど変化はないから相手に気づかれることはあるまい。おふくろは、律儀にして几帳面だったおやじと対照的にのんびりした性格で、このような場合有難い。それにしてもおやじとおふくろ、恋愛結婚だというから、驚いてしまう。おふくろがデパートの文具売り場に勤めているとき、おやじが甥のランドセルを買いに来たのがきっかけだそうで、その後どう発展したのか、いくら考えても情景が浮かばない。男と女の出会いを幾通りも模索する中で、こんな難しい実例を、作者は見せられているのだ。

六時前に事務所を出て都営地下鉄・内幸町まで歩き、電車を白山で降りると、途中コンビニに寄りビールを半ダース買った。妹の亭主というのが下戸で、家に酒を置いていないのだ。

実家に着くと先ずおふくろに「元気そうだね」と声をかけてから、「ぽん太は」と亀に対する機嫌伺いをした。毎度のことなので、「そこらにいるでしょ」とすげない返事がかえってきた。亀は座敷の縁側に置かれた、平たい花器の中にひっそりとうずくまっていた。まだ冬眠には早いから、私の足音を聞いてそんなポーズをとったのかもしれない。私は声をかけず居間に引き返した。

おふくろは、晩酌一合を死守するごとくであったおやじよりいける口だが、夕食は酒抜きだった。妹家族もいっしょだからで、カレーライスの分、私だけ一品多かった。この後、おふくろの寝間でもある座敷にビールを持ち込んだ。おふくろはでーんと恰幅があるから三五〇ccの缶が小さく見える。一本をぐいぐいと飲み干し、二杯目に取りかかると、恒例の質問を発した。

「ずいぶん来なかったわね。何か、いいことでもあったのかな」

「うん、エプロンの似合う清楚な依頼者の件で忙しくてね」

「ちょっと、あなた、エプロン姿どこで見たの」

「どこだと思う?」

「ひょっとして勝どきのマンション?」

「それはそうと、彼女、大借金を抱えているんだ。母さん、出してやってくれない」

おふくろは即座に話題を、こないだ行った温泉旅行に切り替えた。そしてこの話題もすぐに放棄され、口調がいやにしんみりとした。

「最近白髪が増えてね」

「うそだい、去年より黒くなったよ」

「よくいうわね。あなたが独りでいると、頭白くなるばかりだよ」

「母さん、俺が中学卒業のとき、浜田邦子と映画の約束してたの、憶えている?」

「憶えていますよ。あの子を振って杉森何とか君に会いに行ったこと」

「杉森豊だよ。丸坊主にして博多に行っちまった」

「それが、あなたの結婚とどんな関係があるの」

「こないだ二人の夢を見てね。どちらからも結婚を申し込まれて困ってしまった」

「まさか、浜田さんを断ったんじゃないでしょうね」

「夢はそこまで行かなかった。でも母さん、今度同じ夢を見たら、どちらに色よい返事しようかな」

おふくろは睫毛のほこりを払うようなまばたきをし、ぷいとトイレに立った。戻ってくると、ためらいがちにこんなことを言い出した。

「この家の権利のことでね……恵ちゃんがお兄ちゃんの分を買い取りたいといってるのよ。まあ、伝えるだけは伝えましょうと答えといたんだけど」

「そうか、そういえばここは……」

先日、自分の遺産を見積もった際、ここの土地・建物を入れるのを失念していた。おやじが亡くなって、おふくろ、妹と三人で共同相続したのだった。私はとっさに自分の生存が十年か二十年保証されたら、どう対処するかと考えた。答えは即座に出た。自分が明日死のうと二十年後に死のうと、ここは妹がもらえばいいだけのこと。

「母さん、角館のばあちゃん、いくつで死んだのだっけ」

「九十四よ。それがどうかしたの」

「母さんもあと二十年以上生きられるだろうから、俺の持分は母さんに買い取ってもらいたいね」

「そうしたほうがいいの?」

「母さんなら安く売ってあげるよ。税務署が認めるぎりぎりの値段でね。それから母さんが遺言を作り、恵ちゃんに全部上げるとしておけばいい。手続きは百田弁護士がやるよ」

「じゃあ、そうしましょう。任せたわよ」

「しかし母さん、金を出さずに名義を変えられるかもしれないぜ」

「それ、どういうこと?」

「俺、辣腕の弁護士だから、法の抜け穴を知ってるというわけ」

「草ちゃん、危ないことやっちゃダメよ。絶対ダメよ」
危なかないさ、絶対に。もうすぐ俺が死んで俺の持分は自動的に母さんに行くだけのことさ。だがそうなったら、このひと、どれほど悲しむことだろう……。

鈴木医院へは二週毎に行き、導眠剤と胃腸薬を処方され、今のところそれで済んでいる。順一医師はそのつど初診同様に診察してくれるが、とくに何か指摘したことはなく、健康診断と錯覚するほどだ。今日も腹部の触診が終わり、「先生、他臓器への転移はみられますか」とたずねたら「患部がかなり大きくならないと、当医師の手は察知しません」と答え、「鮨でも食いに行かないか」と患者を誘った。「はい、ドクター」と私は応じ、自分がしまいの患者だったので、十分後に医院を出た。今日は夫人もいっしょで、彼女を中に挟んでぶらぶらと電飾の明るい方へと歩いていった。夫人は目がぱっちりと大きく、表情も活き活きとし、言葉の端々に才気を感じさせる。つまり、頭と舌がスムーズに連動するわけだ。

そこはかつて花街の隠れ家だったのか、店へのほそ長い石畳に薄紅の路地行灯がともっていた。店内は七、八席のカウンターと小上がりが一つ、包丁を握るのはおやじさん一人、という店だった。

大瓶のビールを取って乾杯し、それからは日本酒になった。おつまみは「おやじさんにまかせるよ」とだけ順一が注文を出した。夫人はここでも真ん中に坐り、両側へのお酌はむろん、自分の猪口にも勤勉に注いでいた。彼女が闊達に喋るので私も気楽に話しかけた。

「たしか二人の出会いは、あなたが急患として鈴木医院に駆け込んだとき、でしたよね。それがどうも釈然としないのです。その頃順一は瀬戸内の小島に派遣されていたはずだから」

「この人、たまたまこちらに帰っていて、それが土曜の午後でお父様が休診という偶然が重なったのです」

「しかし順一、よく急患がさばけたな。彼女、どこが悪かったんだ」

「僕には守秘義務がある。ただし、患者がべらべら喋るのは止められない」

「奥さん、順一が帰ってるのを知って、急病にかかったのですか」

「近くの眼科医が休みで困りはてて鈴木先生に電話したら、僕が診てあげるといわれたんです」

「順一を眼科医と間違えたのですね」

「ええ、たぶん。目がごろごろして死にそうですといったら、それなら来なさいと」

「順一、声を聞いて顔を見てやろうと思ったのか」

「私心はまったく無かったね。僕はあの島であらゆる患者を見たからね。牛のお産に立ち会ったこともある」

「よく牛が許したな」

「赤ちゃん牛があんなに早く立つとは驚いたねぇ。ひと月ぐらいはわらの中ですやすや眠っていると思っていたから」

「奥さん、彼の診立ては何病だったんです」

「ともかく寝台に横になり、目をつぶりなさいと」

「目をつぶる？　目に何か入ってるのなら、大きく開いてくださいというのが普通だけどな」

「リラックスさせようとしたんだ」

「奥さん、全身麻酔かけられませんでした？」

「そんな気分のうちに彼の顔が近づいてくる気配がしました」

「順一、この急患、仮病だったろう」

「何をいうか。ちゃんと瞼を裏返し、異物を摘出した」

「何が入っていた」

「もう忘れた。奥さんに聞いてくれ」

「奥さん、何だったのです」

「ダイヤモンドの大きなかけらでした」

「あなた、それ、目で確かめたのですか」

「医師がそういったのです」

「返してといったのでしょう」

「その前になぜこんなものが目に入ったのか、と聞かれました」

「そうそう思い出した。猫のカサブランカも診察室にいて、この質問に大変興味を持った」

「何かウソくさいが、まあいい。奥さん、ダイヤはどこで目に入れたのですか」

「わたし思い出したのです。銀座の宝石店のショーケースに見入っていた自分を。ああこんなダイヤがほしいなって。たぶんそのとき、ダイヤがはじけ、ケースを破って目に飛び込んできたのです」

「ダイヤがあなたに同情したのかな」

「ちがいますよ。わたしのもの欲しさを懲らしめようとしたのです」

「自分でそう反省したのですね」

「医師に反省を強いられ、これは没収すると」

「順一、ダイヤのかけら、今どこにある」

「猫にくれてやろうとしたら、医療ごみと一緒に捨てな、といわれた」

夫人はふふふと笑い、私は、はっはっはと笑った。このストーリーの合作者であろう順一は何がおかしいという顔を私に向けた。

「百田さん」と夫人が私の左腕を軽くノックした。「立ち入ったことを、うかがってよいかしら」

「あたしのこと好き、なんて質問はここではダメですよ」

「再婚する気はありません？」

「ああ懐かしい科白だ。四十になって以後とんと聞いていない」

「おありなら、わたし、ひと肌脱ごうかと思って」

「お願いします。存分に脱いでください。だけど、今から子供二人つくれるだろうか」

「それ、若い人がよいという意味？」

「大年増でも、生殖能力があればいいです」

「おしとやかな人かじゃじゃ馬か、どちらが好き？」

「その中間はないのですか」

「百田さんには中間は似合わないと思って」

「おしとやかな顔でエッチなことをいう人がいい」

「お茶の先生はどうでしょう」

「表ですか、裏ですか。いや、それがどうしたというのだ」

「あの藤木さんはやめたほうがいいな。お点前しながらエッチなこと、いいそうにないからな」

「それじゃ活花の先生は。順ちゃん、浦里さんなんか、ぴったりと思わない?」

「ああ、あの人はいい。顔は芳しくないけど、花がカバーしてくれる。今宵濡れそぼつ薔薇なんてタイトルの花を活けそうだ」

「ひとつ、問題があります。俺、子連れなんです」

「えっ、ほんとう。からかってるんじゃないでしょうね」

「旦那はうすうす知ってますよ」

「男の子、女の子?」

「それがわからないのです」

「百田さん!」

「亀なんです。もう身長十五センチぐらいになります」

「うん。亀は泌尿器が人間のように露出してないから、雌雄がわかりにくいんだ」

「奥さん、浦里さん、亀を可愛がってくれますかね」

なるな」
「それを確かめる方法が一つある。あの先生、六角形の剣山を持っていたら亀好きということに
「さあ……」
――赤坂の一夜がこんな風に過ぎていった。愉快に、賑やかに、親愛の情に溢れ――。

夜、目覚めてからの小説構想はずっと続けている。普通の男と人工知能の女の出会いの場を移してはまた移し、まだ定まらない。いつも集中できるわけはなく、しばしば世の煩いごとに妨げられる。中でも、小竹真弓が緑川についていった一言が気にかかって仕方がない。「何かすごく悩んでいるようなのです」のあの一言。

緑川はまた八田の指示で何かやらされているようだ。それが前と同じ類の悪事で、もし発覚でもしたら、前回の執行猶予が取り消され、新たな懲役に一年半が付加される。

悪事は急速に進行するものだ。何とか彼を脱出させる術はないだろうか。気がつくと、小説そっちのけでそんなことを考えていて、青写真らしいものが出来つつあった。とはいえそれは謀略であり、弁護士にあるまじき、裏社会の連中のやり口に近かった。これまでおおむね合法的に生きてきた自分が、晩節をけがして悪漢を演じようというのか。

やっぱりこの件に手を出しちゃいけない、真弓には明日にでも断ろう。そう決めて、小説にかかったとたん、出会いのところが豁然《かつぜん》と開けた。五条大橋の真ん中がその場所で、女は狩衣に袴、背丈に不釣り合いな嵩の高い烏帽子をかぶり、男は柔道着に黒帯、歯のちびた下駄を履いている。

女はまっしぐらに、そこのけそこのけといった勢いで進んできて、男とぶつかりそうになる。「どうしたのです。こんな平和な午後に」「おうち、道をふさいで、わたしをどうするつもり」「話し方を聞くと、女やな。その変てこな恰好は?」「わたし、都をどりで九郎判官義経をやるんやけど、いま悩んでるのどす」「頼朝は冷たい男やからね。嫁はんもきついおなごや」「そんなことやあらへん。おうち、武道家どすか」「詩人も兼ねています」「武道家やったら教えてください。斜めや横から攻められたとき、どう防げばよろしいの。わたしは上段からの切っ先しかかわせへんのや」「それは、体も性格もコチコチだからや」「どうすれば直るの」「恋をしたことは」「あらしまへん。おうちは?」「詩人は何度も恋をしますよ。花柳界は自由恋愛を禁じていると聞きましたが」「そういえば、おかあはんがそんなこというてたけど、わたし、居眠りしてたさかい」。

女の名は恋雀、男の名は新海十郎。名前を教え合い、三日後四条河原町のデパート前で会おうと約束する。当日、女はだらりの帯を垂らし、おこぼを履いて現れる。「失礼だけど、君いくつ?」「はたちどす」「舞妓さんだったのか」「いいえ、このほうが男はんが喜ぶかと思うて」「君と歩いたら、人は僕のこと、金持ちと思ってくれるかな」男は一着だけ持っている紺の背広に臙脂のネクタイ、どたどた音のする革靴を履いている。「詩人は貧乏やないと、ええ詩が書けへんのやてね」「そんなこと誰がいった」「うちのおかあはん」「おかあはん、よう出してくれたね」「詩人と会うとはいってません。武道家に会うて、薙刀をかわすコツ教えてもらうんやと」。

二人は四条通りを歩きだす。「岸本水府という人がこういう川柳を作っている。『ああして逢うた　はたちの四条河原町』」「ああして、というのはどういう意味なん?」「君の場合でいえば、あのようにおかあはんをだまして、ということになるな」「わたし武道家に会うてるんやから、だましたことにならへん」「貧乏詩人という実体を黙ってたんやから、半分だましたことになる」。

四条通りを右に折れ新京極に入ると修学旅行生で混雑し、歩くのもままならない。「こけたらかなわんさかい、つかまろっと」女は男のわきに腕をくぐらせた。男は、経験不足とはいえ、女から伝わる感じがコチコチに硬く、マゴの手でも差し込まれたように感じられた。もっとも男も一本の棒のように硬くなり、「早う早う」と女に引っ張られる始末だった。甘味屋に入って差し向かいになり、男は女をしげしげと見る。つるんと茹で卵のような顔形に三日月眉、切れ長の目が細くなったり大きくなったり、よく動く。周りの人の目に反応しているのだろうが、機械的な動きにも見える。男はまた不思議な感にとらわれる。「おぜんざいはわたしのおごりどす」女は財布を誇らしげに見せ、「当分、おぜんざいは不自由させまへん」と宣言する。店を出て三条の方へ歩きながら、男は何かお返しをしたいと財布の中身を計算し、店頭売りの甘栗を買った。袋から一粒とり指で皮をつぶし、どうですと差し出すと「歩きながらものを食べたら叱られます」と応じない。「あっそう」といって男はぽいと口に放り込む。「詩人は自由でよろしいね」「恋雀も自由になりなさい」「きまりは守らんなりません。そやけど口をぽかんと開けても叱られまへんし、そこへ勝手に甘栗が放り込まれても、うちの責任やない」このやり方で女は十個ばかりを口におさめた。しばらく行くと映画館の前に出た。あられもない女の姿態の看板に、恋雀は立ち尽くし、溜息をつく。「どうかしましたか」「あの女の人、寒そうやから」「感じたのはそれだけ?」「お風呂、入らはった後やろか、前やろか、とも」

「君があんな恰好するの、風呂の前、それとも後?」「うち、まだあんなこと、したことおへんし」女の目は涼しく微笑しているように見えるが、瞳の奥に妖しく揺曳するものがあった。

小竹真弓に断ろうと決めてから、ずるずる一日一日と引き延ばしている。夜半、寝覚めばなの閉じた瞼によく女が現れる。果てしも知れぬ鈍色の闇の中、ひと筋の光が射し、うずくまり頭を垂れる女を照らしだす。女は蝶のアップリケのついたエプロンをまとっている。

とうとう今夜、真弓らしい女性が夢にも現れた。彼女は右のような暗い姿ではなく、プールサイドのパラソルの下にいて何かしきりと喋っている。横坐りの彼女と肩を触れ合うように男が一人、ひたすらうなずくことで会話を成立させている。BGMがおやじの十八番「憧れのハワイ航路」を奏で、芝生の所々にハイビスカスの植え込みがある。これは小学校時代沖縄へ家族旅行したときの記憶から抽出された情景にちがいない。とすると男は私で、私は真弓と結婚して二子をもうけ、子供たちが流れるプールで遊んでいるのを眺めているわけだ。——子供は四歳の男の子と一つちがいの女の子。二人とも浮き輪をつけ、円形の流れるプールを悠々と回遊している。子供たちはこちらに近づくとちぎれるほど手を振り、私と妻はこれに応えて振り返し、子供たちが遠ざかると互いに顔を見合わせ微笑みを交わす。人生は何と何と素晴らしい! このしあわせはきっと、ずっと続くだろう。なぜかというに、流れるプールは子供たちが私たちの元に帰還することを確実に約束しているからだ。けれど……突然、ゴオーと凄まじい音を立てて風が吹き、空が真っ黒な雲に覆われる。と同時にプールの流れが急に早くなり、たちまち加速され、激流と化して子供たちの姿を隠してしまう。私はこの大異変を前に手を拱くしかなかったが、妻は激流の中へ飛び込んでゆく。だが妻は子供をとらえることが出来ず、大波に浮き沈みしながらあっという間に遠ざかり、最後に何かを摑もうとするように片手をいっぱいに伸ばし、そして見えなくなってしまう――。

私はあまりの怖さに目が覚め、今見たものが夢とも現実とも区別がつかず、しばらく茫然としていた。

やがて私はあの夢は天からの啓示ではないかと思い至った。そうだ、あのいっぱいに伸ばした手は私に向けられていたのだ。もはや望みが潰えようとする中、助けてえ助けてえと必死の叫びを上げながら。

私は即座に決断した。そして胸に固く誓った。決断した以上、何が何でも、いかなる手段を使ってもやりとげるのだと。

私はこうも思った。天がこの仕事を命じた以上、途中で私の体をいじめるようなことはするまいと。

朝、真弓の出勤前をねらって教えられた携帯に電話した。今日の夕方来られますかと聞くと、「はい」と甲高い声が返ってきた。

事務所に着くと、今度は浜町署に電話を入れ、「弁護士の百田ですが刑事課長は」というだけでスムーズに取り次がれた。

「ほーい、ほい。山名は出かけて当分帰ってきませんが」

「昼飯、浜町ホテルの豪華ランチにするの？」

「忙しくて、署長に飯抜きを命じられている」

「総会屋の八田房吉の情報、集めてくれませんか。昼飯までに」

「今日あたり、うな重の松でも食おうかと考えていたところ」

こんな具合に電話が進み、一時に京橋のうなぎ屋で会うことになった。早いものでこの男と知り合ってからもう三年になる。その頃山名外雄は青山署の係長をしていて、窃盗容疑の女が百田弁護士を選任したいといっていると連絡してきた。その日も急用の無かった私は、わが名も浸透してきたかとうれしくなり、おまけに「えらい別嬪ですわ」と付け加えられ、超特急で署に向かった。

接見室で対面すると、髪をちりちりにした女が斜めに構え、値踏みするような目で私を見た。何をして捕まったのかと聞くと、デパートでランジェリーを万引きしたといい、仕事はと聞くと、元スケバンと答えた。「誰の紹介で私を」といおうとするとその前に「あたし、弁護士を呼んだんだけどね」と目に薄笑いを浮かべた。「私、弁護士として呼ばれたのですよ」と反論すると、「名前は」と聞き返され、「も、も、た、そう、へい」と丁寧に答えた。すると、ケケケケと闘鶏のような声を上げ、「あたしの呼んだのは、もりたこうへいだよ。ポリ公が間違えたんだ」とそっぽを向いてしまった。

私は怒り心頭に発し、刑事課へと突進した。そしてパソコンと積み上げた書類に向かって、「山名さんはどちら」と呼ばわった。一番奥の列から一人、私服がこちらに歩いてきた。百八十センチの自分より十センチは高く、面倒くさそうな歩き方をする男である。髪の毛がそそげ立ち、いかり肩の、頬骨の出た、目の鋭いその容貌は、縛り首の木にとまった禿鷹を連想させた。

「こちら百田草平です。御署には何の用事もないようですな」

名刺を差し出すと、男は自席に戻り弁護士名簿を持ってきて、名刺と名簿をしつこいぐらい見比べた。

「なるほど、百田草平と森田公平か。じつに紛らわしいな」

あたかもこの二人を入会させた弁護士会が悪いといいたげな顔をし、申し訳程度に頭を下げた。

「謝って済むことですかね」

「可愛い婦警がいます。お茶を入れさせましょう」

「いらないね。そのかわり取調室を貸していただきたい。一時間ばかり」

「あんなところで、何をするんです」

「窃盗の別嬪さんと二人になるんです。隠しカメラはないだろうな」

グッウウッッと得体のしれぬ声で相手は笑い、相好を崩した。前に骸骨がしゃべる映画でこんな顔を見たことがある。

「近々飲みに行きましょうや。今週いっぱい都合悪いが」

山名係長はそういう嘘をいい、断っているのにわざわざ玄関まで送ってきて、「来週電話しますよ」とまた嘘をついた。

それから一か月ほど後、私は一人でトリベエに出かけた。さいわい奥に二つ並んだ一席が空いていて、もう一つの席には黒い背広の男の暗い影が屯《とん》していた。

「失礼します」

腰かけるとき挨拶したが、相手から応答はなく、私はむっとして露骨に男の方を見た。粗くそそげ立った髪、鉤型にとがった鼻、頬からあごへの鋭い彫り込み。それはまさしく中央署のヤクザ警官にちがいなかった。

「おかあさん、ビール」

私は隣に認識させるために大声で注文し、独り言をいった。

「世の中には簡単に人の名を間違えるやつがいるんだよな」

ぜんぜん反応がなかった。

「初対面で飲みに行こうなんて、調子のいいことをいうやつがいる」

てんで知らん顔である。ふと隣の皿に視線を落とし、あれっと思った。ここの焼鳥はぜんぶ塩であるのにタレがついている。するとこの鳥は鶏じゃなく野鳥であるようだ。自分も常連になってからおやじにツグミを出されたことがあり、今日のはスズメらしい。

「たしかスズメは禁猟期じゃなかったかな」

ようやく反応があった。

「どっかで聞いた声だ。どこだか思い出せないが、このウコッケイはうまい」

「それ、スズメだね。頭蓋骨がそういう音を出すのはスズメしかいないからな」

「それは知らなかった。こちらに悪意がない場合も、逮捕されるんでしょうか、百田先生」

こんなやりとりを機に親しくなり、二月か三月に一度ここで飲む間柄になった。初め、百戦のつわもののような風貌からだいぶ年上と思っていたが、二つちがいとわかりよけい親しくなった。

「お銚子一本頼もうか」

うなぎ屋の入れ込み座敷に向かい合い、私はお定まりの質問をした。山名は五秒ほど待たせ、これもお定まりの返事をした。

「やっぱりやめておこう。昼酒は飲むな、が家訓だからな」

仲居さんがさがると、「八田の件だけど、なかなか尻尾を摑ませないやつでな」と前置きして次のようなことを話した。

――主宰する政治結社「旭日社」はいわゆるエセ右翼で、八田房吉は先代党首の婿養子である。その実体は総会屋であり情報収集能力は三本の指に入るといわれている。もっとも総会屋は落ち目だから、収入源は財界ポストのほか風俗関係からの上りで、表に出していない収入がかなりあるようだ。八田という男は非常に用心深く狡猾なやつらしく、何度かの嫌疑もうまく免れて、前科は二十年前の恐喝と十五年前の税法違反があるだけだ――。

この店は客の顔を見てうなぎを割くそうで、四十分後ようやくうな重の松が運ばれてきた。山名は一度も顔を上げずにそれを食べ終え、ごちそうさまと神妙に合掌した。

「百さんすまん、情報はこれっきりだ」

「ありがとう、それでね」

本題を切り出そうとすると、「そうそう思い出した」と山名はいかにもそれらしくテーブルを叩いた。

「あそこのナンバーツーだかスリーだかに緑川卓というのがいてな、一年ほど前に恐喝で上げられたんだが、弁護士が辣腕で執行猶予に持ち込んだそうだ。たしか、もりたこうへいとかいったな」

私は、くだらんギャグをという顔で山名を見返し、おもむろに正座に坐り直した。

「じつは山名課長、その緑川をあの世界から抜けさせるのに知恵を貸してくれないか。彼はヤクザじゃないけど、裏の事情を知り過ぎているし、八田が陰険なやつだとしたら、簡単にはいかないだろう」

山名は煙を払うように大きく手を振った。

「ダメだ。政治結社や新聞社に権力が手を入れたら、憲法違反で糾弾されちまう」

「ふん、山名外雄を見損なったたな」

「一つ聞くけどさ、緑川なにがしは本気で足を抜く気なのか。百田先生、正式に依頼されたんでしょうな」

敵は持ち前の嗅覚で、こちらの立場を察したらしい。

「じつは……本人の意思は未確認、だけどね」

「うへー」

山名は驚きのあまりというように、体を後ろへ反り返らせた。

「なんで、なんで、そんなお先っ走りをやるんだ」

「緑川の恋人に相談されたんだ。彼女、山名夫人に似ていてね」

「おいおい、うちの女房だって。まさか、あの」

「そう、トリベエの真弓さん」

「すると、百さんはどうなるの」

「そこだよ。あんたは俺をその気にさせた責任をとってもらいたいね。この件で知恵を貸すという形でね」

「それより、緑川と真弓を別れさせようや」

「そんなことしたら、よけいくっつくだけさ」

「うーん、あれっ」

山名は時計を見て「もうこんな時間か」と急に立ち上がった。

「百さん、ここは割勘にしてくれ」

「いや、こちらでお願いしたんだから」

「緑川の件、俺は何も聞かなかったからな。たまには親睦ランチもいいもんだ」

私たちはいっしょに座敷を出た。その際卓の上の伝票は私が取り、その流れでレジでも私が勘定を払う役になった。山名は後ろから覗き込んで「一人いくら」とたずね、私はレジ係に割算を頼んだ。数秒後に答えが出て振り向くと、もうそこに山名の影も形もなかった。私は彼のこの行動を、協力する気なきにしもあらずと解釈した。

この日小竹真弓が来るのは五時半の予定で、むろん下村女史の勤務時間外だった。だから二人が鉢合わせするとは予想外の出来事で、真弓が来て五分後に女史が戻って来たのだ。明朝地裁に出す書類に職印が捺していないのに気づいたのだそうだ。

黒のツーピースに純白のブラウス、修道院の聖歌隊のように清楚なその姿を、女史はどう見たろうか。初対面の真弓に対し持ち前の好奇心が燃え上がったのか、茶を出してからもぐずぐずしていた。

十分ほど雑談してから、衝立の向こうに声をかけた。

「下村さん、判こ、捺しましたか」

女史が出ていくと、私はちらっと真弓の腹部に目をやった。一瞥ではとくに異状は見られず、もう一度見た。やはりそこは、この人のスレンダーな体の一部に過ぎなかった。私はあごを引き締め、低い声でたずねた。

「あなたたち、避妊はしているのですか」

「はあ?」

「避妊ですよ。赤ちゃんを作らないこと」

怒ったようにいうと、ほぼ予測した反応が現れた。顔を赤くして目を伏せ、「していません」と消え入るような声で答えた。

「それ、何かポリシーがあってのことですか」

「わたし、覚悟は出来ていますから」

「シングルマザーになってもいいと?」

「いいえそんな大それたことじゃなくて、そうなったら彼も踏ん切りをつけるだろうと、わりと楽天的に考えていたのです」

私はふんふんとうなずき、腕を組んで熟考のポーズをとった。そして、ふと妙案を思いついたように腕をほどいた。

「私も、彼に足を洗わせるには赤ちゃんしかないと思います。どうでしょう小竹さん、ここは赤ちゃんが出来たことにしては」

反射的に真弓は体をのけぞらせ、五、六度首を振った。

「そんな……わたし、嘘はつけません」

「つけますよ。赤ちゃんを産む覚悟は出来ているのだから」

「あの人を騙すなんて、そんなことは……」

「事は切迫してるようです。もし彼がまた悪事を働いたら、執行猶予が取り消され、ダブルで服役することになるのです。それは絶対に避けねばなりません」

「でも……医者に診せたかと聞かれます」

「聖路加病院で診てもらったと答えればよろしい。私はあそこで産まれたのです」

私は断定的にいい、さらに友人の経営する保育園に彼の就職を頼んでみると、これもほぼ断定的に告げた。真弓は何秒かの後、きっぱりといった。

「わかりました、やってみます。わたし、赤ちゃんが出来たのですね」

方針が決まると真弓の目が活き活きとし、椅子を立ったとき、スカートの裾に風の起こる気配がした。そんな真弓に対し、私は厳重注意を与えた。

「私に相談していることは絶対に内緒ですよ。彼はきっとここに相談に来ると思いますが、そのとき一緒に来ることになっても、初対面であることを忘れちゃいけません」

翌日午後、大学時代の友人尾花快郎《おばなかいろう》がいつものとおり予告もなくやって来た。これが昨日話題に出た保育園の経営者で、まだ緑川のことは電話でも話していない。

快郎とは、二十五年前「十九世紀ヨーロッパ思潮」なる講義で一緒になったのだが、憶えているのは、駿河台の坂道をいまよりしまった尻を振りながら巨体を御しかねる風に下っていく姿だけだ。彼はその頃詩を書いていて、「僕の足はいつも詩の小石を踏んでいる」などとつぶやいたりしていたが、道を下るにつれて足取りがせかせかとし、坂下の路地裏に向かう。そこには行きつけの洋食屋があって、或る日彼は店の看板娘が自分に惚れていると、のろけに及んだ。「娘は父親の目を盗んで命がけの告白をする。普通盛りの倍のライスがそれだ。春の午後一時、友の嫉妬の目が僕のこころを少し暗くする」という詩をおまけにつけて。

快郎は月に一度定期便のように現れる。練馬の方の寺の息子で保育園の園長をしているが、洋食屋の娘とはぜんぜん別人と結婚し、その細君に仕事をまかせ、用もないのにやって来る。そうして入るなりごろりとソファに横になり、小一時間も眠り込む。彼の巨体がどうして無事にそこに乗るのかじつに不思議なことだが、今日は二十分ほどで起き上がり、窓まで歩くと、詩が出来たといった。

「閉めっきりの　うらぶれた窓に僕は立ち　霧に濡れたヤマボウシの君を見る　君はしなくても

いいのとつぶやき　僕も純のままでいいさと答えるのだが　二人の言葉には甘酸っぱい嘘がある」

私は書きかけの書面から顔を上げ、窓に向かって怒声を発した。

「はっきりしろよ。するのか、しないのか」

快郎は窓を離れ、巨体を揺すり揺すりソファに到着し、「ちょっと、相談に乗ってくれないか」

とこちらへ手招きした。私は仕方なく腰を上げ、六法全書を携えて快郎の前に立った。

「確認しておきますが、ここの料金体系、ご存じでしょうな」

「私のは人生相談でして、その体系外なんです」

「優秀な弁護士は、単なる人生相談をこじらせて法律問題に発展させるのです」

「じつは園児の母親に頼りにされ色々と相談に乗ったわけ。夫の浪費と暴力に悩んでいたのを、
俺が仲に立って離婚させ、就職の斡旋もしたんだが、早速上司が言い寄ってきたそうだ。それで
彼女、上司にこういおうと思うんですがと、また相談に来た」

「なぜそんなことにまで関わるんだ。まあ聞こう、彼女、何といったんだ」

「わたしとっても好きな人がおりますのというつもりなの、ねえ、いけない」

「ひやー、ジンマシンが出てきた。まあいい、お前さん何と答えた」

「その好きな人って誰のことってな」

「電話を一つ忘れていた。尾花夫人に電話してこのスキャンダル、耳に入れておこう」

「先生、それればかりはご勘弁を」

「それじゃ、頼みごとを一つ聞いてくれ」

「俺が世話好きなこと、今しがた知られちまったからな」

「これはまだ本人の意思を確認せず、自分が先走っているのだが、ヤクザを一人預かってほしい。保育士として更生したいということになれば」

「ほうー、ヤクザか、ほうー」

驚きもせず、快郎はそういって、ひるむどころかぐっと身を乗り出させた。この男、真面目な面をすると、太い眉とぎょろ目が威力を発揮して達磨大師の孫弟子ぐらいの迫力がある。

私は彼が保護司であることも思い出しながら、緑川の履歴と人柄をざっと話した。対して快郎は、大学を出ているのなら保育士試験の受験資格があること、保育園に勤めながら実技などを習得すれば合格しやすいことなど説明し、その男を雇うかどうかは本人を面接して決めると、当然の留保をつけた。私は緑川さえやる気ならこの面接うまくいくさ、と楽天的に予測した。

緑川からの連絡をじりじりして待っていると、やっと一週間後に電話がかかった。至急会ってくれというので、「用件は」と聞くと、「足を洗う件です」と答えた。

「とうとう都バスに採用されたか。初仕事はどこ行きだ」

「俺、マジです。女が出来、決心したんです」

「へえー、その女、どこで引っかけた」

私はそこで急に口調を変え、君が本気かどうか判断するのでその女性も同行するようにと注文をつけた。「はいわかりました」と緑川は一旦電話を切り、五分後にまたかけてきた。「四時に一緒に伺います」というので、さては彼女を早退させるのだなと推測し、事態が切迫しているのをあらためて認識した。

　四時十五分前、私は女史に声をかけた。

「今ひまですか」

　女史はただちに反応し、いそいそとデスクの横に来た。

「四時に緑川君が来ますが、こないだの夕方あなたが戻ってきたとき女の人がいたでしょ。彼女、小竹真弓というんですが、あなた、初対面のふりをしていてください」

「あの方、てっきり先生の……はいっ、わかりました」

　いいかけた言葉を呑み込み、女史は肩をすぼめ衝立の向こうに消えた。

　緑川と真弓は紺のスーツに白のワイシャツと、ペアルックと見まがう姿で現れた。緑川はまず、真弓の氏名と勤め先を紹介し、対して私は「へえー、鉄鋼大手にねえ」と感心してみせた。

　女史が無言で茶を出し終わると、「付き合いはもうすぐ一年になりますが」と緑川が口火を切った。私はそれを手で制し、二人の馴れ初めとその後のことはさしあたり省略といってから、「緑川君が一大決心をするについて、何か特別のことでも生じたのですか」と誘導尋問を仕掛けた。

「じつは、そのう、この人のお腹に、ややこが、ややこが……」

　私は参ったなとばかり後ろにのけぞり、万歳のつもりで両手を挙げた。私の共犯者の真弓を見ると、体をちぢこまらせ耳朶まで赤くなっている。嘘の妊娠に気がとがめる一方、それが半分真実のように思えるのかもしれない。

　私は椅子に坐り直し、頭を垂れて思考に沈潜するポーズをとってからぱっと顔を上げ、質問を発した。

「君は足を洗うというけど、赤ちゃんが出来ていなかったらその決心はしなかった、ということか」

鋭い眼光を受け、緑川は反射的に首を振った。

「いや、そ、そんなことはありません。赤ん坊が後押ししてくれたのは確かですが」

「人生、何が起こるかわからない。万一赤ちゃんが生まれないという不幸が生じたら、どうするんだ。足を洗うのはやーめた、ということになるのかい」

「いや、それはありません」

「すると、今や君の決意は妊娠を超越して盤石のものになったといえるね」

「はい」

私はこれで、ひとまずのところ安堵した。後で真弓が妊娠していなかったとばれても、大したことにはならないだろう。

ひと呼吸おいて私は「小竹さんでしたっけ」と真弓の方に笑顔を向けた。「はい、小竹真弓と申します」とそつなく調子が合わされ、同時に衝立の方で変な物音がした。下村女史が噴き出すのを手で押さえたのだろう。

「緑川君と一時間ほど打ち合わせをするので席を外してもらえますか」

「はい、それでは、どうかよろしくお願い申し上げます」

真弓が一礼をして退出しようとすると、緑川が呼びとめ、「いつもの所でな」といった。真弓は

「うん」と応え、その顔を私にちらっと向け、初々しい含羞を見せた。

私はすぐに本題に入った。

「私が引き受ける以上、すべて本当のことをいうと約束できるね」

「はい、約束します」

「それでは聞くが、八田は暴力団に上納金を出しているのか」

「はあ……うーん、そのう……」

「それ、肯定の意思表示とみなしていいな」

「……」

「そうか、上納金を出しているのか。これは危ない。君が抜けようとするのを力ずくで阻止しようとするだろうな」

「指の一本ぐらいならくれてやりますが」

「君は知り過ぎているし、有用な人間だから傍に置いときたいんだ」

「法的手段では無理ですか」

「君が退社届を出して受理されない場合、雇用関係不存在の訴えを起こす手はあるが、時間がかかるし、それでおさまるとはとても考えられないな。場外乱闘を覚悟しなきゃならないだろう」

私は淡々と話し、ここで急に声を強め「君、八田に危ない仕事をやらされているだろう。さあ話してくれよ」とうながした。緑川は腹をくくってきたと見え、素直に、要領よく以下の事実を述べた。

――八田は山形の米どころの出であるが、郷里の知り合いからこの辺でひそかに籾殻を買い集めている業者がいるという情報を得、地方政界のボスを介して業者に渡りをつけた。業者を問い詰めたところ、籾殻を何に使うかわからないが、中間業者を経て木島化工という大手の建材会社に納入されていることが判明した。八田は早速株主となって同社に赴き、農民をたぶらかしてただ同然に籾殻を放出させるとは何事か、世間に知らしめて指弾を仰ぐぞと談じ込み、耳よりの情報を得るのに成功する。すなわち同社は籾殻と特殊塗料を用いて断熱効果が飛躍的に上がる省エネ建材を開発した、というのだ。八田は自身ばかりか親戚・縁者の名も借りて同社の株を買い込み、この株は新製品の販売と同時に高値をつけた。しかし八田の悪事はこればかりではなかった。木島化工がインサイダー情報を洩らしたことを財界ポストに書くぞと告げて大金を脅し取ろうと企み、この役を緑川にやらせようとしている――。

私は聞いていて胸糞が悪くなった。自分は死刑廃止論に近い立場にあるが、こんなやつは死刑にしちまえとさえ思った。

「緑川君、八田房吉に何か弱みはないかな。たとえアンフェアでも、そこを衝いて揺さぶるという手もあるからね」

緑川はしばらく考えたのち、気乗りしない表情で「あるにはありますが決定打にはならんと思います」と断って、次の二点を口にした。一つは禿げを隠していることで、これは無類の女好きであることに由来している。女房が恐いくせに若いホステスを囲い、それがばれて離婚されそうになったのだ。先代の一人娘である女房は控えめな人柄であるが、ヤキモチを焼くと別人になるらしい。おまけに彼女は世田谷の自宅、銀座のビル、旭日社の合宿所のどれをも所有してるから、八田は敵の猛撃にひれ伏すしかなく、その屈辱が大量脱毛を招いたようである。

緑川は不快そうに話した後、「失われた毛は戻らず、かつらをつけなければならないし、また女がいるようです」と苦笑してみせた。

「えっ、本当？　いま愛人がいるの」

意気込んでたずねると相手は首を傾げ、こう返事した。

「クラブのママと思うんですが、はっきりしたことはわかりません。あれ以来、私行には細心の注意を払っていますから」

「何とかもう少し詳しいことわからないかな。やれることは何でもやろう」

「はい、そうですね。急いで調べてみます」

私はこれで大事なことはだいたい聞けたと思い、「君、デートだったな」と緑川を追い出しにかかった。

「そうそう、着手金、いくらお支払いしましょうか」

緑川はいいながら、手を上着の内ポケットに突っ込んだ。

「弁護士の報酬は経済的利益に即して算定するんだが、この件は算定不能じゃないかな。それでもおおかたの弁護士は何とかかんとか弾き出しているよ。いずれ解決したら相談しよう」

4

夕食は週に二度か三度の外食、日曜は田伏邸の会食、そのほかは自炊である。今日は朝から頭が重く、夕方には全身にだるさがひろがり、何をするのも面倒になった。今は十一月の半ば、私の超楽観的予測だと、あと三か月半の間ほぼ無事で過ごせる計算になるが、近頃何度かこんな体調になった。予測の変更を考えなくてはいけないようだ。

早めに事務所を出て、デパートで簡単な買物をして田伏邸に帰った。茶碗一杯分の炊飯をし、アスパラのお浸しを作り、鰆を塩焼きにし、八幡巻の包みを解いて皿に乗せ、料理を終了。これらとビールの小缶を片付けるのに三十分もかからなかった。サロンにはまだ一時間もあり、これからどう過ごすかと考えたら、がらんとした応接間しか想い浮かばなかった。私はじっとしていられなくなり、あそこしかないなと、ジャズバー「カジモド」に助けを求めた。

セーターに木綿のズボンという服装のまま、私は家を出た。外苑前から地下鉄に乗ることと目的ははっきりしているのに、漂泊者のように見えたのか、「先生！」と声をかけられ、びくっとして立ちどまった。声の主は小平真世で、大通りをあと二十歩行けば駅に着くところだった。「お帰りなさい」私は挨拶だけで歩きだそうとした。

「先生、人形町のジャズバーに行くんでしょう」

「あれっ、どうしてわかるの」

「こないだ、店のこと聞いたもの。行ってみたいな」

そういえば先日「カジモド」から戻って来たとき、まだサロンが開いていて、雑談のうちにこのバーのことを少々話した。その場に真世もいて雑学者として並々ならぬ興味を示し、駅からの道順まで聞くに及んだ。「そこへ示し合わせて行くつもりですか」元じいに釘をさされた真世は「偶然出会うのならいいのでしょう」とうまく切り返したが、「それはあり得ないな。会員制のバーだからね」と私はクールに真世をあきらめさせた。

あれからさほどもたっていないのに、真世はもう記憶を失くしたのか。

「あのね真世さん、カジモドは会員制なんです。こないだ話したように」

「そこの点を、わたし研究したいの」

「門前払い食うから、無駄足になるだけだ」

「わたしがちょこっと店に入るのを助けてください。あとはうまくやりますから」

「責任、持てないよ」

「先生の三十分後に入って行きますからね」

私は地下鉄の車中でこう考えた。店が混んでいて私の隣が空いていれば、真世はマスターの阻止をかいくぐって私までたどり着けるだろう。しかし、その公算はきわめて低い。十年近く通っていて、店がいっぱいになったのを見たことがないのだ。

そのカジモドは人形町の大通り裏、飲み屋横丁のはずれにある。ネオンの明かりが闇に溶け込むあたりにひっそりと琥珀の電飾を点している。中は奥行きが長く、席はカウンターだけの十二席、木製の肘掛椅子がゆったりと置かれ、ローソク立てのついたピアノ、ヴィスコンティの映画に見るようなドレッサーがノスタルジーを醸している。

店に入ってゆくと、一人も客はおらず、蝶ネクタイのマスターが謹厳な執事のような顔で私を迎えた。私は自分の定席である奥から三番目の椅子に腰を下ろした。きっかり半時間後に、ギギーッと地下牢を思わせる扉の音がし、真世が姿を現した。そしてそのまま私の方に進もうとしたが、マスターが片手を水平に伸ばし遮った。

「うちは会員制なんです。表にプレートが出ております」

真世は足をとめてマスターに一礼し、用向きを述べた。

「その会員制についてお聞きしたいのですが」

「読んで字のごとしです。どうぞお帰りを」

「やあ、小平先生。何という偶然だろう。マスター、こちらの方、社会学の教授でね、話だけでも聞いてあげたら」

私が言い終わると、同時に「失礼します」と真世がマスターの前の椅子に腰かけ、第一問を発した。

「会員制にされたのはエリートだけを対象にしているのですか」

「それはちがうな」と私が横合いから口を出した。「私でも会員なんだから」

「百田先生、会費、払っているのですね」

「ぜんぜん」

「入会金は」

「ゼロ」

「それじゃ、会員制の実質をそなえているとはいえないのではありません」

「うちは金目当てで会員制にしてるんじゃない」

「反社会勢力を店に入れないためですか」

「それはあります。もっとほかの理由もね」

「よろしければ、率直におっしゃっていただけません」

「ここは音楽を聴くところです。ぺちゃくちゃお喋りされてはかないませんからね」

「マスター、でもその対象は必ずしも女性じゃないよね」

マスターは返事を留保し、大きな咳ばらいを一つした。

「わたし女ですが、お喋りをしないと誓いますので、一杯、飲ませてもらっていいですか」

マスターは小さく肩をすくめ、手で私の方を指し示した。真世はぴょんと椅子を降り、私の隣にぴょんと乗り移った。

「隣同士じゃ、元じいに示し合わせたと見られないかな」

「見つかって、元じいの所追い出されたらどうしよう」

声が震え、語尾がかすれ、いかにも芝居がかっていた。私はその方を見て、おやっと思った。

真世が髪を切ったのに初めて気づいたのだ。映画で見た、くりくり坊主の尼僧に少し毛の伸びたほどで、粗い硬そうな髪がうなじを青く際立たせ、薄くひいたアイシャドウが目を艶っぽく見せていた。

真世は「夕食はまだなんです」と、フランスパンにチーズを頼み、酒は私と同じウイスキーの水割りを飲んだ。一杯を私の倍の早さで空にすると、「もう少し濃くしてください」などと注文をつけ、もういっぱしの会員ぶりだった。

真世の方から、何かがほのかに匂ってくる。アルコールに温まり皮膚から滲みだしたものか。熟しきる前の果実にちょっぴり乳臭さが混ざった匂いというべきか。私にとっては、これぞ女らしいと思える匂い……。

レコードが、私の好きなジャンゴ・ラインハルトにかえられた。ジプシーのキャラバンから出た天才ギタリスト。どんな演奏にも、野生の血と卓抜した技巧と洗練が一曲のうちに充塡されている。今かかっているのは泥くさいデキシーだが、彼の手になると、草原をしなやかに駆ける美しい裸馬が連想される。

五分の間に、男ばかり二組の客が入ってきた。お蔭でこちらはマスターの視野から外れた。

「このバー、女の人は来ないのですか」

真世が十センチほど身を寄せ、小声でたずねた。

「まあ、あまりね」

「でもわたし、会員資格、十分にあるわ」

「それ、どういうこと」

「わたし、普通の女とちがうから」

「というと」

「わたし、レズなんです」

「ほうー」

私はびっくりしたように体をのけぞらせ、瞬時に考えた。今の言葉が打ち明け話なら、こちらはざっくばらんに振舞ったほうがよい。

「陳腐な質問だけど、男にひどい目に遭ったとか」

「そうね……あれがそうなのかな。中学のとき男の数学教師に居残りを命じられたこと」

「二人きりの教室で、九九《くく》をいわされたとか、かな」

「君、キュリー夫人のような物理学者になりなさいと口説かれたの。私は筆箱から消しゴムを出して放り投げ、万有引力発見といって、教室を出て来ました」

「お父さんのしつけ、厳し過ぎなかった?」

「優し過ぎたわ。母に対してもね」

「ひょっとするとお母さん、夫に対しすごくわがままだったろう」

「うん、そういえばね。二人で旅行する予定を直前にキャンセルしたことがありました。お風呂のあと裸で歩き回るのも許さなかった」

「君はそんな母が許せず、父に対し母にかわって罪の意識をいだくようになった。その意識が男を避けようと、過度に作用するんだ」

「それ、千分の一ぐらい当たってると思う。でもわたし、百田先生には何の罪の意識も持っていません。これから、わたしと先生、どうなるのかしら」

「髪を切ったのは今いったことと関連するのかな。つまりレズをやめて男に乗り換えようとかね」

「そんな気はありません。レズは本質的にフィジカルなことだから」

「髪を長くしてたとき、大きな帆立貝の殻の上に全裸で乗ったことはない？　髪のはしで大事なところをおさえてさ」

「ヴィーナスの誕生ね」

「あの絵を見ると、なぜかこの人はレズじゃないかと思ってしまう」

「先生、あのヴィーナス好き？」

「うん、好きさ」

「わあうれしい。わたし、あんなに豊満じゃないけど」

弾んだ声が耳の間近に聞こえ、彼女の匂いが濃くなり、頬と頬がくっつきそうになった。とっさに私はマスターの非難の目を意識し、体勢を立て直した。

「現下の問題はそういうことじゃない」

「何が問題なんですか」

「元じいの所から追い出されないためにはどうすればよいか。一緒に帰還してはまずいな」

「わたし、先に出ましょうか」

「君はもう少し雑学の勉強をしていきなさい」

「それじゃもう一杯飲むわ」

真世の声が聞こえたのかマスターが来て酒を注ぎ、「お元気そうで」といった。

「今からこの教授は寡黙になるさ。私は店の静けさを守るために去る」

私はそういって椅子を立った。

帰りの車中で私は、真世のレズを敷衍し「同性に対する友情を超える愛」について考えようとした。するとたちまち杉森豊の顔が瞼に浮かんだ。

——そう、彼に初めて会ったのは中三になった春、世田谷から文京の区立中学に転校した一日目だった。おやじの母の看取りのため実家に移ることになったのだ。

前の日、四月にしてはたいそうな雪が降り、通学路の歩道には掻いた雪が堆《うずたか》く片寄せられていた。人ひとりが通れるところを進んでいくと前方から中学生らしい男子が歩いてきた。帽子も詰襟もネービーブルー、少し阿弥陀にかぶった帽子の庇や上着の肩がぴんと張り、誇らしげに見える。近くに来てそれが港区にある私立の進学校の制服とわかり、ちょっと意地悪な気持ちになった。

こいつに通せんぼしたらどんな顔をするだろう。だけど喧嘩の強いやつだったら厄介だな。方針が決まらぬうちに間近な距離となり、私は平和を選んだ。互いが通れるよう体を横向きにしたところ、同時に相手も同じ姿勢をとり、二人は横歩きしながら顔を合わせた。くりっとした目が人懐っこく、頰にえくぼが二つ、笑い声を発しているようだった。相手はさりげなく「ありがとう」というと、くるりと背を向け足早にいってしまった。

私は後姿を眺めながら、今の出会いを頭に記録しておこうと考えた。時刻は八時二十分頃、場所は歩道に沿って金網の設けられた公務員宿舎のテニスコート横。どうやら彼はエリート官僚が住むというこの宿舎から出てきたようだった。

ところでこの日の私は、前の中学の、短くなった、てかてかのズボンを穿いていた。転校生は私服で登校してもよく、おふくろがズボンだけでも新しくしたらというのを、「あと一年これで通す」と振り切ったのだった。

しまった、あれはまずかった。彼のきりっとした制服に対しこのズボンじゃ、かっこがつかないや。

転校初日というのにクラスの様子も目に入らずそのことばかり考え、隣の席の子が全校一の美人だとはまるで気がつかなかった。とうとう一大決心で男の面子を捨てることにし、家に帰ると、ジャガイモの皮むきをしていたおふくろの肩をもみ、前言撤回を申し出た。翌日母親はウールの紺ズボンを買ってきて、「クラスに可愛い子がいるのね、ねえそうでしょう」と食い下がり、息子に「うん、まあね」といわせ喜んでいた。

私立の彼に二度目に会ったのは十日後のことで、当初八時二十分にこだわったからだ。考えてみると、その時刻では港区にある学校に間に合うはずがない、あの日は特別遅かったのだと気づき、だんだん時間を早くしていった。そして三十分時間を繰り上げた七時五十分にとうとう会えたのだった。

もう葉桜になった並木道を彼はきびきびした足取りでやって来た。それを見ると私は体がコチコチになり、手と足がばらばらの動きをしているように思えた。相手はこちらに気づかないらしく、真直ぐ一点を目指すように歩いてくる。とうとう三メートルの間近に来たとき私は足をとめた。唐突に見えたのだろう、相手はびっくりしたように立ちどまり、次の瞬間あの日と同じ眼差し、同じ笑顔を見せ、「やあ」といった。私も「やあ」とだけいった。

翌日からウイークデイは毎日のように顔を合わせることになった。二人は早い時期に「おはよう」の挨拶を交わすようになり、それで私の一日は活気に満ちたものとなった。

母親は息子がお洒落になり、といっても新しいズボンに寝押しをするだけだが、早く登校するのをクラスの可愛い子に重ねて見ていたようだが、口には出さなかった。

ある人間に対して胸のときめきを覚えることを私は初めて知った。顔を合わせるのが日常となっても、毎朝、彼の姿が見えるまで落ち着かず、姿が見えると胸がドキドキと高鳴った。こんなだから私の夏休みはひどく空虚なものとなった。ときどき朝、夕と時間を変えてテニスコートを覗きに行ったが、姿はなく、もう会えぬのではないかという思いをいだいて二学期を迎えた。だから初日に会えたときのうれしかったこと。それまでは「おはよう」だけの間柄だったので、今日こそはと張り切って歩を運んだが、彼を前にして言葉が出てこなかった。

こうして相手の名前も知らぬまま一年が過ぎた。彼の名が杉森豊だと知ったのは、彼に話しかけられ、父の転勤で福岡に引っ越すことになったと告げられた、その日だった――。

四日前緑川の決意が堅固なのを確認したので、足抜け作戦をまとめ、夕方遅く彼を事務所に呼んだ。口が堅いとはいえ、この話、下村女史に聞かせたくなかった。

冒頭、宿題だった八田の女性関係をたずねると、あと少しのところまで調べていた。それには一つのヒントがあって、以前向島で顧客接待をした帰り、めずらしく八田が「一軒寄って行こう」と緑川を誘った。そこは赤坂のホテルのバーで、八田は「ドランブイ」という耳慣れない酒を注文した。彼の説明によると、ハイランド・モルトに六十種類のスコッチをブレンドしたリキュールで、「これは俺にとってオアシスみたいな酒だ」と打ち解けた口調になった。「誰にも知られたくない秘密の部屋で飲むんですね」と緑川が調子を合わせると、「家には置いてない」と八田は大威張りでいい、ニヤリと笑った。

このやりとりを憶えていた緑川は、ときどき利用している銀座の情報屋に、酒屋に当たってドランブイを仕入れている店を探すよう依頼した。ホステス移籍の口利きなどして「銀座の便利屋」といわれているこの男はすぐに二軒の店を見つけてきた。「夏あざみ」と「舞姫」というクラブで、ママの源氏名もわかったが、「美人ママは」と聞くと、「どちらもです」と答えた。

五年前で懲りて秘密潜航主義をとる八田だから、便利屋が調べられるのはそのへんが限度だという。

「君の調査はそこまでで十分だ。二つの店がわかれば、それだけで八田を揺さぶることが出来る。さあてと……」

私はひと呼吸おいてから、声に厳粛さをこめて念押しをした。

「君はこの件をすべて私に任せ、素直に指示に従うだろうね」

「はあ……そのつもりですが、まだ方針を聞かせてもらってないもんで……」

「君に能動的に動いてもらうのは初めだけで、あとはひたすら坐っていればいい」

「というと、禅寺にでもこもるんですか」

「禅寺じゃ、裏社会の横暴から君を護れないだろう」

「というと、真弓を伴いどこか外国へ身を隠すとか」

「この作戦は肉の快楽など考慮しちゃいない。つまり君はストイックな場所に拘束されるのだ」

「どこですか、それ。まさか、この事務所じゃないでしょうね」

「君が何度かお世話になった所さ。その筋書きはというとだね」

私は椅子を立ち、手を後ろに組んで窓との間を往復した。こうして勿体ぶったわりに、わが脚本は至極単純だった。八百長喧嘩をして緑川が捕まり警察の支配下に置かれるというのがそれで、一人気心の知れた相棒がおれば容易に実行できるだろう。これは些細な諍いであり、被害者が軽傷で処罰を望まなければ起訴猶予か罰金で済むはずだ。ただ、芝居を間違えて大怪我を負わせたりすると大変だが、機知も度胸もある緑川だからこのぐらいの芝居は難なくこなせるだろう。

この作戦は緑川を暴力から隔離するだけではなく、八田に対し強い恐怖心を与え、こちらの要求を呑ませることを意図している。すなわち、緑川が改悛し過去の悪事をすべて供述しようとしており、警察もその線で動こうとしていると、八田の耳に吹き込むのだ。まことしやかに、憂慮をこめて。

作戦がこのように簡単だから、説明はわずか数分で済んだ。これに対し緑川は即答を返さず、しばらく黙考の姿勢をとった。この作戦、相手を欺瞞するにひとしいし、八田には複雑な想いもあるのだろう。とはいえ、この件を解決するのに、王道など存在しはしないのだ。

瞑目し返事を待っていると、パンパンという音がした。力士がやるように顔を両手ではたいたようで、赤い顔の緑川が「お願いします」といった。

「じゃあ、これでいいんだね」

「はい、おまかせします。ただ先生、一つ、気をつけてください。あの人は敵対する人間に会うときは三十分遅れて来ますから」

「武蔵を気取っているのか。私は財界ポストに出向くつもりなんだけどね」

「それでも待たせますよ。だから先生、ソファに寝っ転がって鼻歌をうたっていてください。これでまず敵の度肝を抜いてください」

私たちは引き続き八百長喧嘩のスケジュールに話を進め、明後日の夜実行することに決めた。口の堅い、芝居にうってつけの友人がいるというので、彼とよく打ち合わせること、場所は緑川も会員であるという人形町の「カジモド」、時刻は六時十五分。客がいれば順延し、君の左ストレートは使わぬことなど、私から細かい指示を与えた。

彼が帰り、しばらくするとにわかに気分が悪くなった。体の具合というより、頭がもやもやとし、暗雲が立ち込めた塩梅なのだ。

緑川に何か誤った指示を出さなかったろうか?

私はソファに横になり、体を休めた。半時間ほど眠ったようで、頭がすっきりとし、そこへ光が一筋さしこむのを感じた。そうか、これだったのか。

私は起き上がって緑川の携帯に電話し、「喧嘩の相手に連絡したか」とたずねた。ちょうど今から会うところだというので、「明後日の計画、話さないようにな」と口止めをした。

「えっ、方針を変えたのですか」

気落ちしたのか声が弱くなった緑川に、私は声を励まし、計画の変更を告げた。

「喧嘩の相手は私がやる。これは至上命令だから、異議を挟まないでくれ」

「先生、そ、それは」

「官憲を欺くようなことに他人を巻き込むわけにはいかない。以上だ」

「は、はい」

翌日、明晩の大仕事を前に、山名刑事課長に電話した。食事に誘うと、今日はこちらのおごりだといわれそうなので、「至急会いたい」とだけいった。相手はちょっと口をつぐみ、その間にくるくる頭を回転させたのか、「そういうことなら、この電話で話してくれ」と応答した。「そちらの電話、盗聴されていないか」と聞くと、「むろん装置はついてるが、盗み聞きするのもこの俺だから、気にすることはない」と小声でいった。私はすぐに用件に入った。

「アメリカじゃ、重要証人に危険がある場合保護措置がとられるよね」

「ああ、シカゴの証人をアラスカの隠れ家に移すとかの、あれだな」

「三週間でいい、緑川をそちらの施設に預かってもらいたい。その間に八田に話をつける」

「緑川の部屋の前に、警察官立ち寄り所の看板を立てたらどうだ。俺も週に一度ぐらい立ち寄ってもいい」

「浜町署の留置場、空きはあるかな」

「さあね。留置の係に聞いてみなきゃわからんが、個室が希望なら、無理だと思うよ」

「雑居部屋でも構わないさ」

「百さんよ、俺の力をもってしても、逮捕もしないで人を留置したり出来ないぜ」

「山さん、今から独り言をいうから、耳をかっぽじって聞いてくれ」

私はそう前置きし、次の五つの科白を、山名の耳に二度吹き込んだ。

「明日の夜六時過ぎ、人形町のバー『カジモド』において、緑川が暴行を働き、相手に怪我を負わせるかもしれない。

緑川はその場を去って自宅に戻り、その後外出しないかもしれない。

被害者は救急車で病院に運ばれるが、軽度の腰部挫傷の診断だから帰宅することになる。

一一九番通報によりパトカーもやって来たが、マスターは短時間の出来事で状況がよくわからないといい、一方被害者は、相手は友人だから告訴するかどうか一晩考えたいと答えるだろう。

翌日早々に被害者は診断書を添えて御署に告訴状を提出し、山名課長が素早く対応し、夕刻には緑川の逮捕が実現するだろう」

独り言の間、山名は一度も口を挟まず、五秒もたってからようやく声を発した。

「百さん、百万賭けようや。俺は、緑川が逮捕されないほうに賭ける」

「そんなこといわず、何とか逮捕してください」

「弁護士が警察に依頼者の逮捕を要請した例、あったら教えてほしいな」

「今こそ、二人で先例をつくろう」

「よくいうよ。だいいち、擬闘はうまくいくのかね。緑川、ボクシングをやっていたというから
つい本気になっちまうぜ」

「左ストレートは使わせない。右で頬っぺたを平手打ちし、ちょいと肩を押し……」

「被害者役も総会屋がやるのか」

「いいや、ちがうよ」

「よほど度胸のある役者を使わないと、ぼろが出るぜ。そいつも取り調べることになるからな」

「その心配はご無用だ」

「どこのどいつにやらせるんだ」

「そ、それはですね……現にあなたが話している相手と申しますか……」

山名は何かいおうとしたらしいが、かわりに「ひやー」とひと声悲鳴を発した。

「まさかその被害者、途中で告訴を取り下げまいな」

「八田と話がついたら取り下げる。執行猶予中だから罰金か起訴猶予にもっていかないとヤバいんだ」

「俺は何も聞いちゃいない。うな重の松なんぞ食っちゃいない」

翌日午後六時、私は緑川と地下鉄人形町駅で落ち合い、「五分後にな」と言い残し、先に歩きだ

した。水のような暮色の中にネオンの灯が淡く、妖しい夢へと入って行くようだった。甘いメランコリーが胸に寄せてくるのを、私は一度の呼吸で吐き出し、カジモドの扉を押した。

開いたばかりでまだ音のない店内を、中ほどまで歩き腰を下ろした。定席だと奥まであまり距離がなく、下手にこけると壁に頭をぶつける心配がある。マスターがおやっという顔をしたが、何かいう前に私が声をかけた。

「緑川卓君って、会員だそうだね。弟みたいに可愛がってるんだ」

その緑川は扉を開けると、鋭い目をたちまちやわらげ、「やあ先生」と懐かしさを大声にして表した。誰が見ても、つい五分前に会っていたとは気づかないだろう。「元気そうじゃないか」と私は手招きし、自分の左に坐らせた。

ここのマスターはだいたいカウンターの一番手前にいて、グラスの減りようを見て客の前に来る以外はつねに不干渉の態度を保っている。だからこの席の小声の会話がマスターの耳に届くことはあり得ない。

水割りの二杯目がそれぞれに注がれ、マスターが定位置に戻ったのを見て、「さあ始めよう」と私が小声の開戦布告をした。緑川が「先生、そんな言い方はないでしょう」とマスターに届くほどの声で最初の科白をいった。

「君はいったいやるのか、やらないのか」

「やりますよ、やりますとも」

「ふん、口だけだろう。この腰抜けが」

「それ、侮辱だな。取り消してください」

「誰が取り消すもんか、へっぴり腰」

「何ですって」

「へっぴり腰ったら、へっぴり腰」

いいながら私はマスターをちらっと見た。身を乗り出し聞き耳を立てているようだが、こちらとの距離は保たれている。これからのアクションをあまり近くで見てほしくはない。

「頭にきた、もう我慢ならない」

「へーい、やれるもんならやってみな」

「ちくしょう、このヤロー」

緑川が右の平手で私の頬をはたいた。スナップが利いてピシャッといい音がしたものの、左に坐っているから右手を大きく振ることが出来ない。

「何をする、君、何をする」

私は椅子を降り、入口を向き通路に仁王立ちになった。ほとんど同時に緑川が私の前に立ち、両手で私の肩を揺さぶりその手を大仰に離した。私は後ろにのけぞり、半ば仰向けに後退し、尻餅をついた。

「痛っ、ううー、ううー。骨が折れた、骨が折れた。マスター、救急車、救急車」

緑川はこの間に一万円をカウンターに置き足早に出て行った。筋書きどおりであった。
七、八分後に救急車が来て、駆け込んできた隊員が跪いて私の顔を覗き込んだ。私は唸り声を中断し、「意識は清明です」と自ら申告した。「どこが痛むんですか」「腰の骨らしいです」「歩けますか」「たぶん無理です」の問答の後、担架が運ばれてきた。その間別の隊員がマスターから事情を聞いていた。

救急車に乗せられる途中パトカーのサイレンが接近してきて、最後に気の抜けるような尻すぼみの吹鳴で停止した。もうそのとき私は救急車におさまり、質問を受けていた。

「頭をどこかにぶつけましたか」

「いやいや、ぜんぜん」

これで軽症と判断されたのだろう、連れて行かれたのは、聖路加の五分の一ほどの病院で、ICUなど無いのがありがたかった。当直の医師は人の良さそうなハンサムな青年で、患者から説明を始めるのを咎めたりはしなかった。

「口論の相手に肩を揺さぶられ後ろによろめいたとき、ぎっくり腰を起こしたらしいです。前に一度やったことがあり、湿布薬を貼って一週間でよくなりました。どうもご迷惑をおかけしました」

私はこう説明し、頭を下げた。若い医師はレントゲンで骨の無事を確かめると湿布薬を処方し、腰部捻挫により加療二週間の診断書を書いてくれた。

診察室を出ると、廊下に警官が一人待機していて、事件のあらましについて聴取が行われた。私は、相手は友人であり自分にも非があるので告訴するかどうか一晩考えて決めたいと述べ、ここでも「ご迷惑おかけしました」と頭を下げた。

翌朝私は蝙蝠傘を杖がわりに浜町署に赴いた。刑事課のある二階へそろそろと入って行き課長席に目をやると、当の課長があわてて書類を手にするのが見えた。私の訪問を待ち侘びていたのかもしれない。

通路際にいる警官に来意を告げ、彼がそれを伝えに行くと、山名は大儀そうに椅子を立ち、じつにのろのろと私の方に来た。

「これ、告訴状と診断書。よろしくお願いします」

山名は黙って受け取り、書類を十秒で見終わると、両眼をぐっと鼻に寄せ、くそ真面目な顔をした。

「百田弁護士、この書類、鑑識に回していいかな」

「ええっ、何のために」

「告訴状が、この暴行事件より前に作成されたことを証明するためにさ。それはそうと、八田にはどこで会う？」

「財界ポストに出向くつもりだよ」

「あいつ、陰険なやつだから、一発で話をつけなきゃだめだぜ。会う日と時間が決まったら知らせてくれ」

「身辺警護してくれるわけ」

「なんのなんの。何もしてあげられないからその時間帯は外出を控え、貴公の無事を蔭で祈ることにする」

私は今日一日を緑川のために空けてあるので、真直ぐ事務所に戻った。いつもなら女史の淹れてくれた茶で落ち着くのだが、逮捕がうまくいくどうか心配で茶の味どころではなかった。診断書とパトカー乗員の報告書だけで逮捕状がとれるだろうか。そんなことを考えていると、こちらの心臓を威嚇するほど強くドアがノックされ、何者かと身構えていると、浜町署から伺いましたと女史に告げる、いやに優しい声が聞こえた。声の主は山名の部下で、被害者百田草平の供述調書を取りに来たのだった。この警部補は事件の筋書きが頭に入っていたように要領よく聴取し、一時間足らずで仕事を完結させた。

夕方、先ほどの警部補から緑川を逮捕し本署に留置しましたと知らせてきた。私はとっさに「山名課長によろしく」といいそうになり、あわてて「ご苦労さまでした」と言い換えた。

拙速は禁物と肝に銘じ、逮捕から三日後、緑川に教えられた番号に電話をかけた。番号の主、八田房吉はずいぶんと待たせた挙句、それを詫びもせず、「何か用かね」と高飛車に出てきた。私はむっとして「私の名、知ってるはずですがね」と強い語調で言い返し、それから会話は次のように展開した。

「緑川の逮捕に関係あるのかい」

「それもありますが、前回の裁判の関わりです」

「ほう、おかしなことをいうね」

「そうそう、あなたはあのとき日本にいませんでしたね。法廷に出るべき人間だったのに」

「何をいうんだ。執行猶予がついたじゃないか。それで用件は?」

「あの裁判で執行猶予がついたのは、緑川君が裁判長に約束したからですよ」

「ほうー、どんなことを」

「彼の住む世界から足を洗うということです。たしか裁判長は裏社会という表現をされたと記憶しています」

「緑川は裏社会に住んでいるのか。初めて知ったよ」

「あなたがそこのボスじゃありませんか。じつはそのとき私も裁判長に約束したのです。彼がそこから抜けられるよう責任を持ちますとね」

「緑川と弁護士が何を約束したか知らんが、裁判官は法廷を出たらころっと忘れてくれるよ」

「私は絶対に忘れない。むろん緑川君もね。それで先日、ちょっとした諍いになったのです。私が即刻足を洗えといい、彼がもう少し待ってくれといったのでね」

「先生、もう少し待ってやったらいいじゃないか。ここまで待ったんだから」

「どうです、穏便に話し合いをするというのは」

「ああ結構ですよ。ところであんたのいう裏社会とは、任俠の世界のことか」

「まあ、美しい日本語でいえばね」

「それなら、わしも緑川も一面においてその世界に属しておるといえるな」

「そこから彼を抜け出させていただけますか」

「話し合い次第で、というところかな」

「いつ会ってくれますか」

「そうだな、来週水曜の午後なら空いてるよ」

「それじゃ二時に伺います。財界ポストへ」

「あんた、いい度胸しているな。それで一つ頼みだが、持ってきてもらいたいものがある」

「何ですか」

「この電話じゃいえないね。盗聴されてるかもしれんから、そちらの番号を教えてくれ。あんた、盗聴されるほど大物じゃなさそうだからな」

私は叩きつけるような調子で番号をいい、電話を切った。ふん、えらそうに勿体なんかつけやがって。

携帯でかけてきたのか、五分後、八田の声がこう質問した。

「何を持ってくるか、見当がついたかね」

「さあ、六法全書が読みたいのですか」

「トカレフ一丁さ」

「えっ、トカレフって、ピストルの」

「そうさ。わしと緑川が一丁ずつ持ってるんだ。これで二人の間柄がわかるだろう。そこから足を洗うとすれば、トカレフを返すのが大前提だな。堅い契りの証だからな」

私は仰天し、対応する術が浮かばず、黙り込んだ。

「どうだね、弁護士先生。トカレフを持ってこられるかい。それは無理だろうな。弁護士が銃砲不法所持をするわけにいかんもんな」

相手はさらに調子に乗って続けた。

「緑川を釈放するよう働きかけることだな。あんた、被害者なんだから勘弁してやるといえば、事件は済むだろう。緑川が出てくれれば話は早いやね」

「トカレフを返せば、脱退は認めるんですね」

「そうだ」

「間違いありませんね」

「あんた、くどいな。男に二言はない」

「彼はそう簡単に出られませんよ。警察や検察がこちらのいいなりになるとは思えませんからね。ただしトカレフの件は彼と相談してみます。いずれにせよ水曜日に」

「辣腕先生の顔、とくと拝みたいな」

懸案による肩の重みがトカレフによっていっそう増した。ともあれ、これを最優先に処理しなければならない。

私は留置場の夕食時間を見計らい、七時に浜町署に出向いた。留置係は刑事課とは部署が別だから私が緑川事件の被害者とは知る由もない。バッジを見、名刺を徴取し、弁護人として接見室に通してくれた。

私はただちにトカレフについて質問した。ここの面会室は一つしかなく、そう長い時間使えないからだ。緑川は、「君、トカレフなるもの知ってる」の一言で反応し、「うっかりしてました」と頭を下げてから、その関わりを次のとおり話した。

――これは、六年前の裁判で、自分が全部引っかぶった礼として渡されたもので、突っ返すわけにもいかず受け取るより仕方がなかった。八田は、いつでも出し入れ出来てお前の匂いのしない所に置けと命じたが、そんな場所は思いつかず、逆に八田の匂いのする場所にした。それは財界ポスト社長室の判例集の中であった。全集の河川法関係の一冊に、トカレフの形に中身をくりぬき拳銃をおさめたのである。この全集は差し替え式であるが、飾りで置くだけだから、八田は購入後すぐ、余計な費用のかかる差し替えを断った。だから人目につかず安心して置いておける場所であったが、一年前逮捕される直前に捜査の情報が入り、拳銃を別の場所に移した。家宅捜索で万一発見され、余分の罪まで背負わされるのはかなわぬと思ったのだ。移した先は上野の叔母の家で、妹の死後そのままの状態になっている部屋の本箱に入れてある。その部屋は自分と妹との思い出を残すため、誰にも使わせるなときつくいってあり、おふくろが月々家賃を払っている。中のものは絶対に触るなともいってあり、金目のものなど無いのは分っているし、妹に強い引け目のある叔母は中に入りもしないだろう。自分は月に一度そこを訪れ、部屋に風を通し、半日ほど寝っ転がって過ごすことにしている。宿泊客が入らぬよう鍵がかかっているが、むろん叔母も鍵を持っている――。

聞き終わって私は暢気な調子でいった。

「君のお蔭で初めてピストルというものを手に出来そうだな」

「先生、ヤバいこと、やらないでください。自分が出てから返しに行きますから」

「早く出ようなんて、そうはいかない。あっそうそう、この件、真弓さんにどう話してあるの」

「何が起こっても絶対に心配はいらない。男の世界の合法的ドラマが行われてると思ってくれ。百田先生にはいずれ面会に来てもらうから、君はじっとしておれ、と」

今日は金曜で旅館営業は繁忙かもしれないが、事は急を要する。浜町署を出たところで、緑川に教わった番号に電話をかけた。万福旅館というのが屋号だそうで、しわがれた女の声がその屋号を名乗った。弁護士の百田と申しますが緑川君の件でというと、とたんに息を殺したような、身構える雰囲気が伝わってきた。

「じつは傷害事件を起こしまして、その件で叔母さんに相談してくれと」

「あれには母親がいるんですよ。相談はそちらにお願いします」

「母親には連絡するなというのです。あなたの所で兄妹が世話になったことも聞きたいし、至急弁護方針を固めたいので、明日のご都合いかがでしょう」

慇懃に、かつ既定方針を述べるようにいうと、姪の死が頭を過ぎったのか「月曜の昼過ぎなら」と渋々譲歩した。


私は田伏邸に引っ越してから、なるだけゆるりと風呂に浸かることにしている。貸室にバスがついてないので、入浴は一階の共用の浴室を使う。八時から十時までのサロンの時間、いちいちお湯をかえずに入るのがきまりで、ここの掃除も輪番制である。私は入浴ばかりか、朝食後墓地を半時間ほど歩くことも、日課とするよう努めている。これに腹のマッサージ、我流の体操と、体に気を配っているのだが体重が五百グラム減った。そのうえ、十一月下旬といえば例年食欲の増す季節だのに、今年は食思不振である。この日曜は私が夕食当番だから、そうもいっておられない。一人分千円以内で食材を調達せねばならず、自分の口に合うものもと考えると、築地の場外市場しか思い浮かばない。

ここは私の自宅からだと勝どき橋を渡ればすぐの所。この中の小料理屋へ月に二度は行くので、市場関係者とも馴染みになっている。私はまず知り合いの「魚徳」へ寄り、予算を念頭に物色しているると、あまり見慣れぬ魚が目にとまった。体つきが真鯛そっくりながら、縞が薄墨色をしたチダイという魚で、値段が抜群に安い。「これ、塩焼きにしたらうまい?」「ムニエルのほうがいいわ」「俺が作るんだけど、簡単な作り方教えて」「水で洗って、塩胡椒して小麦粉をまぶし、バターで焼くの」「それから、あのトコブシを煮たいんだけど、調味料の割合は」「酒一砂糖一醤油二味醂少々ぐらいかな」「そうそう、ムニエルの付け合わせは」「ブロッコリーをボイルしたのでいいんじゃないの」。おかみさんとこんなやりとりをし、指で丸印を作ると、かなりおまけをしてくれた。次に「八百吉」に足を運び、やはりかみさんをつかまえた。「俺、根菜の炊き合わせを四人前作ることになってるんだけどさ」「百田さんが? あなた、鍋持ってる?」「或る人が何種類か持っている」「その人とどんな関係?」「いいからいいから。だしはどう取ればいいの」「うーん、あっそうだ。うちにあるから持っていきなさい」「調味料の割合は」「醤油四酒三味醂二砂糖一ぐらい」「どのぐらい煮るの」「油でさっと炒めてから煮なさい。ことことと三十分ぐらい」。かみさんはだし汁をペットボトルに入れてくれ、「あなたには出血サービス」と笑顔も付け足してくれた。米と調味料は元じいのを使えるからこれで買い物はおしまい。

私はかみさんらの教えを忠実に守り、用具はすべて元じいのを借用し、三品を仕上げた。

午後六時、食卓に並んだ皿を見て、元じいが白ワインを一本寄贈した。そのため彼は優先的発言権を取得し、まずはアーネスト・ヘミングウェイを話題に上げた。それは彼が「日はまた昇る」で脚光を浴びる前の、パリにおけるぺえぺえ時代のことで、息子のバンビィは一歳になったばかりだった。アーネストはリュクサンブール公園が好きで、とりわけ腹ペコのときその気持ちが強くなった。夕方近く彼はバンビィを乳母車に乗せて公園にやって来る。ポケットには鳩にやるトウモロコシがいっぱいつめてある。ここは四時になるといつも警備の兵隊が向うのバーへ一杯やりに行く。べつにそんなきまりがあるわけじゃなく、パリでは、仕事の合間に一杯ひっかけるのを誰も咎めやしない。ともかく、リュクサンブール公園にはむっちり肉づきのいい鳩が群れをなしている。今様にいえばキッチンが走る、といったところかな。そこで、アーネスト、これぞと見初めた一羽をトウモロコシでちょいちょいと誘き寄せ、さっと捕まえ、くいっと首をひねる。そうしてバンビィの毛布の下にくぐらせるんだそうだ。ひと冬の間、ヘミングウェイはずいぶんとこれをやったらしいが、バンビィ坊やは一度も止めようとはしなかった。おやじに、どうしようもない狩人の血が流れているのを、坊や知っていたんだろうな。

元じいは食をめぐる作家のエピソードを、次から次と、万国旗のように繰り出してみせた。サロンに移ってしばらくすると、今度は伝ちゃんの独演会となった。酒が入ると彼は頼まれな講釈師となるようで、以下に紹介する便利屋報告も、どこまで真実なのか、などという詮索は無用であろう。

――一つ断っておきますが、わが校にも稀に美人はおるのである。それも便利屋を始めて間もなく、満面に憂色をまとって僕の前に現れたのだ。風のとても強い日で、すっぽりかぶったスカーフが色白の小顔をいっそういたいけに見せていた。

「どうしたのですか」

「わたしがいけないのです。男の人を振ったのです」

彼女、野々村未咲と名乗り、「演劇部のマネージャーに教えられて来ました。どうか力になってください」と哀願の眼差しになった。少女向けのファッション雑誌のモデルにしたいようなぱっちりした瞳に、けし粒ほどのしずくが宿っていた。

「あなた、演劇部なんですか」

ちょっと芝居がかって見えたので、確かめてみた。

「いいえ、空手部でしたが、退部しました」

僕は彼女を弁論部の部室から連れ出し、飲食街のカフェに入った。

「で、相談の内容は」

「男の人とすっきり手を切りたいのです」

「相手はストーカー？」

「うーん、そうとまでいえるかどうか……。彼、アパートの前に来て鶯の鳴き真似をやるのです」

「毎晩ですか」

「一日おきです」

「鶯は春が過ぎたら、どこかへ渡ってゆくと思いますが」

「この鶯、もう五か月も居座っているのです」

さらに事情を聴くと、この男矢代正美は偶数日に来て、午後十時、十一時、十二時と五分ずつ鳴いて帰っていき、それ以上何もしないのだそうだ。僕は二人の付き合いについて、それ以上知ろうとは思わなかった。こういう話は一方だけでは客観的に把握できないものだし、そもそも人間の内部には測り知れぬ底なし沼が潜んでいるからだ。

「ともかく、試みに何かやってみましょう」

僕はこういう問題の難しさを考え、任してくださいとはいわなかった。ただ一つ、自分に出来そうなのは鶯と鳴き交わすこと、それだけだった。これで活路を見出せなければ潔く撤退しよう。

僕は弁論部で四年間ホラを吹いていたが、高校の三年間はブラバンでフルートを吹いていた。ペール・ギュントの「朝」は今でも譜面なしに吹けるから、そうだ、これをホーホケキョと対話させよう。

僕は早速、偶数日である翌日の夜、阿佐ケ谷駅から十分の未咲のアパートへ赴いた。教えられた二階の右端の部屋は、机の電気スタンドからか、カーテンに灯がにじみ、ぼうっと明るかった。僕はそれを確かめると、三軒先の家の門柱に身を隠した。この辺は閑静な所だから鳥の声は十分に届くだろう。

どこから飛んできたのか、十時きっかりに鶯が囀り始めた。顔だけ出して窺うと、六メートル道路の端に立ち、未咲の部屋へ真直ぐに顔を向けている。

ひと節聞いて、僕は言葉を失った。その音色が、道を極めた者ならではの深さに達していると思われたのだ。

第一主題の後、彼は巨匠の手になるような巧緻な変奏を聞かせた。あるときは伸びやかに、ときに顫音《せんおん》をまじえ、そして唐突な休止とその後の夕波のような揺曳。

窓の向こうの未咲に向かい、彼は何がいいたいのだろう。ひょっとして彼は演奏そのものを愉しんでるのではあるまいか。いやいや、失恋男にそんな余裕などあるはずがない。

束の間と思えるうちに五分がたち、鳴き終えた鶯は僕と反対方向に歩きだした。僕は通りに飛び出て、ただちにフルートを口に当てた。彼の行く手にはすぐ右に脇道があり、彼がそこへ折れるだろうと予想し、フルートの音を耳にしたら立ちどまるだろうと読んだのだ。

ペール・ギュントの「朝」は明るく爽やかな曲である。ストーカーまがいの振られ男に対し鎮静剤になるとは思えないが、譜面なしに吹けるのはこれだけなのだ。

僕は相手の意表を衝くように、唐突に三分で吹奏を打ち切った。そして、彼がいるはずのとはちがう道で駅前に出、カフェで時間をつぶし、また戻った。きっかり十一時に二度目の囀りが始まり、これが終わると先刻と同じ行動を繰り返した。相手は十二時にもう一度囀るはずだが、僕は二回でその場をあとにした。小鳥の鳴き声なら「おやっ」で済むかもしれないが、夜中の楽器演奏にクレームがつくのは時間の問題だろう。だから自分としてはあと二日やって反応が無ければ、この仕事から降りようと決めていた。

ともあれ、彼の囀りを聞くうちにだんだんと僕は引き込まれていった。彼の奏でる音の底に、雪原の小川のような清冽さがあり、それがじーんと胸に伝わり、自分の吹奏を透明なほどに純化してくれるのだった。

ついに反応があった。自分の六度目の吹奏が終わったとき、矢代正美が飛び出してきて、「話し合おうじゃないか」と僕を新宿二丁目の地下酒場に誘った。タクシーの中で彼がぽつりぽつりと話すのを聞いて、彼が僕を自分の同類と、つまり未咲に振られた失恋男と誤解していることがわかった。私は、しめたとばかり作戦を進めた。

「君の鳴き声には恨みとか未練が少しも感じられないな。哀しみと諦念が美しく溶け合った泉のような音だ」

「あんたのフルートを聞いて俺は思ったよ。未咲に振られたくせに、なぜこんなに明るく爽やかな音が奏でられるんだろうってね」

私は彼をじっと見つめ、熟した柿が落ちるのを待った。はたして十秒後矢代がこう告げた。

「もう未咲のアパートには行かない。絶対に行かない。しかしあんたは当分通うんだろうな」

「いや、三回行って気がすんだよ。君と一緒に大空に飛び立つよ」――。

伝ちゃんの一席が終わると、私は口頭のみで、ブロンズ像授与式を行った。

「ミスター伝に対し、アカデミー脚本賞および主演男優賞を授与する」

これに対し伝ちゃんは「お礼にフルートを吹きたいのですが」と元じいにお伺いを立て、許可された。彼はピアノの前に立ち、「大田原伝、恒例により」と口上を述べてから「朝」を演奏した。それはたとえようなく清浄で、何万年の後に復活した朝のようだった。私は、伝ちゃんの語ったストーリーは本当かもしれないぞと考え直すことにした。

5

小説構想は五条大橋の出会いから名所めぐり風の逢瀬を重ね、また振出しに戻ったりする。今日も新たな出会いが脳裡に浮かんだ。男は網代《あじろ》笠に木綿衣、首に頭陀袋を下げ、女は紺の着物に紅たすき、絣《かすり》の前掛けをして白手拭いをかぶっている。女は野菜を積んだ荷車を引き、後ろに「大原女のおもてなし」とろうけつで染め抜いた幟《のぼり》を立てている。「おばさん」と男が声をかける。「ここは鷹峯《たかがみね》ですが、わざわざ大原から来たのですか」「あのね、おはらめの恰好してるのはそのほうがよう売れるといわれたからや」「野菜はどこから仕入れるんです」「お茄子は賀茂、かぶらは聖護院《しょうごいん》、ねぎは九条です」「あっちこっち、大変ですね」「ほんまは全部、うちの畑で取れるんや」「おばさんが作ってるの」「その、おばさんというの、やめてくれはる」女は手拭いを取ってにこっと笑い、次の瞬間つんと澄まし、手拭いをかぶった。女は若々しく、男はどちらの顔も好きになった。「荷車、押しましょか」「押したらあかん。下へ転がるのをこうして止めてるんやから」「そうか、ここから市街へはずっと下りですね」「あなた、雲水はんでしょ。修行を休んでるんやったら手伝ってほしいわ」「僕もじつは転がりそうなんです。雑念が湧いて座禅が組めんのです」「雑念といいますと」「あなたみたいな美人が瞼にちらちらしよるのです」「わたし、美人て、ほんまですか」「目茶苦茶、綺麗や」「やっぱりなあ。そのように作るというてはったから」「誰がですか」「わたしを作った人にきまってます」。男は少々面食らった。この人を作った両親がセックスする前にそんなこと、宣言するだろうか？　荷車の上に携帯用拡声器があるのが目にとまった。見ると、黒ペンキで「京都府警」と書いてある。「それ、警察から借りてきたんですか」「いいえ、こちらの一存で書かせてもらったのや」「あの四つ角で、ひと声、セールス・トークをやってください」「おうち、笑わへんと約束してくれますか」「死んでも、笑いません」。四つ角に来ると、女は男に対し、あっちを向いててと命令した。「シーザーさんもクレオパトラさんも、くまさんもおてもやんも、みんな出ておいでやす。京野菜のおもてなしどすえ」。男は体を二つ折りにして笑いをこらえた。「しかし、その宣伝媒体じゃ、今時大変だな。いったい、どこまで行商に？」「決まってません。全部売れるまでです」「何とか協力したいが」「千本鞍馬口西入る二筋目下がるにお地蔵さんがあります。あそこへ行って、願い事をします」。やがて二人は、その地蔵の前まで来た。女は荷車から花を一束取り地蔵に供え、何やら懸命に拝んだ。「坊さん、相国寺の雲水さんやてね」「はい、それはそうですが」「お地蔵さんのお告げがありました。相国寺へ行けば荷車が空っぽになるて」「うーん、たしかにこれぐらいの量はさばけますが」「炊事の係、何ていいました？」「典座《てんぞ》です」「その主任さんに頼んでください」「わかりました。やってみます」この日は真夏のように暑く、相国寺まで荷車を引いてくると、男は汗まみれになった。女を見ると、手拭いが風にばらけ、美しい顔が八割がた見える。これはまずい、女の容色にたぶらかされたと判断されたら、この談判、きっと失敗する。男は女に頬かぶりするよう命じ、そのときふとおかしなことに気がついた。女の顔がさらさらとし、汗ひとつかいていないのだ。こんな暑い日にこれはどうしたことか、じつに不思議だな……と男が訝るところで、私は構想を打ち切った。ロボットという正体を明かすのはまだ早過ぎるからだ。

「面白おかしくハチャメチャに」を呪文のように唱え、夜明け前の三時間を過ごしているが、しばしば実在の人物によって中断を余儀なくされる。私がこの半生において何がしかの負担を感じている人たちで、別れた妻が何度も出てくるのは仕方ないとしても、昨夜登場した女性は三度目だった。青白くやつれた風貌ながら、眼と声に凛とした気品のある若き母親。――私がまだ独立して間もない頃だった。先輩の弁護士から仮差押執行の立会を頼まれたことがある。対象が家財道具であるため、相手の生活を脅かすのではとためらったが、町の金融業者からギャンブルの金を借りたんだ、仮差押で警告すれば実家から工面してくるはずと説明され引き受けたのだった。家族は妻がいるだけと聞かされ、それも引き受けた理由であったが、執行官と訪れたアパートには、何と生後三か月ぐらいの赤ちゃんがいた。赤ちゃんは籐のベッドに寝かされ、天井にはくるくる回る玩具が吊るされ、窓から風が入りこれが回ると、赤ちゃんは手をパタパタさせて喜んだ。

執行官は要旨を告げて事務的に仕事を進行させ、私は若い母親に黙って名刺を渡し、頭を下げた。想像したとおり金目のものは無く、テレビや洗濯機にしたって、競売しても二束三文にしかならないだろう。私はこの執行を中止させたかったが、そのあとどう処理してよいか責任が持てない以上、黙しているより仕方なかった。母親は名刺を見て、私に話しかけた。

「主人の会社、半年前に倒産したんです。それで出産費や生活費のためお金を借りたのです」

「ご主人、ギャンブル、やらないのですか」

「真面目一方の人です。会社が小さくて給料も安かったので雇用保険じゃやっていけませんでした。弁護士さん、差し押さえてこれからどうなりますの」

「実家か、どこかで工面できませんか」

「どちらの親も貧乏です。お金払わないと、冷蔵庫も洗濯機も持っていかれるのですか」

「まあ、そういうことに」

「弁護士さん、どうすればいいんですか」

「やはり、借りたものは返すしか……」

「弁護士さんて、弱い者の味方ではないのですか。ねえ、どうすればいいか教えてください」

「ごめんなさい。私にはどうしようもないことで」

「持っていってください。今すぐに。この子のベッドも何もかも、今すぐに」

母親は静かな声でそういった。このときばかりか、会話中ずっと彼女は一度も大きな声をあげなかった。赤ちゃんを慮ってのこととわかり、私は返す言葉もなかった。

赤ちゃんはずっとにこにこ笑っていた。丸々と肥り、腕もむくむくとし、手首にくっきりとくびれが出来ていた。自分はあの赤ちゃんの笑顔、母親の静かな声を、どうして忘れることが出来ようか。忘れようとしても、内輪の人のようにひっそりと私の中に生きているのだ。

万福旅館は上野よりも地下鉄稲荷町に近い、寺の多い界隈にあった。古めかしい木造瓦葺の二階建てで、玄関の硝子戸に白ペンキで「ＦＵＬＬ・ＳＴＯＭＡＣＨ」と綴られていた。ここも外国人を受け入れ、「満腹ホテル」と名訳をつけたらしい。

中に入り、土間の右の帳場らしい部屋へ「こんにちは」と声をかけると、中から髪にバンダナをした女が鬱陶しそうな顔で現れた。それが緑川の叔母だった。私は、玄関と一体であるような待合室に通され、彼女と向かい合った。痩せて目の出っ張った、口紅の濃いこの女性を、私は一瞥するにとどめ、続けざまに二つ難題をぶつけた。

「緑川君のために保釈金を出していただけないでしょうか」

「そうですか、駄目ですか。それじゃせめて証人に出てくれませんか」

想定どおり、これも拒否され、私は十秒ほど間を置いた。

「叔母さんが出てくれないのならこうするより仕方ないと、彼がいうんですが」

「何ですか、それは」

「かおりちゃんの作文を証拠に出すんです。お兄ちゃんのことを書いたのが残してあって、机か衣装ケースに入ってるそうです。ただ、叔母さんにはあの部屋の物は絶対に触るなと禁じているようですね」

「そうですよ」

「探してはいただけませんか」

「いやですよ。あっちこっち触ったといわれちゃかなわないから、弁護士さん探してください」

「そうですか。やむをえませんな」

私は椅子を立ち、叔母さんは帳場へ鍵を取りに行った。叔母さんは一階の一番奥の右の部屋まで私を案内し、「どうぞごゆっくり」と引き下がった。八畳の和室に衣装ケースが二つと机が二つ、それと幅が八十センチ、高さが一メートルぐらいの本箱があった。机の一つには陶器の聖母像とガラス工芸のピエロが、もう一つの机にはボクシングのグローブがのせられていた。ゆっくりとそれらの品を眺めていると、じわっと眼球が濡れてきた。

私は本箱まで膝を進め、教えられた岩波少年文庫の後ろを手で探った。すぐに手に当たりがあった。そろそろと少年文庫を倒さぬようにそれをつまみ上げ、畳の上に置いた。それは晒に二重に包まれガムテープで固定してあった。私は布の上から輪郭を確かめ、凶器にしては軽いなと思いながら鞄におさめた。帳場を覗いて「見つかりました、ありがとう」と礼をいって万福旅館を後にしたが、叔母はとうとう甥がどんな事件を起こしたか、一度も聞かなかった。

翌々日の水曜日、八田の所へ出かける直前、山名課長に面談の時間を教えろといわれていたのを思い出した。電話をかけ、「今から出陣する。精神的援護を頼む」というと、「健闘を祈る」と短い一言で応えた。

約束の場所へ十五分早く到着した。八田ビルは東銀座の新橋寄りに、そこだけ、中層のビル群から沈下し、生き残ったような建物だった。元はクリーム色でもあったのか、煤けて灰褐色をしたモルタル壁がところどころ剝げ落ちていた。階段は木製ながら、材質は堅牢そうだし、悪漢を乗せるためかどぎつく黒光りしている。

社名をペイントされた二階の扉をノックすると、下村女史と同じ年恰好のおばさんが出てきて、名前を告げると「どうぞ」と上へ行こうとした。シナリオどおり私は「すみません、薬を飲みたいので」と水をくれるように頼み、持参した胃薬を彼女の前でのんだ。そうして、「余計なことですが、お茶は出さないでくださいね、薬が効かなくなりますから」と断りをいった。

おばさんに案内され三階の社長室に入り、まずは判例集の在処を確かめ、彼女が出て行くとすぐ行動に移った。この判例集は弁護士会の図書館にもあり、朝の民事弁論のあと立ち寄って全集のどの辺に位置するか検分してあった。私は河川法関係を苦もなく見つけ、手に取って開いてみた。はたしてそれらしき空間があったので、開いたまま床に置き、鞄から晒の包みを取り出した。私はこの包みを勝どきの自宅に置き、そこから持って来たのだが、まだ一度も中身を見ていなかった。中身が実際にトカレフだったら、銃砲所持の違法意識が芽生え、不眠になるのではと考えたのだ。

晒からガムテープを引っ剝がすと、たぶん本物にちがいないトカレフが現れた。生まれて初めて見る火器は長さが二十センチ足らず、銃把は黒色、他の部分は鉛色を呈し、晒で包まれていたときより、ずしりと重い感覚が掌に伝わった。私はこれに素手で触れており、必然指紋がつくわけだが、官憲が検出する前に八田が海にでも捨てるだろう。

拳銃は判例集にぴったりおさまり、私はそれを本棚に戻すと、ほっとして十六畳ほどの室内を見回した。北欧製なのか寝台ほどのデスクと、これとは対照的に質素な木工の応接セット。本と向かい合った壁には、八田自身であろう、毛のふさふさした男の肖像画が掲げてあり、ご丁寧に制作を昨年とするプレートが貼り付けてあった。八田の髪はごく自然に見え、内側の禿げの存在を想像させなかった。

興味をそそられたのは道路側に三つ並んだ硝子窓だった。天辺が山型をした桟のついた長細い窓で、上下に開け閉めする様式である。古い洋館にでもあるようなこの窓に、八田が佇み沈思することなどあるのだろうか。それを想像すると硝子が砕け散るような気がし、すぐにデスクの方に歩を運んだ。ここはじつにあっさりしていて、プッシュホンとミニチュアの万国旗、それと子供の小さな頃の家族写真だけで、八田の毛の量は去年の肖像画と整合していた。

部屋の見学を終え時計を見ると、ちょうど二時になっていた。緑川の指示どおり長椅子に寝っ転がろうかと腰を半分つけたときだ。泥棒猫のように入って来たのか、八田が目の前に立っていた。巌流島をやめたのはよほど勝算があるからだろう。私はにわかに緊張が高まるのを覚えた。

八田は「大事件かね」といいながら向かいの椅子に腰を下ろした。黒い人民服を着て、頬の肉の硬そうな四角い顔に薄い金縁の眼鏡をかけている。私が名刺を差し出すと、見ないでそれをテーブルに置き、頬骨を無理にゆるめたような笑いを浮かべた。

「大先生、ここまで歩いてきたのかね」

「ええ、この足でね」

「緑川にやられた腰、治ったらしいな」

「いや、歩くときも坐るときも用心しいしいです。その点、この椅子は固くて腰椎には具合がいいです」

「これはなあ、四人が作ったのを法務省で買ったものだが、もし緑川が服役したらどんな作業をやらされるんだろう。そんな心配をしていたら、だいじょうぶと顧問弁護士にいわれたよ。被害者の百田氏が告訴を取り下げれば、という条件つきだけどな」

「だいぶ情報を得られたようですな。しかし今のところ告訴を取り下げる気はありません」

「あんた、どういう立場でここへ来たんだ。被害弁償を財界ポストでしてくれというのか、それとも緑川の弁護人としてか」

「少なくとも賠償を請求する気はありません」

「緑川を告訴しておきながらその代理人として振舞えば、弁護士法違反で挙げられるぜ」

「おたくの弁護士は緑川の弁護人と偽って検察から情報を得たようですな。こっちのほうが悪質ですな」

「電話の話じゃ、緑川を退社させてくれということだったな」

「退社というより、足を洗うといったほうが適当でしょ」

「まあ、任侠の世界にちょこっと足がかかってるからな。それならまずあんたが告訴を取り下げ、緑川を豚箱から出すこと。そしてトカレフを返すことだ」

「彼、そんなに釈放されたがってませんがね」

「強がりをいうんじゃないよ。あいつのことはあんたの百倍も承知だからな。赤い灯青い灯が恋しくてうずうずしてるだろうよ」

「どうしてもトカレフが先決ですか」

「そうだ、わしと緑川の堅い契りを解消するにはな」

「うーむ」

私は生返事を返しながら、緑川から聞いた二人の関わりを思い起こした。たしか、そのきっかけとなったのは政治結社旭日社の街頭演説で、建設現場の作業員をしていた二十歳の彼が新橋駅の街宣活動を見て隊員に声をかけたのだ。といっても演説に感激したわけではなく、街宣車に用事があったのである。「この車、貸していただけませんか」とその場で借用を申し込まれた隊員は、面白がってこの若者を八田の所へ連れて行った。

緑川が街宣車を必要としたのは、同僚の妹が交通事故に遭い、その補償を保険会社がしてくれないからであった。こういう場合こんなやり方があると人に教えられ、よーし俺にまかしておけと大見えを切ってしまったのだ。

事情を聞いた八田は、被害者が実績のない新人歌手では保険屋は休業補償を払わんよ、まあそれでも平均賃金ぐらいは取れるからと、自分の顧問弁護士に頼むよう勧めた。裁判をしなくても解決できるといわれ緑川は従うことにし、もう一つの、熱をこめた説得にも応じる成り行きとなった。すなわち八田の乗用車の運転手を務めることと旭日社のメンバーになることで、住まいは旭日社の合宿所の一室をただで使わせるという条件も付いていた。緑川にとってもっけの幸いだったのは、夜は自由が保障されたことで、お蔭で大学入学資格検定を通り私大の二部を卒業することが出来たのである。

「そうそう弁護士さん、ピストルなあ、どこにあるか聞いたかね」

面倒そうに、間延びのした調子で八田がたずねた。

「ええ、もちろん」

「あんたが代理でわしに届けるという手もあるな。しかしあんた、ピストルなんぞ持つ勇気ないだろう」

「はい、そのとおりです。ですからこうしましょうか。彼にこの件を警察に申告させるのです。警察がこれを押収することで、あなたに返却したと見なすというのは」

「う、うー」

八田は口ごもり、眼鏡を取って私をにらみつけた。薄紫のレンズのために気づかなかったが、眼の形が左右アンバランスで、円い右目の眼球がとろんと濁り、死んだタニシを連想させた。

「まさかねえ、あいつにそんなことさせたら、傷害だけじゃ済まなくなるわ。弁護士が依頼者の罪を重くするような真似なんかできるわけがない」

「八田さん、彼自身はトカレフを自分の支配下に置いてないようですよ」

私は、眼鏡をかけ直した相手を見ながら微笑を浮かべた。八田はなにいといわんばかりに身を乗り出し、さらに私を威嚇しようとした。しかし右のレンズに外光が反射し、その意図を半減させていた。

「じゃあ、どこにあるんだね。隅田川に捨てたなんていったって、認めないからな」

「それがそのとおり、川の中にあるんです」

「どこの川だ」

「日本全土の川にね」

「おい、ふざけるんじゃねえぞ」

八田は巻き舌になり、またも眼鏡をはずしにかかったが、私が必死に手を振りやめさせた。

「あちらですよ。あの判例集の河川法の中に眠っているそうです。嘘だと思うなら手に取ってご覧になればいい」

八田は尻をつつかれたようにぴょこんと立ち上がり、大股に書架まで足を運んだ。だが、ふだん寄りつかぬからだろう、目当ての本を見つけるのにだいぶ手間取った。

その本は八田の手に鷲摑みにされ、彼のデスクの上に仰向けに置かれると、必然中身をさらすことになった。私は椅子を立ちデスクの前まで歩き、「へえー、それがトカレフで」と感心してみせた。八田は事の成り行きが呑み込めないのか不思議そうに拳銃を見ていた。

「あなたは今、捜索にそなえてそれをどこかに捨てようと考えていますね。もう一つのトカレフと一緒に」

「そんなこと、心配してもらわなくて結構だ」

「二つとも隅田川に捨てたら、まず見つからないでしょう。しかし、それで物証が消滅するわけじゃない」

「それ、どういうことだ」

「緑川君は河川法の中に隠したことを、いくつかのアングルから写真撮影したそうです。どの本か忘れちゃいけないので、背表紙もね。ネガは容易に見つからない所にあるのですが、彼が警察に申告する気になったら私が取ってきて警察に提出します。現にトカレフを見たという私の供述があれば、警察も動かざるを得ないでしょう」

八田は無言で椅子を立ち、道路に面した窓まで行ってしばらく佇んだ。写真撮影の件は私の創作であり、拳銃が現存する証拠がないかぎり警察は対応しないだろうが、八田には効き目があったらしい。古風な窓に寄っての沈思黙考で妥当な結論に達したようだ。ふたたび二人が元の席に戻ると、八田は自分を得心させるためか一度大きくうなずき、こう申し出た。

「トカレフは返却されたことにしよう。そのかわり写真とかネガはそちらの責任で廃棄してもらいたい」

私はすかさず鞄から書面を二通取り出し、八田の前に置いた。文面はどちらも同じで、一通は警視総監に、もう一通は東京地検検事正にあてたものだった。

「何だね、これは」

中を見ようともしないので、内容を説明し署名を求めた。

「緑川がこのほど関連団体を全部脱退したこと、今後同人に対しいかなる迷惑行為にも及ばないことを誓約した内容です。今日の日付も入れてください」

八田はこれに応じず、ゆっくりと上体を椅子の背に倒し、しばらく瞑目していた。

「たしかに任俠関係は済んだ。しかし財界ポストの雇用関係は別だわな」

「むろん、それについても書類を用意しております」

「緑川の退職届だろう」

「そうです。あなたは彼に退職の意思があることは認識しているようですね」

「退職は認めるさ。ただ残務整理というものがあろうが。現に仕掛かり中の仕事はきちんと片づけてから辞めるのが常識だわな」

「合法的な仕事ならね」

「言いがかりはやめろ。これまで多少の勇み足はあったが我が社は財界の腐敗を糺すことを社是としておるんだ」

「いま苦闘している悪い仕事の中身聞きましたよ」

「ハッタリはよせ。緑川は無類に口の堅い男で、逆さに吊るしたって喋らないタフなやつさ。それに今の仕事はややこしいもんじゃないから二週間もあれば片がつくさ。なあ先生、ここは告訴を取り下げることだな。その腰痛とかに大枚を出そうじゃないか。な、それで手を打とう」

八田は、愛想笑いが下卑た笑顔になるという典型例を私に見せ、デスクに向かった。すでに準備して抽斗に入れていたのだろう、手に余るような紙幣の束を高々と掲げてみせた。

「五百万の受け取りと、緑川の件一切解決につき、と一筆入れてくれればいいよ」

私は首を強く振り、八田のデスクへと歩いた。

「お金は引っ込めることです。今日中にでも、この文書を検察庁に出すつもりです」

それは東京地検宛の告発状で、八田が建材会社からインサイダー情報を得て大儲けしたことから、それをネタに建材会社を強請ろうと企てていることまで余さず記されていた。

私がこれをデスクに置くと、八田はひったくるように手にし、読み始めた。物の十秒もせぬうちにその手がぶるぶる震え、顔面が赤黒く変色した。何かいおうとしたようだが、その前に告訴状が引き破られ、私の方に飛んできた。

「百田さんとかいうたかな」

いやに低い、押し殺した声がその口から出てきた。山形生まれであるのに、関西訛りだった。

「あんた、九州の弁護士が黒豹の檻に入れられた事件知っとるか。三重の弁護士は足を撃たれよったわな」

私が黙っていると、声のトーンを上げてこういった。

「今すぐ手を引くこった。わしらは、最後はこれでいくしかないんや」

まだデスクに置かれていたトカレフが右手に握られ、私の顔面にまともに向けられた。私は思わず一歩退き、われながら情けない声を出した。

「弾を込める時間はなかったはずだ」

「わしはチンピラ弁護士なんぞ撃たん。けどバックにいるもんが黙っとらんやろな。弁護士会館なんぞ、なんぼでもチャカを持って入れるそうやな」

「上納金が役に立つってわけですね」

いいながら私はバッジをはずしにかかった。深呼吸しながらゆっくりはずし、それを八田のデスクに乗せた。

「そちらがそんなやり方を使うのなら、こっちも同じようにやらせてもらいます。ただ、もう少しソフトなやり方でね」

「何だ、それは」

「あなた、明晩空いてますか。銀座のクラブで一杯やりながら歓談しましょうよ。出来れば奥様もご同道願います。緑川君は奥様に可愛がられ大変感謝してるんで、かわって私がお礼を申し上げたいのです」

「……」

「場所はどこがいいですか。えーっと……『舞姫』がよろしいか、『夏あざみ』がよろしいか」

私は、どちらが本命かわからぬ店名を、八田めがけて投げつけた。その迫力にあおられたのか、八田は上体をのけぞらせ、半分開けた口から意味不明の声を洩らした。罵声を浴びせようとしてたじろいだようだった。

とそのときインターホンが鳴った。誰だ今頃と文句をいいながら八田は応答し、「えっ、浜町署から」といって口をつぐんだ。思わず口をついて出たらしいその一言で山名からの電話だと察せられたが、自分は精神的支援を受けるだけである。だからよほど暢気な顔をしていたらしく、それで八田は焦ったのか、電話をつなぐよう事務員に命じた。

八田の応答は、はい、はい、はあだけで、十秒もせず電話は切られ、私はその内容を測りかねた。ただいえるのは、八田の態度が唖然とするほど豹変したことである。

「百田先生、さっきの誓約書、署名しますよ。印鑑は代表社印ですか実印ですか」

「いや、あなたが署名すれば、それで結構です」

「それから告発状なんだが、出さないでもらえますね」

「誓約書の内容を守ってくれれば、出しません」

「誓約書はすぐあちらに提出するんですか」

「ひとつ、条件があります。それを実行してくれれば私が預かっておきます」

「先生、条件とは」

「机の上の五百万、いただきたいのですが」

「えっ、これ、これをですか」

「緑川君の退職金としてです。十年とはいえ、彼の働きからすれば一千万は請求したいところですが、譲歩します。よろしいですね」

私はバッジをつけてから席に戻り、便箋を使って代理の領収書を作成した。その間に八田も五百万を持って元の席についた。私と八田は民事の交渉が成立したふうな顔をして授受を行った。

事務所に戻るとすぐ山名に電話を入れ、「いろいろとありがとう」と礼をいってから、八田に何をいったか聞きだした。「浪漫法律事務所に電話したらそちらに居るといわれました。おたくの社員の緑川が、非常に大事な供述をしたいのだがその前に百田弁護士に相談したいといっております、至急こちらに立ち寄るように伝えてください」と告げたそうだ。

翌朝私は浜町署に赴き、誰にも見咎められず、パソコンを打っている山名の後ろに回り込み、横からそっと告訴取下書をすべらせた。

「気が引けるようだな」

「大変お世話になりました。万事解決しました」

「釈放は隅田川の花火頃かな」

「そりゃむごい。七、八か月、前倒ししてもらいたいな」

「ちょっと外に出よう」

山名に連れて行かれたのは、カウンターの前で一人ずつ注文するセルフサービスの喫茶店だった。自分の分を払おうとすると、「おいおい、俺の縄張りで顔をつぶすようなことをするな」と大声でいった。

私はトカレフを除いて、事件報告をし、対して山名は一つだけ聞くがと断って、緑川が本気で足を洗う気になった理由をたずねた。

「真弓さんが妊娠したのさ」

「本当か。彼女の腹、そうは見えなかったが、トリベエで見たのはいつだっけ」

「もう三か月以上前だよ。じつは、そういえと俺がそそのかしたんだ」

「ふーん、悪いやつだな。それで、いつごろ緑川は知らされた」

「十七、八日前だろう」

「急げば間に合うかもな」

「何を急ぐんだ」

「急いでセックスして妊娠すれば、それぐらいのタイムラグならごまかせる」

「まあ、たとえごまかせなくても、妊娠しちゃえば丸くおさまるな」

「やむを得ん。検事に話をする」

「しかし、浜町署の給食を食った体で子供が作れるだろうか」

「だいじょうぶ。緑川は房の中で彼女のことばかり考えていたから、シュパッと一直線に命中するさ」

この冬は暖冬であると長期予報でいっていた。膵臓癌が性悪の、手に負えない病だとしても、厳寒になるよりは体にましだろう。何とか無事に冬をやり過ごしたいものだと、今日も気楽なことを考えた。暖かな食堂から朝の庭を眺めていたときで、それが甘い観測であることに、はっと気がついた。芝が枯れ、灰褐色を呈する土にちらちらと粉雪が舞っている。私はきゅっと胸が詰まり、目をそむけた。

午後、覚せい剤取締法違反の国選弁護事件に対し、判決言い渡しがあった。被告人は三十歳になったばかりだが、蒼白く痩せた顔に目だけがぐりぐりとし、十歳は老けて見えた。父親が早くに亡くなり、中学時代母親の再婚相手にたびたび暴力を受け、非行に走って少年院に送られた。出てきてからは暴力団の準構成員となり、覚せい剤と窃盗で刑務所暮らしが長く、定職といえるものについたことがなかった。

刑事記録で母親が千葉の木更津に居ることがわかり、証人にどうかと被告人に打診したところ、あの人出ては来ませんよ、とにべもなかった。ほかに証人の当てもなく、弁護活動としては、出所したら今度こそちゃんと働きますといわせるより仕方がなかった。法廷において彼はそのとおり、刑務所で覚えた木工の仕事を真面目にやりますと供述した。これに対し検察官は、前回の裁判で同じ質問を受けたと思うがどう答えたかと尋問した。「やはり木工をやると」「出所したとき君は、その仕事をさがしたか」「どこへ行けばよいかわかりませんでした」「やる気がないからだろう。それとも何かわけがあるのか」「はい、いいえ、ありません」「何かいいたいことがあるのか」「はあ、あるといえばありますが、ここでいっても仕方ありません」。被告人の声は淡々とし、反抗的というより世の不条理をそれとなく告発しているように感じられた。

判決は危ぶんだとおり、検察の求刑をそのまま認めた。それでも被告人は退廷するとき、私の前で立ちどまり、少し頭を下げた。上目づかいの目がいっぱいに開かれ、私は何かいいたいのかと目を凝らした。けれど彼の目は焦点がどこにあるのか鈍い光に覆われ、とらえようがなかった。私はこの男のために、何も出来なかった。何一つ出来なかった。そして今後はなおさらに何も……。地底に沈み込むような無力感と脱力感。私はしばらく椅子を立つことが出来なかった。

裁判所を出ると足は自然にいつもの方向へ動いた。雪の舞う底冷えのする寒気の中、なぜタクシーを拾おうとしなかったのかわからない。ただ足の赴くまま日比谷公園へ横断していると急に前の人が走り出し、そこで赤信号に気がついた。左からクラクションの銃弾を浴び、私は右へよろけながら向う側へ走り込んだ。体がとっさに反応したのだが、気持ちは無重力に浮いてるようだった。

公園入り口の道は少し行くと右にカーブし、事務所へは道なりに進めば済むところ、右に折れる手前で足が止まった。目の前に欅の大木があり、私に何かを語りかけてきた。一枚も残さず葉を落とし、乾ききった裸形をさらすその姿は、天然に朽ち果てる寸前の森厳さを見せつけているようだった。

それに反発したわけではないが、私はむきになって木の下道へと入って行った。いま着ているコートは薄く、防寒用にはもう一枚、内側に装着する仕組みになっている。今日はこれをつけていないから風邪をひき、癌症状を誘発するかもしれぬが、Uターンしようとは思わなかった。

道は落ち葉が降り積み、靴がカサカサと音を立てた。木を透かして上を見ると、どこにも雲らしい形はなく、透明とも不透明ともつかぬ、底無しのような物体が一面を覆っていた。すぐに目をもどすと、木の枝越しに静まりかえった池が見え、凍結しつつあるのか波も立たず、薄靄が漂っていた。いつもは翼をひろげ、空へ飛び立とうとしている鶴の像が束の間見え、靄に沈んだ。

小道を抜けて広場に入り、水の止まった大噴水を横に見て大通りに出た。公園側の歩道は人影が無く、暮れ方のよわい光の中を、確たる方向も目的もなく私は歩いているのだ。現実の外にあって、何者であるかわからぬような、そんな覚束なさをこころに蔵し。

私はそんな気持ちのまま日比谷の交差点を渡り、足にまかせた。何ほども行かぬうちに夕闇が濃くなり、濠の石垣も丈高い木立も紙に滲んだ墨のようにぼやけ、ただ右側の、ビル群を背にした帝劇だけが明るく目に映った。全館に灯を点し、外壁の煉瓦色を浮き立たせ、これ見よがしに華やかだった。あそこでは一年中、とっかえひっかえ芝居が演じられる。得意満面の台詞回し、しなやかな所作、弦楽の軽やかな響き……。

私はふいに法廷に引き戻された。いったい、今日の被告人はどうなんだ。彼はこの劇場で観劇したことがあったろうか。いやせめて、劇場の外で喝采のざわめきぐらい耳にしたことがあったろうか。

目をそむけるように、私は濠端の道へ視線をもどした。街燈の灯が疎らな星となって点滅するだけで、街の形のまるで無い世界。私にそう見えるのは、行く手にあの被告人が見えるからだろう。どこまでもどこまでも続く細い道を、彼はとぼとぼと歩いてゆく。前方に何の灯火もなく、横を通り過ぎる車列もなく、自身が薄い影となって歩いてゆく。

私自身も影になったように、自覚なく歩いて来たらしく、気がついたら八重洲ブックセンターの前にいた。とたんに私はおのれの現実にぶち当たり、中に入った。そしてエスカレーターにいらいらしながら七階の医学書売場に直行し、すぐにこれぞと思われる本を見つけた。『がん治療エッセンシャルガイド』という分厚い書物で、膵癌の章を開くと、冒頭に我が国におけるこの癌の三年生存率が表にしてあった。これによると、私のように腫瘍が二センチを超え、局所にリンパ節転移がある場合、三年生存率は十六・六%に過ぎない。この統計から推測すれば一年の生存率は五十パーセントぐらいになろうか。腹をくくっていたとはいえ、最悪のものを見てしまった。私の行く道は、灯火が見えないどころか、ついそこで閉ざされているのだ。

私は中二階にあるカフェに行きコーヒーを頼んだ。ともかくこの宵を何とかやり過ごさねばならない。私はこの一点だけが大事なんだと自分に言い聞かせ、何かやりたいことがないものかと頭をめぐらせた。食べたい食材を買って料理を作り、食事の後はサロンで雑談すること。誰か友人を誘い築地の小料理屋で一杯やること。頭に浮かぶのはこれくらいに過ぎず、どちらも面倒としか思えなかった。一時間後私は腰を上げ、「カジモドへでも行くか」と自身の影に話しかけるような弱々しい声でつぶやいた。

私はタクシーを拾い、まだ開けて間もない店へ、いつもどおり「やあ」と声に威勢をつけて入っていった。何も食べたくないが、早い時刻に来たならわしで、フランスパンとチーズを頼み、ウイスキーはお湯割りにした。これもならわしになっている野菜一品はマスターのすすめでセロリをとり、ちょうどハービー・マンがかかっていたので、「こういう風に食うよ」とフルートを吹く真似をした。マスターは、私が元気を装ってるのを察したのか、頰を微動させただけで笑いはしなかった。

私はパンとチーズを酒とともに喉へ流し込み、セロリのスティックはガリガリと齧歯類のごとく音を立ててかじった。いつ来たのか、男の客が二人、扉近くの席に並んで坐っていた。サックスの音に沈潜しているのか、前傾姿勢のまま固まってしまったようだ。

それは、何度か聞いているスタン・ゲッツのレコードだった。中でもブルース調の一曲はジャズにはめずらしく牧歌的で、少年時代のゲッツを、私は勝手に想像したりした。遠景の中の機関車の煙、牧場の柵の赤蜻蛉、おしっこがしたくなった少年と小川へ放たれる抛物線の水鉄砲。そんな情景を想像し愉しんだのだが、いい加減に聞いていたようだ。ジャケットによると、これはゲッツ最晩年の録音盤で、このとき彼の体は癌におかされていた、とある。私はもう一度レコードをかけてもらい、一音も聞き逃すまいとじっと耳を傾けた。やはり、波の小さなうねりのようにノスタルジーはくりかえされる。それはしかし水の表面に過ぎず、短くはあるが噴き上げるような高音、とつとつとした低音と、この曲には人生の哀しみと諦念がしんしんと語られているのだ。

私の瞼にまた牧場の柵が現れた。今度は赤蜻蛉ではなく、大、小の鴉が二羽とまり、彼方の空に顔を向けている。遠くに平らな陽がぼんやり見えるが、柵の下方は広大な暗がりである。

鴉たちは父子ででもあるのだろうか。彼らはいったい何を見ているのか。足元にひろがる暗がりが海でないとすると、ただの闇に過ぎないのではないか……。

私は首うなだれ、絶望の姿勢をしていたらしい。「SPをかけましょうか」というマスターの声に、はっと顔を上げた。

「うん、すかっとするのをね」

薄っぺらな紙から一枚がそろそろと抜かれ、ターンテーブルに乗せられる。さて何が出るでしょうという目つきでこちらを見ながら、ゼンマイのハンドルが回される。そうして、ひそやかな手つきで針が置かれる。

いきなりルイ・アームストロング、愛称サッチモのトランペットがSPとは思えぬ鮮明な純金音を炸裂させる。二〇年代吹き込みの「ウエストエンドブルース」だった。

彼の音は、高らかに吹くという明快な理念を持って青空を突き抜けてゆくようだった。雄渾で、瑞々しく、豊かな感情に満ち、そしてもう一つ、彼のスキャットも素晴らしかった。抑揚のきいたしわがれ声が唇から溢れだし、自在の即興詩を奏でていた。

これからはハードボイルドに生きるのだ。

私は自分に与えた処世訓を思い出し、もう一度この曲をかけてもらった。以前テレビで「上流社会」という映画を見たことがある。悪ガキがそのまま大人になったようなサッチモが目をぎょろぎょろさせてカリプソを歌っていた。むろん彼はこの世にもういない。スタン・ゲッツも鬼籍に入ってしまった。俺も間もなくそちらに行くことになるんだが、あんたたちに会えるかな。

緑川卓は釈放されたその日に尾花の保育園に面接に行き、一月から雇用されることとなった。彼が足抜きの相談に来たときこの件を話したところ、大変乗り気になったので、フリーになったらただちに行動するよう指示しておいたのだ。「先生、雇ってもらえました」と意気込んで電話してきて、「真弓とお礼に伺いたいのですが」とこちらの都合を聞いた。「夕方ならいつでも空いてるよ。退職金五百万も渡さなくちゃならないから」というと、想定外だったようで急に口をつぐんだ。「この額じゃ、君の功績からすれば少な過ぎるぐらいだよ。ともかく君は私に全部任せたんだからな」と強くいい、彼を納得させた。真弓の都合もあったのかそれから三日後に一緒に来、この件の報酬にしては多過ぎるが私の想定どおりの金を差し出した。私は想定と同額の金を水引付きの祝儀袋に用意していた。「君たちの結婚祝い」といって渡そうとすると、「先生、こんなにいけません」と受け取らないので、「浜町署からの出所祝いに出産祝いも含んでいる」と、妊娠を祈りつつ無理やり収めさせた。

翌日は恒例の忘年会が芝の中華料理店で開かれた。高校時代の仲間、計八人が十年前からふたたび集まるようになり、年に四回の飲み会と、ときたまの旅行が倣《なら》いで、鈴木順一が「奇遊会」と命名した。といっても集団で奇行をやらかそうというわけじゃなく、どのメンバーもいくらか変なところがあるのを、順一が拡大視したのだろう。

忘年会は店も同じなら、料理に重きを置かず飲み放題とする幹事の方針も毎年同じである。地方赴任などの事情で欠席が一人か二人出るのが普通だが今日は全員揃った。土木会社仙台支店に勤める谷本寛が三年ぶりに出てきて、ぶさたのお詫びとしてササカマの小箱をみんなに配った。

順一の「それじゃ、乾杯」の一言で宴が始まった。たちまち全員の口が解き放たれ、喋り、飲み、かつその合間に箸を運ぶ。会話は、隣同士の二言三言をとらえれば成立してるといえるが全体としては何の意味もなさず、ぐつぐつとスキヤキが煮え立つ音とちがいがなかった。それでも誰かがジョークをいうと一斉に笑いが起こるから不思議な会だ。

あっという間に時間が過ぎてゆき、一時間ほどたったとき、私はひとりびとりを記憶に刻もうとしている自分に気がついた。店に入るときはいつもどおりやれるだろうと思っていたがやはり駄目だった。私は自分の自然の感情に従った。

商社マンの青田千里。彼は高校時代から立志伝中の人と自称していた。父親は中学の教員だが千里は六人きょうだいの四人目で何かとわりを食った。母親の手伝いをして小銭を貯め二年後に中古の自転車を買い、それを使って近所の買物を引き受け一年後に新車に買い替えた。文化祭のバザーで、どこから仕入れたか早稲田の学帽を売り、学年主任に大目玉を食らった。商社に入ってすぐ会社から金を借り、奨学金を一括返済し、会社からの評価を不動のものにした、とは本人の弁。

仏具屋の乾武。入学のときからお香の匂いをさせ、本人はそれを誇りにし、「歩く仏壇」といわれても怒らなかった。私は彼と席が並んだことがあり、その匂いを嗅ぐと頭が冴えた。三年の二学期頭を青く剃って現れたので「一念発起、店を継ぐ決心したのか」と聞くと、「いや、吉原に行って来た」と答え、「吉原の床屋に坊主にされたのか」と重ねて聞くと、「ソープに上がったら、高校生の分際でとおねえさんにえらく叱られ、こんな頭にされたわけ」とうれしそうな顔をした。その後また坊主になったので「吉原にまた行ったな」というと、「心機一転、店の営業をしている。ねえ、仏壇買ってよ」と声を鼻にかからせた。

保険代理業の杉尾元。大阪から、二年の編入試験で入ってきた。自己紹介で「趣味は古典文学とモーツァルト」と述べ、端整な顔に似合っていたが、時を経ずして古文の授業で「じゃがっしゃい」大声で寝言をいい、女教師の気取った朗読を遮った。「じゃがっしゃい」は「やかましいわい」という意味だそうで、彼は柄の悪い関西弁をゴマンと知っていた。そのくせすぐに女友達をつくり、不忍池に誘ったはいいが、ボートに乗るとき転んで足首を捻挫した。

テレビ局報道部の山内伸弥。遅刻の常習犯で担任の英語教師に理由を聞かれた。最初は「母の目覚ましが鳴らなかったもんで」、二度目は「自分の目覚ましが夜中に鳴ったもんで」と答え、三度目は「今度は誰の目覚ましか」と逆に聞かれ、「先生、罰として一時間立たせてください」と自己申告し、赦免された。硬式野球部で投手をやっていたが陸上部にも所属していた。砲丸投げの得意なマドンナがいたからだが、彼の投げる砲丸はフォークボールのようにポトンと落ち、マドンナの投擲距離に及ばなかった。

医師鈴木順一。白晳長身、見るからに理知的な高校生だった。自己紹介で「午後一時から十分間睡眠をとる習慣なので邪魔しないでください」といい実行した。成績はつねに一番で、カンニングにも気安く応じ、「そんなことしてたら一番を落っこちるぞ」と注意したら、「いや、適当に答えを間違えているから」と澄ましていた。北海道で獣医をやるが口癖だったが、あるとき誰かが真っ白の仔猫を拾ってきてクラスで飼うかどうかで議論伯仲したとき「僕が連れて帰る。会いたいときは家に来てくれ」と宣言し猫を肩に乗せて教室を後にし、家に着くと早速「カサブランカ」と名づけた。

百貨店勤務の林田英高。成績は総合三位、漢文一位と自称していた。大学時代松竹大船に遊びに行き、俳優になれと誘われたそうだ。色白の美男子とはいうものの、佐田啓二の没後松竹がどれほど二枚目に窮していたか、わかるような気がする。彼の勤務する百貨店は社員が買うと二割引きになる。優しい人柄だから、頼まれると自分が買うことにして対応してくれる。もしこれらの品が全部買主名義の住所に届いていたら、彼の家はゴミ屋敷になっていたろう。

土木会社勤務の谷本寛。人懐っこく気さくな人柄で、彼のジョークは駄洒落ばかりだけれどつい笑ってしまう。授業中は目立たなかったが運動神経は抜群で、みんなで香港旅行をしたとき渋滞を見てさっと車を飛び降り「バックオーライ」と交通整理をした。ダンスも上手だったが、中国麗人と踊ったときは相手の背が高過ぎて、上体は反り返り、下半身はチョコマカとし、コミックダンスを見るようだった。

そういえば、香港三泊四日の旅は文章に残していて、はっきり記憶に刻まれている。例えば道教寺院黄大仙廟のくだりは次のとおりである。

境内は広く山門をくぐると露店がびっしりならび、その向こうに芥子色の甍、朱色の柱、本堂の威容が目に入る。ここでも人、人、人、そして露店の供物、線香類の色鮮やかなこと。一同は祈願用に線香を買い、仏具屋は思案の挙句天井から下げる渦巻のお化け線香を買った。

「武、それどうするの」

「店に飾る。商売繁盛のお守り」

「どうやって持って帰るの」

「あれー、それ、考えなかった」

本殿の前は線香の煙で濛々としている。地面が硬いので座布団が置いてある。人はそこにひざまずき、線香をたき、供物をささげて祈願する。供物はなかなか盛大である。果物やお菓子のほか、家鴨や豚の丸焼きもある。一同、祈願はしたいが供物の用意をしていない。

「あとでいいよ。願いかなうと、お供えもってお礼に来るよ」

ガイドの陳さんはさすが中国人、合理的だ。めいめい安心して祈願し、占いをすることになった。境内のそちこちに筮竹《ぜいちく》の筒があり、両手で振ると不思議にも一本の棒が顔を出す。この棒には一から百まで番号がついていて、この番号が占いの基となる。境内の左手に易者小屋がずらりと並び、運勢図が貼られ扇風機が回っている。警視庁の取調室から持ってきたような机と椅子が置かれ、そこに向き合うと、先ほどの番号をいう。易者は生年月日を聞いてから机の上のピンクの札を取り、じっと黙考する。

陳さんが、よく当たる人がいいか、口の悪い面白い人がいいかと一同にたずねた。むろん皆の好みは後者にきまっている。いい人いるよと陳さん、にこにこして案内した。

易者氏は齢六十ぐらい、人が好すぎて教頭どまりの先生タイプで、交渉の結果、大幅に割り引くかわりに占いは一人につき一点と限られた。一人ずつ中に入り、傍らの陳さんが通訳をする。陳さんの声がでかいので占いの中身は外へ直通である。

まずは商社マン。「僕、社長になれるか」「おや、まだ社長になってないか、おかしいな。十頭の駱駝の先頭にいるあんたが見えてるよ。一番後ろが社長かな」

二番目は放送局。「百歳まで生きられるか」「百歳とはよくいうよ。酒樽かついでスケベな女を十人連れてるのが見える。わしなら明日死んでもいいな。ちくしょう、このー」

三番目は弁護士。「今年中に嫁さん見つかるかな」「まわりに、よい人たくさんいるね。あれっ、みんな男か。仕方ない、わしの家へ来ないか。リターンしてきた娘がいるよ」

四番目は仏具屋。「仏壇、売れるか」「だいじょうぶ。お客の鞄、ぱんぱんだから高い仏壇買ってくれるよ。あれっ、税務署が仕事を終わって帰るところか。見間違えたな」

五番目は医師。「北海道で獣医になれるか」「あんたの運は南に向いてるよ。頭に花をつけた水牛が見える。あんたの研究室、水牛のウンコでいっぱいだわ」

六番目は百貨店。「俳優に商売替えしたいのだが」「わし、前はカンフーの蹴られ役やってたよ。ジャッキー・チェンはな、手加減なんかしてくれなかったぞ」

七番目は土木会社。「香港で美女と仲良くなれるか」「おそろしく背の高い美人とダンスしてるのが見える。あっ、あんたの姿が消えた。どこだどこだ」

しんがりは保険業（めんどくさそうな口調で）「日本にいつ帰れるか」「あんた、ちかぢか腹を下して便所にパスポート落とすと出てるよ。パスポートなかなか乾かないな」

易者のおじさんの教頭風の顔が消え、忘年会の中の我に返った。いつの間にか会話が整理され、テーマが来年の旅行に絞られている。保険業は「パスポートを落とさないで済む国内がいい」と、仏具屋は「ミャンマーへ行って仏壇のことは忘れたい」と、土木会社が「香港で春蘭と再会したい」といった。春蘭というのは長身の麗人のことらしく、「あんた、どこだどこだ」と放送局にからかわれた。だれの口調も気楽なもので、行く先はどこでもオーケーという雰囲気だったが、幹事役を決めておかねばならない。少しして会話がこの点に移ると、私はこの場に居辛くなった。これまで私と順一はふいの仕事を考慮してお役を猶予されてきたが、二、三泊の旅だから週末を挟めばどうってことはない。それで昨年、次回は自分が担当してもいいようなことをいった覚えがある。それを何人かは記憶しているだろう。黙ってうつむいてると、やっぱり矛先が向けられた。

「草平、次回は自分がやってもいいと、いわなかったか」

放送局がいうと、「そうそう、そうだった」と、順一を除くみんなが同調した。私は懸命にポーカーフェイスをつくり、ひとごとのような言い方をした。

「出かけるなら、時期はいつ頃になるのかな」

「前例どおり六月がいいだろう。シーズンオフだしな」

だれも異論を唱えるものは無く、すんなりと六月に決まりそうだった。あと五か月と少し、自分がそのとき元気でいる可能性はゼロに近い。もし私が真実を告げたら、目下のテーマは即座に私から脱落するが、この場は自爆テロみたいになるだろう。私は誰にも病気のことは明かしたくなく、しゃあしゃあと平気な顔をしていたい。さいわい外見上は変わりないようだから、今なら幹事が引き受けられる。私はおもむろに提案した。

「急な話ではあるけどね、一月の京都なんてどうだろう。われわれの行いがよければ雪の金閣が見られるだろうし、芸妓も冬が一番綺麗だそうだ」

思ったとおりの反論がきた。一月は近過ぎる、今から宿をとるのは大変だ、料金も高いしなあ、とこもごもにいわれこの案は門前払いとなった。商社が手を上げ、質問した。

「弁護士は六月が忙しいのか」

「九月はどうなんだ」

「うん、俺の場合はわりとそうだ」

「うん、九月ねえ……夏以降事件が増えそうな気がしてね。これ、希望的観測だけどさ」

ぱたっと風がやみ、空気が凝固したような感じに襲われた。要は幹事をやりたくないんだなと思われたようで、私は下を向き肩をすぼめた。

と、そのとき順一が椅子を立ち、「僭越ながら」と断り、静かな声で語りかけた。

「人に聞いたんだが、百田弁護士はすごく多忙らしい。彼にとって今が非常に大事なときかもしれない。だから幹事は僕がやります。時期は六月として、行く先はこちらに一任していただきたい。よろしいですね」

順一はにこやかな顔を一同にめぐらせ、最後に私に向かって小さくうなずいた。私は胸のうちで「ありがとう」と礼をいい、顔のおかしな歪みを見せまいと便所に立った。

今年もあと十日という段になって、法テラスから国選弁護に関するＦＡＸが送信されてきた。体のことを慮り新件を受けるのはやめようと考えていたのに、ＦＡＸを見たとたん、あと一件だけ引き受けるかと俄然やる気になった。受任したのは「強盗傷害」事件で、裁判員制度が適用される。

公訴事実はというと、月村わたるという二十七歳の男が清川いすずという七十五歳の金貸しに暴行を加えて意識を失わせ、金銭消費貸借契約書を奪ったとの罪状である。私は再度読んで、これはそう単純な事件じゃないな、何か奥がありそうだと感じ取った。そもそも借金の証文を奪ったところで債務が無くなるわけじゃなく、行為自体にあまり意味がない。だのにこれをあえて起訴したのには何か特別の事情があるのだろう。もっとも証文が無ければ貸金の証明が難しくなり、そのかぎりで証文にも価値があるといえるが、どうも腑に落ちない。私の中で、体のことが棚上げにされ、事件がそこへ進駐してきた。

通常被告人は起訴されると小菅の拘置所に移されるがまだ所轄の原口署にいると聞き、ＪＲ、東急を乗り継いで署へと赴いた。この署に来るのは初めてだったが、駅前商店街を抜けた所で、それらしき灰色にくすんだ五階建てが見え、前まで来ると、ペンキの剝げた警視庁の紋章が、この世に何か楽しいことがあるのかいと私に語りかけてきた。

接見室は二階の生活安全課の奥にあり、通路に一つ置かれたビニール張りのベンチが待合室というわけだった。私はそこで待つうちに、この椅子が近々底を抜かすだろうと予感した。至急応急措置を講ずる必要があり、自分の経験を署長に教えたくなったが、どこにも法律書らしきものは見当たらなかった。

十分ほど待って接見室に通され、今日も、接見のたびに味わわされる、場違いな場所にいる感覚にとらわれた。四方を閉ざした無言の空間、青白く酷薄さをおびた蛍光灯、二つの世界を厳然と分けるアクリル硝子の仕切り。

折り畳み椅子に坐り一分ほど待つと、左の鉄の戸が軋み、百八十センチぐらいの青年が現れた。とくに臆する風もなくスマートな体を軽やかに進め、後ろの看守が下僕のように見えた。

「終わったら、このベルを押してくれ」

看守がそういって戸を閉めると、男はそちらの方に会釈し、向き直ると真直ぐに背を伸ばし「月村わたるです。よろしくお願いします」と、九十度のお辞儀をした。

「こちらこそよろしく、どうぞ腰かけてください」

いいながら私は男の挙措を観察し、さっきより場違いなものを感じた。自分はここでこの青年と何をしようとしているのか。

これまで少なからぬ数の刑事弁護を担当したが、こんな感じの被告人と会うのは初めてだった。きびきびした仕草、はきはきした物言い、よく澄んだ、こちらを童心に誘うようなぱっちりとした目。

「月村さん」と私はガラスの通話孔に顔を近づけた。「あなたのことを、君付けで呼んでよろしいか」

相手の印象に誘発され、ついつい口から出てしまった。

「はい先生、月村と呼び捨てにしてもらって結構です」

凛とした声で月村は答え、円いすべすべした頬にえくぼを浮かべた。五分刈りの頭の、前髪だけが少し長い。私は「それでは」といって鞄から事件ファイルを出し、起訴状の箇所を月村に示した。

「これ、読みましたね」

「はい、何度も」

「君は強盗傷害という重い罪で裁かれようとしているのですよ」

「はい、承知しています」

「君、ここに書いてあるようなこと、本当にやったのですか」

「はい、間違いありません」

口調はあくまでも淡々とし、やはり意外な感じを拭えなかった。

いずれ証拠を見てから詳しく聞きますがと断り、一番問題の、なぜ証文をねらったかという点をたずねた。月村はその質問を待っていたように、利息の支払いが三月ほど滞り連日のように催促を受けていたところ、今日中に払わなければ暴力金融に貸金の権利を譲渡する、そうすると返済は何倍にもなり腎臓も取られるよと脅かされた、それで証文が無ければ譲渡は出来ないだろうと考えやってしまいました、と説明した。

言葉どおりヤクザを恐れるあまりやったのであれば情状は悪くないが、はたしてそのとおりだろうか。脳裏にある疑念にうながされ、私は率直に質問した。

「君は証文を無きものにするためだけじゃなく、そうすることで、借金もうやむやになると考えたのじゃないか」

「いいえそんな。借金を踏み倒そうなんて考えたことありません」

月村はきっぱりと答え、私の疑念を蹴散らすほどの笑顔を見せた。

おそらく検事もこの点をくどいほど問い詰めたろうが、供述が揺るがなかったため証文強盗という苦しまぎれの起訴になったのだろう。隔靴掻痒といおうか何か釈然としないまま、情状の点に質問を変え、月村の答えたことを次のようにメモ書きした。

被害者の負傷　肋骨（脊柱に近い部分）二箇所にひび　入院一週間
被告人　大田区に生まれ都立高を卒業　同区の機械部品製造会社に就職、金属加工技術を習得
会社の倒産に二度あうが現在も同業　独身（１ＤＫのアパート住まい）　母は五歳のとき病死
父は製鉄会社の工員だったが七年前に病死　十二歳上の姉が一人（結婚している）

ざっと身上関係を聞き終わるとメモ帳を閉じ、しめくくりに入った。

「事実を争わないとすると、人柄を証言する人が必要だけど、姉さんだろうか」

見当をつけてたずねると、被告人は小さく首を振り、「姉は言葉が不自由なんで、出さないでほしいんです」と心細げな顔をした。

「誰か面会に来てくれた？」

「その姉が来て衣類を差し入れてくれました」

「証人を頼むのに適当な人、いませんか」

「はあ……」

月村は伏目になり、頭もお辞儀をするほど低くなった。しかし数秒後、さっと顔を上げ、きっぱりとこういった。

「自分は法廷に誰も引っ張り出したくはありません」

「君、そうはいっても、なるべく被告人に有利な判決を得るのが私の務めだからね。検討しておいてください」

ファイルを鞄にしまい立ち上がろうとすると、何か聞き忘れたような気がして坐り直した。それが何か思い当たらず、「何か聞いておきたいことは」と逆に相手に問いかけることになった。

「いいえ、べつに」

あっさりと答えられ、一度目の接見が終了した。帰る道々、私はふと次のことに気づき、自問をくりかえした。有罪を認める被告人はたいてい「判決はどうなりますか」と聞くものだが、あの青年はなぜたずねなかったのか。どうしてなんだ。

事務所に戻り女史の淹れてくれた茶を飲み、ソファへ横になったとたん眠ったらしい。うっすらと目が覚め、夕刻のざわめきを耳にしながら、もう少し眠ろうとしたときだ。瞼の薄明りの中に、さっき見たばかりの顔がしだいに輪郭を濃くし、浮かび上がった。笑うと円い頬にえくぼができ、眼はぱっちりと澄んでいる。そう、少年の面影を残すあの顔をひと目見たとき気づいたのだ。月村被告人が杉森豊にそっくりだということを。そしてこのとき私は直感的にこうも考えた。こんな青年が犯罪などおかすはずがなかろうと。

もっとも私の直感があてにならないことは、わが結婚経験において明白に証明されている。だがそれにしても、あの月村は刑事被告人としてひどく異質に思えた。犯罪の影を微塵もまとわず、爽やかに自若している風がある。私は弁護士としてはもとより、野次馬としても事件に引き込まれた。

私は何としても判決まで持ちこたえたいと思い、翌日、順一医師の診断書を手に裁判所と検察庁に出向き、手続の迅速な進行を上申してきた。事件が比較的軽微なせいか国選弁護人は私一人が選任されたそうだ。

6

　仕事納めの前日、自分がしんがりになるよう時間を見計らって鈴木医院に出かけた。医師と向き合うと、まず自分から体調について概略を述べた。膵癌の自覚症状らしきものはまだ無い。便通は薬のおかげで滞りはなく、倦怠感もあまり無い。ただ疲れ易くなったようで、体重が一キロ近く減った。ロースの豚カツのような脂っこいものに食思が向かず、昨今の食事情は上質のヒレステーキと鍋物に偏っている。鍋は鱈や鯛のような白身魚か牛のしゃぶしゃぶであるが、それらは豆腐と白菜、春菊の中で、かつての日本女性のように慎み深く控えている。あとは卵を溶いておじやにする慣わしだが、これが絶品で主治医にも振舞いたいけれど、わが借り部屋は連れ込みが禁じられている。

「ヒレステーキは何グラムですか」

「百五十グラムです」

「松阪牛ですか」

「そんな横綱級じゃなく、前頭三枚目ぐらいです」

「腹を診せていただきましょう」

順一医師はいつものとおり聴診、打診、触診と行い、何もいわなかった。私は何かいわせようとしばらく腹を出したままにし、それからあきらめて身を起こした。

「おふくろさんにはもう話したか」

「まだだ。まあまあ無事の状態で半年いられると観測してるもんで」

「六か月ね。うーん」

「そうか、肝臓に転移してるんだな」

「私は何度でもいいますよ。肝臓は沈黙の臓器であると。しかしねえ、発症が早まるのを想定しておくことも必要です」

「はあそうなんですか。あっ先生、もう想定しました」

私はそういうと、「一つ、お願いがあるんだ」と順一に向かい手を合わせた。

「何なりと、どうぞ」

お願いとは、下村女史のことであった。自分は早晩事務所を閉じねばならないが、誰にも病のことは話すまいと決めた以上、彼女の就職を同業に頼むわけにいかない。もし順一に弁護士の知り合いがいたら話してみてはくれないか、という厚かましい頼みであった。「あっそう」と順一は涼しげに答え、女史の略歴を聞いたうえ、勤めは切りのよい来年四月からと独断で決め、何人か知り合いがいるから当たってみようと約束してくれた。

「さて、さて」と私は勿体をつけてから「ひとつ質問してよろしいかな」といった。

「何なりと、どうぞ」

「年賀状、出しちゃって、だいじょうぶかな」

「ほう、どうしてそんなことを」

私は自分の腹を指さし、しかめっ面をしてみせた。順一はさらりと切り返した。

「再来年の年賀状をいっているのなら、即答は差し控えたい」

私は鞄から来年用の年賀状を一枚取り出した。

「順一、空海が修行中、室戸の洞窟で奇蹟を与えられたのを知ってるか」

「明星が口の中に入った、というあれか」

「そう。あれによって空海は宇宙的スケールの思想家となった。俺も奇蹟によって宇宙的偉業を行うかもしれん。それがここに書いてある」

私は年賀状を渡し、彼に読ませた。


富士山頂で見る初日の出。カメラやスマホではなく、ひとり肉眼で見ていると日輪が体内に入り込み、無限の体力と、動物と会話する能力を私に与えた。私は手漕ぎボートで海洋に出で、幾万頭の鯨と話し合った。鯨の群れは南太平洋へと泳ぎ、海水を腹いっぱいに飲み込み、島々が水没するのを救った。彼らはまた腹の水を天高く吹き上げ、宇宙ステーションを洪水により壊滅させた。かくて本年は機械文明瓦解の紀元一年となるでしょう。

「これは素晴らしい」といいながら順一は葉書を裏返し、そこに自分の名前を見出した。

「草平、これ、お返しするよ」

「やっぱり投函したほうがいいのか」

「そりゃそうさ。先にもらっちゃって、今年中に、もしかのことが起こると葉書の処置に困るからな」

順一は大真面目な顔でそんなことをいい、私を喜ばせた。

例年のとおり、大晦日に実家へ帰った。おふくろの顔を見るなり「ぽん太、元気かい」と張り切った声でたずね、自分の元気さを演出した。おふくろはこちらの作為には気づかず、「冬眠中」とぶっきらぼうに答えた。ぽん太は水を張った盥の中のごろた石を住処とし、くたっと平らに眠っており、甲羅を指で弾いても、置物の亀みたいに返事を寄こさなかった。

そうそうこの家の名義の件、宿題だったなと、おふくろの顔を見てやっと思い出した。遺言の作成やなんか任しておけと約束していながら、何も手をつけていない。一方、おふくろもこの件すっかり忘れてしまったらしい。三日間この家にいる間、「あれ、どうなったの」と聞くこともなく、聞きにくそうな態度も見せなかった。だいたいがあけっぴろげで、黙っていられない人だから、ほんとに忘れちゃったんだろう。

私は毎年NHKの紅白を見る。郷に入れば郷に従えと肝に銘じここの家族とともに、前半を頑張って見る。以前は甥も姪もいっしょにいて、私のジョークによく応えてくれたが、去年は甥が早々に居なくなり、今年は姪も兄貴を見習った。甥は高二、姪は中三であるが、私はその頃どうだったのだろう。よく思い出せないから、あとでおふくろに聞いてみよう。

九時に「風呂に入るか」とつぶやきながら居間を離れ、実際にそうした後すぐ寝床に入った。仏壇のある八畳の座敷におふくろと並んで寝るのである。一時間ほどたってようやくおふくろが入ってきた。

「遅かったね。待ちくたびれたよ」

「何か、話があるの」

「ただ、おやすみがいいたかっただけ」

「この子、気持ち悪いよ」

「母さん、高校時代の俺、紅白を最後まで見ていた？」

「さっさと自分の部屋に引き上げましたよ。見ていたのは父さんと恵ちゃんだけ」

「今年のトリは誰かな」

「さあ、美空ひばりだったりしてね」

「それじゃ男は三橋美智也か。俺は岡晴夫のほうがいいな」

「憧れのハワイ航路、父さんよく歌ったね」

「ガチガチに体をこわばらせてね。ハワイへ懲役に行くみたいだった」

「父さん怒ったわよ。今お位牌が動いたもの」

「母さん、ああいう謹厳実直タイプが好きなんだ」

「あなた、女はね、不良が好きと決まっているの」

ものの五分とたたぬうちに、隣から寝息が聞こえた。

この家はおやじの時代から元旦もいつもどおりに起きる。妹の連れ合いが下戸だから朝の食卓に屠蘇は出ないが、雑煮は白味噌仕立てだから、やわくなった私の腹には有難い。おふくろは角館の出で、ここは関ケ原後、京都にゆかりの深い佐竹氏の所領となり、そちらの文化がどっと流入したらしく、雑煮もその類なんだろう。

食事しながら甥と姪に、どこか初詣に行かないか、浅草か明治神宮はどうかと持ちかけた。甥は私から天井の方に目を逸らし、「俺行かないよ」を黙示で表した。姪は「デパートなら行きたいな」と目を輝かせていい、母親にたしなめられた。「伯父さんは正義派の弁護士なんだよ。お金儲けしない人と思わなくっちゃ」。私は年玉をやっていないのを思い出し、妹にポチ袋を持って来させた。座敷へ行って財布の金を等分に袋へ移し二人に渡すと、「わーい、二万円ももらったよ」と姪が歓声を上げ、「へえー、ほんとかよ」と甥が中身を確かめていた。

食後おふくろが「ちょっとおつとめをしよう」といって座敷に行き仏壇の前に坐った。おつとめとは何だろうとそちらを眺めていると、般若心経らしきものを唱え始めた。たしか浄土真宗はこの経をあげないはずだがと思案していると、もう読経が終わった。般若心経はわずか三百字足らずの短いお経だが、それをさらに端折ったようだ。おふくろの後、私は線香を立て十秒ほど拝んでから、「父さん、信仰はあったのかな」と自問するようにつぶやいた。

「うーん……あったんじゃないの」

「ときどきナムアミダブツを唱えてはいたけどね」

「気持ちの綺麗な人だったから成仏できたはずよ」

「善人なおもて往生をとぐ、いはんや悪人をや、と親鸞さんはいっている。母さんの好きな不良のほうが成仏しやすいんだ」

「ふーん、そんなものかなあ。で、あなたはどうなの」

私は一瞬ぎくっとした。さては、あの世に近いことを見破られてしまったのか。ちらっと横目で見ると、ふくよかな、いつもどおり笑みを含んだ頬に童女の面影があった。

「俺は中途半端でいけねえや」

私はそういってこの会話を打ち切った。

一月二日の昼食に、おふくろ作の甘さをおさえたぜんざいを食べ、少しすると実家を出た。今度来るのは病を告げるためだと思うと、ずっしりと心が重くなった。

行く所は勝どきのマンションしかなかった。年賀状のほとんどが自宅宛に来るので、ここに寄り、およそ六百枚の葉書に目を通した。私の賀状は、本文は印刷を頼むが宛名は手書きし、友人には一言加えるのを常としている。同業者から来たものは宛名はパソコン、文章は印刷見本をみるようだから一秒で飛ばし、友人のはとっくりと見た。

読んでいるうちに、来年の賀状のことが頭を掠め、一瞬文句を考えようとしたが、それより喪中葉書じゃないかと気がついた。自分はこの世でたくさんの人によしみを受けている。この人たちに黙って消息を絶つのは失礼であろう。今日中にやることの無い私は早速準備に入った。さて先決問題は差出人を誰にするか、つまりおふくろか妹のどちらにするか、であった。いわゆる逆縁は世上よくあることだが、私は親からの喪中葉書を受け取った経験が無い。もし親を差出人とすると、読む者はその心情を思いやり、たまらない気持ちになるだろう。だからここは淡々とした報告の趣で、妹に出させたほうがベターかもしれぬ。

　私はこれでいくことにし、文章の中身へと段取りを進めた。市販の紋切り型ではなく、何か一つ百田草平のエピソードを加えられないか。面白く明るくクールな、読んだ者をほっとさせるような兄妹の思い出なんか……。私は視野を二人の幼い頃までさかのぼらせ、いくつか材料を見つけたものの、ぴったりのが無く、やはりおふくろにしようと考え直した。形式上妹を差出人としても、相手は、親御さんさぞやと心配するだろう。それならいっそ母親の名で、彼女らしくあっけらかんと息子の死を語らせよう。そう決めたとたん、文章の断片がいくつか脳裡に浮かんだ。

「母さんの顔が見たくなったという電話は、母さんのカレーが食べたくなったの同義語」

「清貧の弁護士らしく、亀のぽん太を唯一の遺産として身まかりました」

「京大の結果を知らせる電話の声で、てっきり一番で受かったと喜びました」

「モルヒネとの折り合いがよく、さいごは酔眼朦朧とした顔で逝きました」

「友の歓喜に我は舞い、友の憂いに我は泣く、が口癖でした。お友達の皆様、ほんとうにありがとう」

　にわかに暮色が濃くなった。窓に立って対岸に目をやると、四角の巨大な倉庫がほの白い影を見せつつ闇に沈んだ。右手には通り慣れた勝どき橋の、アーチを緑、足元を青とする電飾が、ひろがる闇に、か細くふるえている。この奥に、廃業したホテルがあるのだよとでもささやくように。

橋の下から水上バスが現れた。橙色の灯をいっぱいにつけ、光は両舷からこぼれ、左右の小波に星屑をちりばめている。人声は聞こえないけれど、私の耳は確かに夜会のワルツを聞いた。

私は人恋しくなった。しかし正月二日は場外市場の小料理屋もカジモドもやっていない。田伏邸へ戻ろうかとも考えたが、真世も伝ちゃんも帰省しているし、元じいと向き合うと、本当のことを告げたくなるだろう。結局、コンビニに出かけ、小さなビール缶一本とカップ麺を買い、夕食を済ませると導眠剤をのみ布団にもぐりこんだ。

仕事始めの一月五日夕方、検察庁より月村事件の記録閲覧が出来ますと連絡があった。早速、翌日閲覧に出向き、午前中これを二度読んだ。主な書証を要約すると以下のとおりである。

①月村の供述調書（警察四回　検察二回）

動機　接見で聴取したとおり（暴力金融へ譲渡すると脅かされる）

目的　証文を手に入れること（この日六時までが支払期限だったが譲渡されるとしても明日だろうと見当をつける）

事前の計画　清川が就寝してから窃取する　清川と雑談したとき自分が元気なのは規則正しい生活をしているからで九時には寝ついていると話した　証文は居間にあると狙いをつける

侵入　七時頃裏の塀の忍び返しのゆるんでいる所より入る　七時十五分頃表側の前庭から携帯

をかける　ガチャンと電話を切られ　同時に玄関へ　玄関の引き戸は開いていて家に侵入し廊下の奥の階段の下に隠れる

犯行　七時半頃想定外の出前を頼む電話を聞き恐怖と不安で動転しているところへ　トイレに行ったのか清川が通りかかり　とっさに飛び出て後ろから手拳で背中を衝く

清川の状況　よろめいて台所の戸に頭をぶつけ倒れる　失神している様子

証文　居間を物色し茶箪笥抽斗に証文を発見　全部をザックに入れ　家に帰る途中怖くなって公衆便所に入り　ちぎって黒いビニール袋に入れて蒲田駅のゴミ箱に捨てる

当日の服装　黒のダウンジャケットにグレーのズボン　黒のランニングシューズ（底がつるつる）

清川からの借入　一年前に二百万　三か月前まで利息を払う　本件は支払いを免れるためにやったのではない　まして金をねらったのではない

②清川供述調書（警察二回）　貸金業の登録は受けていない　月村は三か月利息を延滞　暴力金融に譲渡するかもしれないとはいったが腎臓を取られるぞとはいっていない　証文は十六枚全部無くなっていた　事件のショックで直前の記憶がはっきりしない　ただトイレから出てきて後ろから突かれたとき「すみません」という月村の声を聞いた　この機に事業を清算し過払い利息はお客さんに返そうと思う

③林圭介供述調書（蒲田駅前の食堂ダルマ屋の従業員）　当日七時半頃清川より天丼上の注文（普通一人分の出前はしないが清川は週に四、五回取ってくれるので特別扱い）　八時五分頃清川宅に着きインターホンを押すが応答なし　門のくぐり戸も玄関の引き戸も開いていて中に入ると奥に

人が倒れているのを発見　すぐに携帯で一一九番

④風間行夫供述調書（目撃者）　二十九歳　私立高校を出て植木職人　池上線蓮沼駅から自宅アパートへの帰途清川宅から出てくる男を目撃（七時四十五分頃）　清川宅は以前仕事をしたことがあり奥さんの一人暮らしを知っていたので少し不審に思う　男は背丈百八十センチぐらいスリムなタイプ　黒のジャンパーにグレーのズボン　すれちがったとき俯き加減だったので顔の特徴はわからないが髪は五分刈り　振り返ると早い足取りで駅の方へ　その直後清川宅の西方三十メートルの脇道から中学の級友森良太が右折して向かってくるのに出会い挨拶を交わす

⑤電話録取書（警察から右の森に電話で確認した記録）　確かに当日その時分その場所で風間に出会い挨拶を交わした　それ以上言葉を交わしていない

⑥清川宅電話の受信発信記録　月村の携帯と勤務先に事件前日は各一回　当日は各二回架電　月村からは前日に一回　当日は午後七時十五分にかけている

⑦実況見分調書（犯行現場）　清川宅は池上線蓮沼駅から直線距離で西北西に約六百メートル　ほぼ東西に通じる幅員八メートル道路に面し　向かいは保育園　西は中規模の戸建て住宅が並び東は日蓮宗の浄蓮寺　夜間は閑静で清川宅の門灯がついていないとやや暗い

敷地は百五十坪（矩形）　木造二階建て　屋根門の正門は閉めきりでこれに接してくぐり戸が設置され鍵付きのノブで開閉する　この戸は居間にあるインターホンのボタンでも開閉する　門を入ると左斜めに敷石が続きポーチを経て玄関の引き戸に至る　玄関を入ると土間　土間を上がると廊下が右へ通じ　突き当りが居間で　右に折れるとトイレ　和室へと続く　玄関から居

間までは左側が応接間、台所とつながり　右側は壁、階段となっている　被害者が倒れていた
位置は台所入口前の廊下　頭を台所に向け顔を横に体をくの字にして

以上、捜査記録を通読してまず感じたのは、検察官が月村供述を安易に信じたらしい、ということだった。証文を盗むなどという間の抜けた犯罪をやるのは、この人間ぐらいしかいないという雰囲気を月村は持っているのだろう。たしかに自分もその点同感だが、記録中には不自然に思える点もいくつかある。目撃者風間と級友森が道で出会って挨拶しか交わさなかったこと、風間がわざわざその出会いを供述していること。これは自分の目撃の事実を裏づけるため述べたのであろうが、周到過ぎはしないか。またその目撃供述も、清川宅を出てきた男の体つき、服装、髪型は明言しているが、顔は俯き加減だったと、肝心の特徴を供述していない。

私にはもうそれほど急ぐ仕事が無く、午後の予定は空いていた。それにしてもいつ症状が出るかわからないという不安と、月村事件が決着するまでは何とかなるさという楽観が私の中に等分している。ともかく急がねばと、接見に出かけることにした。

月村は昨日小菅の拘置所に移管されたとのことで、事務所からは一時間かかる。それから弁護士控室で待たされるから念入りに被告人の話を聞いたら半日仕事になる。国選弁護は合わないわけである。

東武小菅駅のホームから拘置所を見ると、新庁舎が古い建物どもを従え、でんと君臨しているようだ。怪鳥が翼をひろげたようなその偉容は、頼りになる司法を象徴しているようであるが、

面会棟はさむざむとし、閉鎖病棟を行くようであった。指定された部屋で待つこと五分、扉の軋る音がして、水色のニットシャツ、白の木綿ズボンの月村が入ってきた。

「ここの食事はどうお。ちゃんと食べてるかい」

彼が坐るなりたずねると、「はい、残さずいただいております」とにっこり笑った。私はまず、調書で簡単に扱われている清川の貸金業について質問し、以下の答えを得た。

清川はもぐりの業者で、その商号は何とバンビ商会！ 夫が霊感商法で稼いだ金を元手に始めたらしく、客との交渉はもっぱら自宅の固定電話を使い、金のやりとりは彼女の預金先（三つの金融機関）のそばのセルフサービスの喫茶店で行う。自宅には金も金庫も置かない主義というのが彼女の口癖だが、自分の場合、延滞利息を二度自宅へ支払いに行った、ただし入ったのは玄関の上がり框まで。自分は二百万を借り、利息は年三十％、期限六か月と決められているが、元金の督促はされたことがない。半年前勤務先が倒産し新しい会社は手取り十五万にならず、延滞するようになった。

次に私は「どうして二百万が必要になったの」とソフトな口調でたずねた。すんなりいわせようとしたのだが、相手は目をしばたたき、ためらうような様子を見せた。

「何でも正直に話してくれないと困る。君に不利なことは胸にしまっておくから」

乾いた口調でいうと、相手は気持ちを整えるようにちょっと目を閉じ、それからとつとつと話しだした。

それによると、高校生の甥（姉の長男）が友達のバイクを運転し小学生を跳ねる事故を起こし、長期の入院ばかりか跛行を残す後遺症を負わせた。まずいことにバイクには任意保険がつけられておらず自賠責だけでは賠償が足りなかった。姉のところは貧乏で蓄えが無く、といって甥に任せておけないので自分が何とかしようと思った。

私は大体の賠償額を算定するため、入院期間、後遺症の内容、事故状況等を説明させ、相手に横断禁止場所を渡った過失はあるものの、自賠責プラス二百万では示談は難しかったろうと判断した。私はその点を指摘し、「君が負担したのは二百万じゃなかったろう。これ、間違ってるか」と強くいって身を乗り出すと、相手はあわてて下を向いた。私は喉がひりつくような大きな咳ばらいをし、もうひと押しした。

「先生……じつは五百万払いました」

「清川から二百万、あとの三百万どうしたの」

「知ってる人が出してくれました」

「その人、ガールフレンド?」

「いいえ、男です」

「彼は三百万を、君に貸したの、それとも君に与えたの」

「示談に役立ててくれといって出してくれたのです。もちろん自分は将来返すつもりでした」

「そうだ、その人に証人になってもらおう」

「いやそれは……駄目です。これ以上迷惑はかけられません」

「そのように大金をぽんと出すほどだから君のことを買っているんだろう。きっと胸の熱くなるような証言をしてくれるよ」

この説得で翻意するだろうと、私は出方を待った。すると月村は背中をぴんと立て直し、私に対峙する姿勢をとった。その目にうっすらと涙が浮かんでいた。

「先生、この前もいったように自分は誰にも迷惑をかけたくないのです。ただそれだけです」

きっぱりと月村はそう言い切った。私は深追いをせず、質問を変えた。

「君は清川宅に侵入して間もなく、たしか七時十五分頃、彼女に携帯電話をかけているね。これ、何のためにかけたの」

「中に入ると怖くてたまらなくなり、暴力金融に証文を渡したかどうか聞こうと思ったのです。もう渡しているのなら、ここから逃げようと」

「電話のやりとり、正確に思い出せるかい」

「えーと、たしか……清川さんすみませんと謝ってから、金出来ませんでしたといおうとしたら、約束は守るもんだといってガチャンと切られました」

「それから君は玄関の引き戸を開けて中に入るわけだが、この戸が施錠されてる場合を予想しなかったの」

「むろん、しました。清川さんは規則正しい生活をしていて毎朝六時に一時間ほど散歩に出かけるといってました。だからそれまで庭のどこかに潜んで待機していようと。もともと家に金を置かない人ですから、散歩に行くとき、中の戸まで鍵はかけないと思ったのです」

「清川さんを襲う際、すみませんとかいわなかった?」

「それはありません。いま話したように、携帯をかけたとき、清川さんすみませんとはいいましたが」

私は、清川調書に「すみません」との月村の声を聞いたとあるのを、彼女の記憶違いだろうと考えていた。いくら何でも犯罪着手の寸前に、ごめんなさいとはいわないだろう。本人も述べているように清川の記憶は不確かであり、この点はむしろこちらに有利に引用できる。

接見のおしまいに、私は独りごとのようにいった。

「この事件、無罪を主張すること、出来ないこともないんだがなあ」

月村は目を少し伏せただけで、何とも答えなかった。

小菅から戻ると、茶を持ってきた下村女史が「このところ仕事が減ってきてません?」と神妙な声でたずねた。仕事熱心で目配りのきく彼女だから、いずれこの質問がくるだろうと答えを用意してあった。

「二十年間、自分じゃ突っ走ってきたように思うので、少し怠けて英気を養おうと考えているのです。昼寝もたっぷりしてね。あなたも好きな本を読むなり銀ぶらするなり気楽にやってください」

机を離れてゆく女史の後姿は、真世の倍ほどある腰が盤石の安定感を見せ、私をほっとさせた。

もう午後一時の法廷もわずかになり、食後は長椅子に横になることが多い。夜の睡眠が四時間かそこらだから一時間ほど眠ることも多く、そのあとも横たわったまま信仰に思いをめぐらせたりしている。

このところ『歎異抄』を三度読んだ。まず惹かれるのはむろん、悪人こそ往生するにふさわしいという論理である。悪人は阿弥陀仏に救われたいと必死に念仏にすがるわけで、私も悪人の端くれだからその資格は十分にある。問題は念仏だけでそれが叶えられるか、である。親鸞は、信心ですら阿弥陀さまから頂戴するのだと述べておられる。つまり、ひたすら念仏すれば信仰も授けられると読めるのだが、物の本によると、浄土真宗では「信後念仏」といって、まず信仰が先であると説くのが普通のようだ。私も、ヤミクモに念仏を唱えるだけで極楽往生できるというのは虫がよすぎるような気がする。だとすると、まず信仰であり、それは私どもを救ってくださる阿弥陀仏を信ずるということだろう。この仏さまは、かつては法蔵菩薩という修行者であったそうで、五劫という天文学的年月の修行によってさとりを得て如来となったと説かれる。壮大な叙事詩のようなこの話を、私は簡単な要約で読んだだけで、自分の血肉にしみこませるにはもう時間がない。とはいえ、歎異抄を読んでいると、不思議と心の安らぎを覚える。おやじがナムアミダブツをときどき唱えていたのも、そんなことだったのかもしれぬ。

私はまた司馬遼太郎の『空海の風景』を二十年ぶりにひもといた。前は特急の車窓にでもあるように、風景の変化の妙に目を奪われたが、今回はゆっくりと読んだ。

私は理屈抜きに空海が好きなのだ。類まれな天稟、弾機で出来あがったような肉体、開け放れた明るさ。空海を日輪の第一皇子とすれば、お釈迦さまは雲に隠れがちな月であろうか。

八〇四年、空海は唐に渡った。このくだりで司馬は「長安の春」という詩を引いている。都の春は菜の花にはじまり、桃、海棠、木蘭などの花木がつぎつぎと咲き、人々は家を空にし、花を追って毎日を暮らす。「何人ぞ、占め得たる長安の春」と詩にあるように、花々は万人に愛でられ、帝城は殷賑をきわめる。空海はそのひろらかな春色を瞳の奥に刻み込んだにちがいない。彼の思想は世界の全的肯定の上に成立しているのだ。

やはり長安の春をうたった詩に、李白の「少年行」がある。

五陵の年少　金市の東
銀鞍白馬　春風を度《わた》る
落花踏み尽くして何れの処にか遊ぶ
笑って入る　胡姫酒肆《しゅし》の中

かつかつと鳴る蹄の音、美女の嬌声、春愁の甘いものうさ……。

それにしても後段のペルシャの舞姫より、前段の白馬の少年に惹かれるのはどうしたわけか……。

あっ、そうだ。私に道草を食ってる時間などない。空海のいう「即身成仏」が死後の世界を解くヒントになるかどうか、私は知りたいのだ。

この点に関連する司馬の記述を抜粋すると、

「空海は……釈迦を教祖とすることはしなかった。大日という宇宙の原理に人間のかたちをあたえてそれを教祖とし……その原理に参加――法によって――しさえすれば、風になることも犬になることも……生きたまま原理そのものになることもできる……」

「大日如来は無限なる宇宙のすべてであるとともに、宇宙に存在するすべてのものに内在している……太陽にも……昆虫にも……舞いあがる塵のひとつひとつにも」

「すべての自然——人間をふくめて——は、その本性において清浄であるとし、人間も修法によってまたその本性の清浄に立ちかえり、さらに修法によって宇宙の原理に合一しうるならばすなわちたちどころに仏たりうる……」

つまり一個の人間が宇宙の原理そのものになればそこで仏になる、というのが即身成仏の考えであり、そうなるには修法をおさめねばならない。もう時間が無いから修法の内容まで進むことは出来ないが、仮に即身成仏できたら、もう死後のことはどうでもいいのじゃないか、と私には思われるのだ。

司馬はまた華厳経に触れ、「万物は相互にその自己のなかに一切の他者を含み、摂りつくし、相互に無限に関係し合い、円融無礙に旋回しあっている」と要約して述べている。これをさらに徹底し、いっそう宇宙の遍在を認めるのが大日の真理だそうだ。これを私流にくだいていえば、自分が宇宙の原理と一体になれば、自分は大日であり、風であり、木の葉であり、昆虫でもあるわけだ。そうであれば、自分一個の死という事実があっても、依然として他者の中に含まれているのだから、生と死との間に境を設ける意味がどれほどあろうか。

私は痛烈に、即身成仏がしたいとねがう。修法を行わないから無理とはわかっているが、それにつけても空海の明星が思い浮かぶ。司馬はその場面を「天にあって明星がたしかに動いた。みるみる洞窟に近づき、洞内にとびこみ、やがてすさまじい衝撃とともに空海の口中に入ってしまった。この一大衝撃とともに空海の儒教的事実主義はこなごなにくだかれ、その肉体を地上に残したまま、その精神は抽象的世界に棲むようになる」と述べている。

私は空海を真似て、これから七年間山嶽修行をするのは無理だから、明星の奇蹟は諦めねばなるまい。

裁判員裁判では公判前整理手続というのが行われる。その前日公判検事が電話してきて、弁護方針をたずねた。まだ決めかねている私はコンニャクみたいに対応した。

「起訴事実は認められますか」

「その前に検事さん、証文というのは財物にあたるんですか」

「えっ、そりゃまあ、あたる場合もあるでしょう。本件のように」

「証文強盗なんて聞いたことありませんが、先例はあるのですか」

「さあ、そこまでは調べていません」

「証文が無ければ貸金の請求が出来ないという法制度ならわかるんですが、わが法制においてこれを起訴したのは特別な事情でもあるんですか」

「捜査担当からは何も聞いてませんがね。弁護人は財物について法律論争をするつもりですか」

「いやその予定はありませんが、訴因を変更すべきではありませんか」

「どう変えろというのです」

「証文については器物損壊、あとは清川さんに対する傷害にね」

「弁護人、被告人は証文を奪っているのですよ。その機会に暴行を働けば強盗傷害になることは争いようがないでしょう」

「しかし、この事件、裁判員に面倒をかけるほどの大事件と思いますか」

「あれは、実質的に大事件かどうかではなく、罪名で割り振りが決まるのです」

「器物損壊と傷害なら、裁判員裁判にならなかったのに」

「私にいわれても、こりゃ、どうしようもないわ」

「司法取引しませんか」

「はあ……ここは日本ですよ」

「事実上、陪審員制を取り入れたのなら、これとワンセットの司法取引も認めるべきです」

「法制審議会に具申しておきますよ。ところで司法取引が可能とすると、どう処理することを望まれますか」

「証文の点は不問にし、傷害はさいわい重症でないので罰金にしていただきたい」

「ということは弁護人、事実は認めるのですね」

「いや、その点で悩んでいるのです」

「被告人は自白を撤回するのですか」

「私の心証はシロに近いのです。だからその線でいくかもしれませんので、証人請求の用意をしておいてほしいのです」

「それ、本当ですか」

「すみません。まだ模索中でありまして」

この点について私は肚を決めていた。捜査官には自白を信用し過ぎたきらいがあるし、証拠も十分とはいえない。そして何よりも本人の凛としたたたずまい……。この事件には何か別の事情があるようだと推測した私は、とりあえず無罪主張でいこう、後に撤回したところでどうってことないと、判断したのだった。

翌日午前、窓のない六畳ぐらいの部屋で公判前整理手続きが開かれた。三裁判官のうち進行係を務めたのは左陪席で、この人、見方によってはとても若く見えるが、齢を当てろといわれると困ってしまう顔立ちをしていた。卵型のつるんとした顔にふわふわした毛が生え、薄い眉毛とやわらかな丸い目がチャーリー・ブラウンに似ていた。私は冒頭にこう申し出たいと思った。

「本件は裁判員裁判を回避し、あなた単独でお願いしたい」と。

外見とはちがい、手続きの進行はてきぱきとしており、終わるのに二十分とかからなかった。私は起訴事実をきっぱりと否認、被告人、清川、風間の供述調書の取り調べは不同意とし、検察官は二人の証人調べを申し立てた。第一回に二人の証人尋問、第二回に被告人質問が行われることになった。被告人のアリバイ立証について、裁判官らは一言も触れず、私も知らん顔をしていた。公判期日も決められたが、第一回の二月二十六日まで六週以上あり、これは裁判員の都合を考慮しているのだけれど、被告人の迅速な裁判を受ける権利を保障した憲法三十七条に明らかに違反する。私はそう考えたが口には出さなかった。

午後は弁護士会の綱紀委員会から午後一時に出頭するよう要請されている。私に対し懲戒の申立があり、事情聴取を受けるのである。弁護士会館の指定場所に時間どおり到着し、審問室というのか査問室というのか、窓のない、小菅の接見室より陰気な部屋に入ると、「やあ」といって雁首ならべた三人の弁護士を順繰りに見た。一人は若造、一人は名前を知らない修習の同期生、真ん中に坐っているのが懇意の花村元一弁護士だった。同氏は大学の先輩であり、弁護士会の同じ派閥のメンバーでもあった。二人の属する派閥は毎年八月、箱根塔ノ沢の旅館で懇親会を開くが、三十人ほどの宴会に芸者が三人呼ばれるしきたりになっていて、これも毎年、そのうちの一人が花村の前にべったり坐って離れない。円く禿げた頭に肉のやわらかそうなベビーフェイス。顔の下はろくに首が無くずんぐりした上体につながっている。こんな風采なのにこの人ばかりがなぜ芸者に持てるのか。それは、伊藤博文が書いたらしい大広間の扁額を読み解くのと同じくらい難しかった。

新人として初めて懇親会に参加したとき、花村は私を隣に坐らせた。やがてお酌に来た若い芸者に「手品を見せて進ぜよう。みやつくちまで手を伸ばすがお許し願いたい」といった。そうして素早く芸者の着物の袖に手をくぐらせ、次の瞬間造花のバラを取り出して見せた。私は「みやつくち」なるものを知らなかったので後刻花村にたずねると、自分の腋を指さし「和服はここにエッチな進入路があるんだよ」と教えてくれた。以降花村は何かと私を引き立ててくれ、何度か一緒に仕事をさせてくれた。

花村がチーフらしい三人組は、中立事実について調査する権利と義務を負っており、いわば検察の役割を担っているのだ。懲戒を申し立てたのは、二年前に担当した国選事件の桑野という被告人で、事務機器の取り込み詐欺で実刑を受けたのだが、その前は総会屋の広報部長だったそうだ。この申立でも口の達者さを存分に発揮してもっともらしい理由をデッチ上げていた。

桑野がこんな行動に出たのは、出所後すぐに電話してきて、あんたのやった弁護活動に納得できない点があると声を強めたので、不当な言いがかりだと突っぱねたところ、その後も何度か面会を要求してきた。その目的が別なところにあると直感し相手にしなかったら、この申立に及んだのだった。

綱紀委員としては中立理由の一つ一つをチェックせねばならず、自然に聴取の時間は長くなり、一時間がすぐたった。私は委員の疲労も考えて、局面の打開を図った。

「この被告人、詐欺、恐喝の前科があったから、むろん実刑は免れないケースであったのですが、求刑が二年六月、判決が一年六月でしたから自分じゃ上出来だと思いましたよ。先生方、どう思われます」

これに対し委員は三人三様に理解を示す様子を見せたものの、なお質問が続行された。さらに三十分たったところで、私は接見した日時を記録した書面を提出し、「十五回も接見したのですよ。先生方、一件の事件に平均何回接見しますか」とじろりと三人を見回した。すると左に坐っていた若造が「その点ですよ、申立人は無罪を主張してくれと何度も頼んだのに聞き入れてくれなかったと申しています。起訴事実を認めているなら、十五回も接見はしないのではないですか」と鼻をふくらませて反論した。

「それはね、彼、別件で十何社のサラ金相手に詐欺を働き、その立件を怖れ、そればかり心配してたんだ。お人好しにも私はその相談に乗っていたというわけです。まあこれを見てください」

いいながら私は記録袋から、判決後小菅から桑野が寄こした手紙を示した。それには「先生には親身にもまさる御厚情を賜りお礼の申しようもございません。桑野は何という幸せ者でしょう。この御恩、出所後必ずお返しする所存でございます」とひれ伏す如くに述べられていた。

それを見て花村は「先生もとんだ目に遭いましたな」とうれしそうな笑みをちらっと浮かべ、「もうそんなに時間は取らせませんが、最後に一点お聞きします。仕事で桑野氏が使っていた北原という女性に、彼はあなたの考えているような男じゃない、付き合うのはやめたほうがよい、と忠告しませんでしたか」と面倒そうにたずねた。たしかに、私はそういった。というのも、桑野には同棲していた婚約者がおり、彼女が法廷で「桑野と結婚する意思は変わりません。彼が復帰してきたら全力で支えます」と証言したからだ。もっとも、一度だけ事務所を訪ねてきた婚約者に比べ足繁く来たのは北原のほうで、彼女は婚約者とちがい不美人、かつ体も貧弱だった。彼女が桑野と肉体関係を持ち親から一千万借りて彼に貢いでいるのを知ると、可哀そうで黙っていられなくなった。いずれ捨てられるのは目に見えているからだ。

ところが実際に桑野が結婚したのは北原だったらしく、結果、私は余計なことを言っちゃったわけだ。

私は遅まきの後悔をしつつも、三委員に首をめぐらせ、こういった。

「たしかに北原さんにそういいましたよ。だけどあれは弁護士としてではなく、一個の人間としてやったのです。だから弁護士として懲戒に問われる筋合いじゃない」

続けて私は真っ直ぐ花村を見やった。

「花村先生、私の落度といえば北原さんにアドバイスしたときバッジをはずさなかったことだと思いませんか」

そろそろと私はバッジをはずし始めた。

「先生方、少し中座してよろしいですか。弁護士である前に、一個の人間として小用を足したくなったもんで」

いいながら腰を上げようとすると、「バッジはそのままそのまま」と花村弁護士が手で制し、「聴取は終わりです。私もトイレに行きたくなりました」といって立ち上がった。

私と花村は並んで小用を足すことになった。その進行中に彼は「こないだから君に電話しようかどうか迷っていたんだ。控室でちょっと話していかないか」と私を誘った。私はこれに応じ、控室の半円形のソファに席をとると、花村にたずねた。「先生、何か飲みますか」「お茶でいいよ」私は自動販売器に足を運び、唯一無料サービスとなっている茶を持ってきた。これはもう色のついたお湯というべき代物だった。

「先生、私に電話したかったのは今日の件ですか」

「まさかね。あの件は君らしくて、うれしくなったなあ。それはともかく、頼みがあってね」

尻を少しずらせ膝を寄せながら、花村はずばり結論をいった。

「私の事務所、手伝ってくれないか」

「はあ……」

私は甘いささやきを聞いたように体の芯が熱くなった。弁護士会などでこの人と会うと「先輩、美味しい事件、一緒にやらせてくださいよ」と、冗談のオブラートに包んで本心をいったものだ。

「何か、あったのですか」

「先月から腎臓の透析を受けていて、今までのペースで仕事は続けられないんだ。勝手な話で恐縮だが」

「私をイソ弁に、ということですか」

「いま二人、若い弁護士がいるが、まだまだでね。君にパートナーとして来てほしい」

「先生は顧問先、いくつ持ってるんですか」

「だいぶ減らしたが、三十数社かな」

「その数がゼロになったら考えてもいいです。私は十社に満たないからバランスが取れません」

「君も変な男だな。余計な計算なんかするな」

「じつは私も事件を減らしているのです。たぶん半年後にはゼロになるでしょう」

「まさかね。私は真剣に頼んでいるんだ」

「本当ですよ。ほら、断食療法といって体から悪いものを排出させるのがあるでしょう。あれみたいなものです」

「弁護士として病んでいると思っているのか」

「二十年やって金属疲労を起こしてるのを痛感します。先生、そんなことなかったですか」

「そうだなあ、そういえば三十年ほど前大病を患って半年ぐらい休んだことがある」

「事務所はどうしたんです」

「大事務所の一員だったから、さほど支障は起きなかったさ。あのときゆっくり休んだのはいいことだったかもな」

「何か心境の変化でも」

「例えばこちらが絶対優位な事件では相手を袋小路に追い込まないこととか、六、四で有利な事件は極力和解し、全面勝訴にまで持ち込まないこととかね」

「ああ、幻の花村・百田法律事務所か」

「おいおい今からでも間に合うんじゃないか。しかし君は事件をゼロにして何をやるんだ」

「コスモスがいっぱい咲いている高原に行って、花の表情にちがいがあるか観察するとか」

「それは何かの比喩かね」

「先生、この世に理想郷は存在すると思いますか」

「ブータンも俗化しているらしいよ。君はそれを求めて長旅に出るんだね。見つかったら永住するつもりか」

「いいえ、汚濁に満ちた日本が好きですから」

「いつ帰ってくる」

「わかりません」

「私は断られたということだな」

「申し訳ありません」

私は頭を下げ、椅子を立とうとした。

「百田君、その若さがうらやましいよ」

花村は、私の体の異変に少しも気づいていないようだった。彼も外見は元気そうに見え、ふにゃっとやわらかそうな頬に、あどけないほどの笑みが浮かんでいた。私は何もかも打ち明けたい衝動をこらえつつ、「先生、体に気をつけて」と声を励まし、出口へさっと歩きだした。

7

導眠剤をのんでも毎度熟睡できるとはかぎらない。睡眠中も、死と向き合わぬよう創作を構想しているのか、小説っぽい夢を見たりする。

今日の夢は、弁護士査問室の残像なのか、三方の壁と鉄格子が私を閉じ込めていた。八田の社長室にあったような上等なデスクと革張りの安楽椅子。この反対側の丸椅子に私は坐らされ、何が行われるのかわからぬ不安におびえていた。やがて、鍵の金属音も戸の軋みもなく男が入ってきて向かいの椅子に坐った。

「ここはどこでしょうか。あなたは何をする人ですか」

「地下十二階の取調室。私が何者であるか、見たらわかるだろう」

「検事のバッジをつけてますね。しかし野球帽をかぶってるのはどうしてですか」

「ここが晴れの舞台、つまり剛腕を発揮するにふさわしいグランドだからさ」

「私は何も悪いことをしていない。即刻ここから出していただきたい」

「罪状は山ほどある。ほら、君の犯歴ファイル、厚さが十センチはあるな」

「それだけよくデッチ上げたものだ」

「どうだろう。一点だけ認めないか。あとはこちらでウヤムヤにしてもいい」

「ふん。ちなみにその一点て、どんなことだい」

「中学二年のとき君は、フォークボールを投げるのを拒否したことがあるね。監督に逆らって」

私は噴き出しそうになった。この馬鹿野郎がと顔をじっと見ていると、ふいに当の監督を思い出した。赤い団子っ鼻と狡そうな金壺眼。この検事、監督とそっくりで、私はついつい意固地になった。

「たしかに拒否しましたよ。あのトンチキ監督に」

「フォークボールを断ったのは、肘や肩をこわすのを恐れたからだな。つまり君は保身に走ったわけだ」

「ちがう、断じてちがう」

「君は自白を拒んだね。当分ここを出られないな。しかし君だいぶ痩せたね。後ろをご覧よ」

仰せに従って、後ろを見た。いつ壁につけられたのか等身大の鏡があり、そこに痩せこけた自分の姿が映っている。がっくりと肩を落とし、椅子にうずくまっていると、「吐く気になったかい」と先刻の声がした。見ると、黒のガウンに口ひげと装いを変えている。

「あなた、どこかの学長も兼ねているのですか」

「刑務所所長も兼務している。著作権法の権威ともいわれているがね」

「所長、無実の私を早く出してください」

「ならば自白することだ。それとも巌窟王を気取るつもりかい」

「俺は巌窟王になるほど生きられないんだ」

「君には人の作品を剽窃した疑いがある。君、何冊か本を出しているね」

「いいえ、一冊も」

「ほら、ここに証拠がある。もっともどの本も半分は白紙になっているな」

「長編を試みて、どれも未完成に終わっているのです」

「まさにそこが問題なのだ」

「未完成なのに、なぜ責任を問われるのです」

「君はシューベルトを盗んだね。第七交響曲の第三楽章と第四楽章、つまり未完の部分をだ」

「そんなあ……」

「君に無期懲役を求刑することになるな。判決は十五年が出るだろうが、少しも心配いらないよ」

「どうしてです」

「君はすぐにでもここを出られる。鏡を見てごらんよ。すっかり小さくなって、格子の隙間から出られるもんな。アッハッハッハ」

部屋中にとどろきわたる笑い声。思わず耳をふさいだところで目が覚めた。意識がはっきりしてくると、夢が正夢になるようで、よけいに怖くなった。私はこのまま小さく小さくなって終わってしまうのか……。

私はえいっと声に出してベッドから起き出し、机に坐って例の呪文を唱えた。

荒唐無稽に、ハチャメチャに。

小説構想は、死と向き合わぬための駆け込み寺だから、ずっと続けている。幾とおりも男女の組み合わせを試みた後五条大橋に戻り、自称詩人の武道家と芸妓恋雀に落ち着かせた。二人は相変わらず名所めぐりのデートを重ねるが、或る日女の希望で市バスに乗った。薄曇りの、墨をぼかしたような景色の中に紅枝垂れが幽かに揺れている。「夢のようや」と恋雀が窓に鼻をくっつけ賛嘆の声を洩らす。「これ、どこまで乗っても二百三十円ですよ」「うそ、そんなことあるわけないわ。料金は時間に比例するのどす」「祇園ではそうかもしれないが、たまに時間を忘れたらどうです」「何をしたら忘れられるやろ」「旅行しましょう。ちょっとした金が入ったのです」「あのね、旅の間も花代がつくのどす。新海さん、払えますか」「いやー、そこまではどうも」「わたしお金貯めて、自分の花代払います。ああ、貧乏詩人とお風呂に入れるんやね」女はいいながら男の肩に頭をもたせかける――というところでこの章は終了する。名所に不足しないとはいえ、いつまでも二人を他愛なくいちゃつかせてもいられない。恋雀が人工知能のことを告げる場面をどうするか。「清水の舞台から飛び降りる」は物事を思い切ってやることの喩えであるが、飛び降りるより、よじ登るほうが思いきりぶりが強いのではないか。人工知能にしては突飛な発想だが目をつぶることにし、映画会社の偉いさんに頼み、清水の舞台に小道具の縄梯子を垂らしてもらう。服装はというと、どうせ脚の細いのは告白により説明がつくと、スリットもあらわなチャイナドレスにした。詩人は眉をひそめ問いただした。「何ですかその恰好は」「ラーメン屋のおっちゃんが服屋をはじめ、仕立ててもろたんです」「しかし、何のためにあなたを背負って、これを登るんですか」「大事な大事なこと、したいのです」「武道は極めましたが、万有引力に逆らう秘法はありません」「うち、初めての接吻があそこでしたいのどす。お月さまもお星さまも見たはる所で」。「そ、それでは」と男はころっと態度を変え、女を背負い登りだしたが、あまりの軽さにびっくりした。しかし接吻の二字にとらわれ、それどころではなかった。男は高所恐怖症でもあり、やっと舞台に登りきると、高所の怖さと接吻への期待で胸が高鳴り、息たえだえになった。女はしばらく天を仰ぎ手を合わせ何か祈っていた。「息、しずまらはったか。なあ、抱いておくれやす」。男は両手で優しく女をくるみ、唇を鼻より前にとがらせた。一方女は男に向かい、強い磁力に引かれたように唇を突き当ててきた。よほどこのときを待ち焦がれていたのだろうが、それでも、ここまでは女が積極的ならあり得ることだった。

だが、男が唇を吸おうとすると、そのいとまなく女の舌が口の中に差し込まれた。そして一瞬の後それが引っ込められ、次の瞬間また差し込まれた。こうして舌のピストン運動が何回かくりかえされると、男はすっかり脱力し、抱擁を解いた。「きみ、キスは初めてじゃないな」「何いわはるの。恋雀は祇園一、いえ京都一貞淑な女どす」「そうかな。貞女があんなやり方をするだろうか」「キスの仕方、おかしかった？　わたしの舌、直線的にしか動かせへんのどす」「変なことをいうね。初めての人は舌を相手の口に入れたりなんかしないものだよ」「そんなきまり教えられてへん。接吻においては舌が主導権を持つと、教えられたさかい」

女はドレスをまくり上げ、「これを見てください。ここに熱き血潮は流れていないのです。わたしの頭、人工知能で出来ているのです」と標準語で告白する。

男は女の脚を見て、新京極で寄り添われたときのコチコチに硬い感触を思い出した。表面を何かでコーティングしているものの、弾力の無さは手で触れなくても感じ取れた。それにあのキスにしても……女が直線的にしか行動できないのは五条大橋で聞かされ済みではなかったか。「うち、斜めからの薙刀はかわせへんのどす」などといってたもの。なるほど、目も普通じゃないな、光に反応するのか上下に閉じたり開いたりはするが、目玉がくるっと動くのを見たことが無い。

「そうでしたか。どこかけったいな人やと感じてましたが、そうでしたか」

「もう、やんぺですか」

「いやいやそんな……」

「セックスでけへんのどす。永遠に……」

「なにも、セックスだけが人生じゃない」

「そやけど、けったいな女となんか、付き合いとうないやろ」

「いま気づきました。その、けったいなところが好きなんです。恋雀式接吻にもすぐに慣れてみせます」

「ほんまか、うれしいな。そうや、お月さんとお星さんの下で、けったいな女を、も一度抱いておくれやす」


今朝は氷点下の寒さで、水道水も指を突き刺すような冷たさだった。顔を洗いながら、しびれるほどの痛さに希望を持ち、エスキモーは癌を病まないのではと、変な想像をした。極寒という厳しい環境を生きる代償に、彼らは癌を免れるという恩恵を与えられ、常食するカリブーにも寄生虫は存在しない……。

もともと私は、冬が一番体調がいい。だからこんな想像をするのだろうが、窓から外を眺めていると、空の純な青さの中にヒマラヤ杉が際立っている。それがぐんぐん空へ伸びてゆくようで、サッチモの純金音を思い出した。お蔭でこの日の朝食はクロワッサンを三個食べ、ミルクのおかわりをした。

これまで何とか無事なのは、奇蹟かもしれない。もしこれが天よりの恩寵によるものであれば、もうしばらくこの調子で行くのではないか。少なくとも月村わたるの件が終わるまでは。私は月村事件について、恩寵とはいわないまでも、何かのめぐり合わせみたいに感じている。そのためか頭の隅に彼が居座っていて、朝食後ベッドで休んでいたら、やはり彼の言が気になりだした。

彼は、清川から規則正しい生活を聞き、彼女が寝てから侵入する計画だったといっている。それならば、出前の電話ぐらいで動転するのもおかしいし、出前の人間に発見されるのが怖くなったのなら庭のどこかに隠れれば済むことである。出前が帰ってすぐ玄関が施錠されたとしても翌朝まで待機すればよく、これも想定済みだったではないか。

やはりこの件、どこかおかしい。今日は土曜で休業日だが、とにかく現場を見てみよう。私は即決し、夜の犯行を考慮して夕方訪れることにした。

四時前蓮沼駅に着いた私は商店とマンションが混在するバス通りを五分ほど歩き、右に折れた。すぐに静かな住宅街になり、敷地の広い清川宅は簡単に見つかった。まずは外観をと、向かいの保育園に立って眺めた。予め実況見分調書が頭に入っているので、初めは何の変哲も感じなかったが、少しすると、土塀に設置された忍び返しの上方に目がひきつけられた。塀の上からイヌガヤが三本、シラカシが二本頭を出していて、どれも、手入れしてそれほど経っていないようだった。

そう考えたとき、目撃者の風間が植木職人でありこの家の仕事もしたことがあると述べていたのを思い出した。念のため彼の調書を確認すると、記憶に間違いなかった。

私はなおも植木を眺めた。何かよい発想が出てこないかと考えていると、「今日は」と隣の浄蓮寺から声をかけられた。竹箒を手にした七十ぐらいの婦人で、真ん中で分けた白髪がふくよかな顔に似合っていた。たぶん住職の奥さんだろう。

「今日は」と私は記録を手にしたまま婦人の方に歩を進めた。

「何かお調べですか」

「じつは私、隣の事件の弁護人なんです。一度現場を見ておこうと思いまして」

「それはご苦労さまです」

「いやいや、事件のことより植木の手入れがいいのに感心してるところです」

畅気そうにいうと、たちどころに返事がきた。

「一月半ほど前、植木屋が入ったのです」

「へえー、よく憶えておいでですね」

「あの事件があったのがその頃でしょ」

「ええ、そうです」

「植木屋さん、その前日まで入っていて、お宅の楠が出っ張ってるから枝を切らせてくれといってきたのです。それで憶えてるんです」

「清川さんが文句をいってきたのですか」

「植木屋さんにいわせたのです」

「実際に越境してたのですか」

「ちょっぴりね。清川さん、変わった人ですから、はいどうぞと申し上げました。でもね、植木屋の若い人、うちのトネリコにつっかい棒をしてくれたんです。サービスで」

「その植木屋、親切そうですね。うちの実家がいい植木屋を探してるんですが、どこから来てるんですか」

「それ、わかりますわ。お宅もやらせてくれと親方が名刺を置いて行きましたから」

住職夫人は軽い足取りで庫裏の方に行き、名刺を持って戻ってきた。私は「植文」という屋号と電話番号を控えると、礼をいってその場を離れた。

実況見分調書を見直すと、清川宅の裏側が月極駐車場になっている。そちらの方も見ておこうと、風間の級友が出てきたという西の脇道から回り駐車場に入った。見ると裏の塀は二・五メートルぐらいのブロック塀で、その上に忍び返しが設置されていた。それを注意深く右から左へたどってゆくと左端の部分がはずれかけ内側に垂れているのが目についた。月村が侵入したというのはここであるらしく、家に金と金庫は置かない主義の清川はセキュリティにルーズであるようだ。

私は、暗くなってから再度来ることにし、駅前のカフェに入った。コーヒーを飲みながら、ふと頭を過ぎった疑念にうながされ、もう一度風間調書をひもといた。やはりそこには「清川宅は以前仕事をしたことがあり」と供述され、「たまたま事件前日そこで仕事をしました」とは述べられていない。仮に風間が「植文」の職人であったら、事件前日仕事したことを得意げに話したのではないか。それが人間心理というものだ。

私の思考はいとも軽々と飛躍し、止めようなく回転し始めた。世上ときどきあるように本件も目撃者と称するやつが真犯人なのかもしれない。植木職人の風間は予め探っておいたあの箇所を乗り越えて敷地に入り、前日仕掛けておいたどこかから屋内に侵入したのではなかろうか。もしこれが事実ならば、月村は身代わりであり、出前電話で動転したなどというのも下手なこじつけと納得がいく。

暗くなってから清川宅へもう一度向かい、明るさについて自分なりの検証をした。門灯はついていないが、街灯が塀の中程にあり、すれちがった男の顔形ぐらいは識別できる。にもかかわらず、人相について述べていないのは無罪を勝ち取る巧妙な作戦ではないのか。

私の走り出した頭は止まらなくなり、二人の関係についても、ぴぴっと脳天にひらめいた。もしかすると風間は、月村に三百万都合した男ではなかろうか。そうだ、本来ならこの親切な男こそ情状証人としてふさわしいはずなのだ。しかるに月村が頑として肯んじなかったのは、彼が真犯人であるからだ。

いかんいかんとブレーキをかけようとするが、私はさらに二人の知り合った経緯にまで推理を及ぼした。もっとも、人の出会いは無数にあり、こちらで調べがつくのは学校関係ぐらいである。月村は二十七歳、風間は二十九歳だから学校が同じなら接点はあり得る。ただ、高校は都立、私立と別々であり、どの調書にも中学までは記載されていない。ここは姉さんに聞くしかないなと、私は路上で携帯電話をかけた。番号は緊急時に備えて月村から聞いておいたのだ。電話口に出てきたのは例の息子で、私が職業をいうと、「叔父さんがお世話になっております」と丁寧に礼をいった。私は単刀直入に「月村わたる君の出身中学がわかりますか」とたずねた。対して彼はちょっと間を置き、言葉の不自由な母親に確かめたのだろう、「南新田中学です」と答え、「明日にでも母が挨拶に伺いたいといっております。それと、裁判の傍聴は出来るんでしょうか」と逆に質問した。私は瞬時のうちに脳をフル回転させ、「わざわざ来なくてもいいですよ。裁判の傍聴は、お体が不自由だそうですから無理しないでいいです」と答え、「何も心配することはないと伝えてください」ときっぱり言い切った。月村がどの程度姉に話しているかわからないけれど、息子のための金の絡みで事件を起こしたことを、法廷で初めて知った場合、辛くていたたまれなくなると想像したのだ。

月曜日、早めに事務所に出て南新田中学に電話を入れた。

若い女の声の「もしもし」を聞いて、この人じゃ埒があかないと判断し、弁護士の百田と申しますが卒業生の件で大事な話が、と告げた。「代わりまして、教頭でございますが」と今度は猫でも撫でているような男の声が出た。月村の件を話すと、「新聞に出ていたようですね。それが何か」とそっけない口調になった。

「そちらの卒業生なので、一つ協力をお願いします」

「もう十何年も前に卒業した生徒ですからね」

「そちらに同窓会名簿があるでしょう、それを開いてもらうだけで結構なんです」

「どういうことでしょうか」

「ある人間がそちらの卒業生であることを確かめていただくだけでいいんです」

「しかし何のために知りたいのです。それが問題です」

「月村君の無実を立証するためです。つまり彼のアリバイを証明するためにその男が必要なんです」

「というと、月村は強盗を、やってないと」

「はい、無実です」

私は断言し、とたんに「たぶん」ぐらいにしておけばよかったと、自分の舌に呆れてしまった。だのに私はさらに語調強く、自分の創作したアリバイ状況を説明した。それは、犯罪実行時に月村が東急多摩川線に乗車していたという設定で、同じ車内に中学の先輩だった風間行夫らしい男を見つけ、向こうもこちらに気づいている様子だったが、ラッシュアワーで下車駅も違うため言葉を交わさず別れた、というストーリーだった。

「そういうわけで、風間君と会ってその状況を確認したいのですが、住所がわからないのです」

五分後に、教頭より風間の住所を知らせてきた。「現住所かどうかわかりませんよ」と留保をつけられたが、私としては風間が先輩だとわかれば十分だった。

間を置かず「植文」にも電話を入れた。風間がここに勤めている確率は八十パーセント、この時間職人は仕事に出ており、本人と会話を余儀なくされることはないと読んだのである。この電話しだいで事件の方向が決まるのだが、わが直感のことだから、またもや外れるのではないかと、胸がドキドキした。電話に出たのはおかみさんのようで、先日植文の車に風間行夫君が乗っていたので連絡を取りたいというと、学校のお友達？　と確かめたうえ携帯の番号を教えてくれた。この番号は何の役にも立たないけれど、この二件の電話で、月村が身代わりであるという推理が確信にまで高められた。

風間の調書を確認すると、日付が事件の二日後になっている。警察がこんなに早く目撃者を探し出すのは難しいから、自ら名乗り出たのであろう。つまり風間の目的は自分に対する嫌疑を避けるため目撃者としての自分を警察に認識させることにあったのだ。

この夜、もう一度月村の姉に電話し、中学では美術部に属していたことを、電話番である息子から聞き出した。

ここまでやっておきながら、私はなおためらっていた。身代り説は妄想に過ぎないのではないか、仮に真実だとすると、この事件、どうケリをつければいいのか。

それでも現場行の一週間後、私はようやく小菅の拘置所に出かけた。接見室に入り、この殺風景は司法政策なのかなどと考えていると、月村が入ってきた。白のワイシャツに緑のカーディガン姿が初々しく、五月の草原から来た少年のようだった。

「そのカーディガンも、姉さんの差し入れかい」

「はい、ここまで来てくれました」

「高利貸しから金を借りたこと、姉さんに話したことある?」

「いいえ、そんなこと、話すわけがありません」

「そう、私もそう思っていたよ。それでは事件について聞きますが、君の逮捕、いきなり逮捕状を示されて執行されたのか」

「いいえ。初めは任意の事情聴取という形でした」

「すると君はそれから何日後かに逮捕されたわけ」

「いいえ、事情聴取のその日です」

「そんな簡単に逮捕されるかな」

「事件当日やその前の日に、清川さんから何度も電話を受けていることを調べ上げていましたし、目撃者もいましたから」

「その目撃者だけど、風間行夫という名前聞いたことある?」

「警察は名前までいいませんでした」

「南新田中学の二年上に同姓同名の人がいるんだけどね」

「さあ……あの中学、生徒数が多いですから」

私は風間も美術部員だったと狙いをつけ、はったりも交え核心へと矢を放った。

「私は南新田中学へ行って調べたんだ。君が所属していた美術部のことやなんかも念入りにね。さあ月村君。思い出してくれよ」

うっすらと月村の目が充血し、頬がこわばった。私は十秒ほど口をつぐみ、じっと相手を見守った。

「そういうと、風間という先輩、いたと思います」

「君の甥っ子の事故に三百万出してくれた人の名をいってくれ」

「はあ……それは……」

「さあさあ正直に」

「はい、風間さんです」

「風間は植木職人で、強盗が入った前日清川宅で仕事をしていたようだよ。これ、ただの偶然かね」

私はまた十秒ほど間をおいた。月村は目を伏せ両手をぎゅっと握りしめた。

「君がこの男を証人とするのを固く拒んだのは、この男を庇ってるからだろう」

「……」

「君は風間から身代わりを頼まれたんだね」

「……」

「三百万都合してくれた男だから、断るに断れなかったんだろう」

「いいえ、いいえ、それはちがいます、ちがいます」

顔を上げ、首をしゃにむに振り、「自分から申し出たんです。自分からです」と絞り出すようにいうと、「嘘をついて申し訳ありません」と頭をカウンターにこすりつけた。

「本当のことを話してくれるね。さあ、頭を上げて、さあ」

ようやく身を起こした月村は、涙で濡れた頬を掌で擦り、指先で睫毛を拭うようにして顔を整えた。それからしゃんと背を伸ばし、身代わりまでの経緯を淡々と語った。以下は私がそれを要約したものだ。

――風間は高校を出て植木職人となり、ずっと同じ親方の下で仕事を続けてきたが、親方は口先だけの人間で、十年後に独立させるという約束も守られず、作庭をめぐっても対立することが多くなった。二人の関係は日に日に悪化し、もはや独立するほかないという状況にあった。とはいえ、それには車両、機器、それを収納する場所の確保と五百万は必要であり、そんな金のない風間は万策尽きたあげく、誰か金持ちから奪うしかないと思い詰めるまでになった。たまたまこのとき清川の仕事が入り、同女がもぐりの金貸しで独り暮らしをしていると知り、これだと決心した。

前日仕事をしながら侵入口を物色し、外からは忍び返しの壊れているところ、家へは前庭に面した風呂場の窓から入れると見当をつけ、途中トイレを借りたとき風呂場に入り、サッシ窓のフックを開けておいた。金は当然金庫にしまってあるだろうから、覆面して清川を脅し、出させる計画だった。問題は風呂の窓で、フックをかけられてしまったら計画はおじゃんになるが、その場合は諦めようと肚を決めていた。午後七時十五分頃塀に飛びつき中に入り、西側の側道を経て表に回った。さいわい風呂の窓は開いており侵入、廊下を左へ行って角を曲がり階段に身をひそめた。廊下の角は東側が台所、南側が居間の各入口で、玄関は五、六メートル北にある。

風間はじっとしていられぬほど緊張し、早く行動に出ようとするが、居間で電話をかける声が聞こえた。出前を注文する電話だったので、人が来ると思うと緊張がいっそう高まった。間もなく清川がトイレに入り、この間に一度逃げようと思ったが体が硬直したように動かない。やめようという気持ちと男ならやり遂げよという声が交錯しパニックになったとき清川が通りかかった。とっさに風間は飛び出し台所に入ろうとする清川の背中を拳で突いた。清川は前によろめき、台所の戸に頭をぶつけ、膝からくずおれるように倒れた。失神しているようであった。

風間は居間に入り大急ぎで物色したところ金庫など無く、高さ一メートルほどの戸棚が目に入った。しかしそこにも金はなく、抽斗に証文らしいものがあったので、とっさにその束を摑みナップザックに入れた。

清川の気を失った様子、出前が来ることを考え金は諦めることとし、まだ施錠されていない玄関を通り、表のくぐり戸の錠を開けて外に出た。そして自分のアパートの方へ十数メートル行ったとき、中学の級友森良太に出くわした。森とは家が近くたまたま出会うことがあり、たいてい立ち話をするのにこの日は「やあ」といっただけで通り過ぎた。頭に火のついたような有様のうえ、森に会ってひどく狼狽してしまったのだ。

翌日風間は、清川宅の事件がテレビ、新聞で報道されたこと、犯行直後森に尋常でない自分を見られたことで捕まるのは必至と思い、自首を決意した。そして、せめてその前に月村にだけはすべてを話しておこうと会いに来たのである――。

ここで私は話が一区切りついたとみて、口を挟んだ。

「風間という男、あまり計画性があるとも思えないな。相手は金庫も現金も置かない主義だと知らなかったのだからな」

「はい、その点は」

「相手に顔を見られないように何か細工をしたの」

「風呂場に侵入する前に目だし帽をかぶったそうです。塀に上がる前に軍手をはめ、脅すためのモデルガンもザックに入れていたようです」

「しかし、証文をごっそり持ち去ったのはどういうわけだい。どうも理解できないんだが」

「彼自身、とっさの行動でうまく説明がつかないというのです。ただ、小さい頃、町工場を営んでいたお父さんが高利の金を借り、結局工場も家も取られてしまい、間もなく死ぬという不幸に遭い、金貸しに異常なほどの憎悪をいだいていたようです。そのことがそんな行動をとらせたのかもしれません」

「それで、証文はどうしたの」

「私の供述と同じです。途中で恐くなり、公衆便所で破り、黒いビニール袋に入れて蒲田駅のゴミ箱に捨てたそうです」

「相手は、襲われたとき『すみません』といわれたと供述しているのだが、そんなことといったのだろうか」

「まさかね。ただしその点は風間さんに聞いていません」

「清川ばあさんの聴力鑑定でも申請するかな」

いいながら私は時計を確かめ、「さて、二人の関係を詳しく聞かせてもらおうか」とうながした。

「はい」と月村は返事し、澄んだ目を真直ぐ私に向け、話しだした。

——先生のいわれるとおり風間さんとは美術部でいっしょでした。二人とも小遣いが少ないので水彩画を描いてましたが、どちらも風変わりな絵を描くので言葉を交わすようになりました。風間さんのは電線に鶏がとまり卵を産んでいるところやタンポポの野に雲のような綿毛が浮かび、その上に犬がくたっと寝そべっている絵でした。僕のほうはもっぱらずっこけた運動選手を画材にし、フライングして地面にへたり込んだ少女などを描いていました。

あれは十月の終わり頃でしたが、午後の授業が厭になり、スケッチブックを持って多摩川にエスケープしました。東横線の鉄橋をくぐり、草野球場まで来ると、やはりスケッチブックを手にした風間さんがぼんやりグランドを眺めていました。横に坐り、授業どうしたんですかとたずねると、「音楽鑑賞の時間だけど、ここの風音のほうがよほど胸に共鳴するんだ。俺、赤トンボを写生したいんだけどね」と首を三百六十度めぐらせました。「君は何を」と聞かれ「僕はべつにと答えると、「二人乗りカヌー選手が大鯰に持ち上げられている図はどうお」と提案されました。ともかく赤トンボとカヌーを見つけに行こうと、雑草や葦の茂みを分けて上流の岸辺に出ました。川は浮島のような中洲を挟み二手にわかれ、足元に恐竜の背骨のような流木が打ち上げられていました。僕らはそこに並んで腰かけ、目指す画材が現れたら奇蹟だねといい合いながら、秋の日が川面にきらきらと反射し揺れるさまを、長いこと眺めていました。

そのうち家族の話になり、五つのとき母が死んだこと、川崎の工場に勤める父と言葉が不自由な姉との三人暮らしだったが姉は同じ障害者と結婚し息子がいると僕が話すと、俺のところはおやじが早く死におふくろが看護婦をしているが、兄貴が中二のとき引きこもりになり一歩も出られないのさ、ああ君ともっと早く友達になればよかったなあと、僕の手を取り両手で強く握りしめました。

風間さん将来何になりたいですかとたずねると、俺はホワイトカラーは向かない気がする、絵の趣味を活かして園芸家になれたらなあと答え、君はと聞き返しました。僕は人類の飢餓を無くすために農業の先生になりたいですが、勉強も出来ないしお金もないから手に何か技術をつけて、父と同じ工場勤めをすると思いますといいました。

陽の光がだんだんと淡くなり風が出て水の面に銀のレースが揺れていました。半時間近く僕らはそれを眺めていましたが、ふいに風間さんの腕が僕を抱きくるみ、「将来、君といっしょに仕事がしたい、ほんとだよ、ほんとだよ」というと僕の頰にチュッとキスをしました。僕は体が宙に浮いたような、夢を見ているような心地がしました。

けれど、あれは気紛れだったのか、その後卒業するまで風間さんは絵の話をするだけで、僕を誘うようなことはしませんでした。

頭の隅に風間さんのことがずっと残っていましたが、去年やっと十二年ぶりに会えたのでした。恵比寿のビヤホールで、向かいの席の人と目が合い、二人は同時に立ち上がりかけました。「月村君じゃないか」風間さんは大声でいうと、隣の席を指さしました。その仕草は素早く、命令的といえるほどでした。

真っ黒に日焼けした風間さんは顔の骨格が逞しくなり、目に父性的な力がこもっていました。ジョッキを持って隣に坐ると、「それ早く飲んじゃいなよ」と、僕が空にするのを待って新しいのを頼みました。僕らはまず今の仕事のことを語り合いました。

やがて話題は家族のことになり、僕が父も亡くなったこと、姉の息子がもう高二になったことを話すと、「俺んところは兄貴が自殺し、おふくろは再婚した」とぶっきらぼうにいい、ちょっとさびしそうな顔をしました。しばらく僕は黙っていましたが、聞きたいことを聞かないでいるのが我慢できなくなりました。

「風間さん、結婚しないのですか」

「たぶんずっと独身だよ。君のほうは?」

「僕もです」

再会を機に僕らは週に一度会うことに決め、二度目には何もかも話し合う仲になりました。風間さんは遠からず一本立ちしたいこと、自分のほうもつい甥の事故のことを打ち明けてしまいました。風間さんは三百万なら郵便局に眠っている、ぜひ使ってくれとくりかえし、そのつど固辞する僕を、「君がさっぱりと受け取ったら、君のこと、もっと好きになるんだが」といってとうとう承知させました。その時点で、彼の独立問題がさほど深刻とは考えておらず、必ず返しますと誓って、好意を受けてしまったのです。

僕らは母校の界隈は避けて渋谷で待ち合わせ、軽いものを腹に入れてから円山町のバーに足を向けるのでした。そこは初老のマスターがひとり、静かな微笑で客を迎え、言葉少なに応対し、それでくつろいだ気分にさせてくれる店でした。男同士の客がぽつりぽつりと来て、そう長居せずに出て行くといった店で、つねにモダンジャズが流れ、夕暮、港の灯が点滅するようなムードを、ベースの絃が奏でていました。そうして或る夜、僕らは肉体的に結ばれたのです。

三月ほど前のことです。風間さんは「俺、いよいよ独立を決心した。出来れば……いやいや、ぜがひでも君に来てもらいたい」と真剣そのものの顔つきでいいました。雑談ではそんなことを話し、園芸の本を買って自習もしてたのですが、「初めから雇ってくれるのですか、僕、足手まといになりませんか」と聞き返しました。「だいじょうぶ、あれだけの絵が描けるんだから立派な園芸家になれるよ」とこちらを励まし、そして急にかしこまって「独立が決まったら、俺の所に住んでくれないか」と遠慮がちに申し込みました。僕は即座に「はい」と返事しました。

独立するには相当の金が必要です。そのために風間さんがどれほど苦労しているか、会う度の頬のこけようで想像がつきました。何か力になりたいとじりじりするのですが、自分の利息も払えないようではどうにもなりません。

そしてとうとう風間さんはやってしまったのです。事件の翌日、出勤しようとしていると青い顔をしてやって来て、高利貸しのばあさんが強盗にあった事件知ってるか、あれは俺がやったんだ、現場を出た所で同級生に会ったから免れようがない、今から自首するから仕事の件は諦めてくれというのです。僕は頭痛がひどいと会社に連絡し、風間さんから一部始終を聞きだしました。そして自首を思いとどまらせたのです。

月村はちょっと口をつぐみ、ふーっと深呼吸をした。私は手ぶりでそのまま休めと合図をし、頭に浮かんだことを率直に口にした。

「君が身代わりを志したのは、甥の件で恩義があるのと、風間が外にいて仕事の土台を築いたほうが二人のためになると考えたのじゃないか」

「はい、そのとおりです。それと僕は何とかして証文を取ってきたかったので、風間さんがそれを奪ったことが自分の行為のように思えたのです」

「ところで君は身代わりなんだから、現場に指紋などの痕跡があるはずがない。その点を警察にどう説明したんだ」

「手には軍手をはめ、靴は底がつるつるのを履いていたと」

「一点、大事なことを聞くが、正直に答えてもらいたい」

私は通話孔ぎりぎりに目を近づけ、月村に視線を据えつけた。

「は、はい」

「風間の目撃供述に肝心の君の容貌が述べられていない。これなど二人で悪知恵を出し合ったように思えるね。君が無罪になるよう画策したんじゃないのか」

月村との接見を重ねるにつれ、賢明で教養もある男だと思うようになった。証文に関する法知識はなかったにせよ、彼の語り口、語彙の豊かさに十分そう思わせるものがあった。

私の指摘に、月村は無言でうなずき、しばらくうなだれていた。顔を上げるとその目に虚ろな光がただよい、がっかりした様子が窺えた。表面は有罪を装うものの、あわよくば無罪をと二人で目論み、そうなることを夢見たのであろう。

「君ね、よほど証拠に厳しい目を持った裁判官なら、疑わしきは罰せずということになるかもしれないが、そう甘くないよ。何より、君のアリバイを証明する必要があるが、それがあるのか」

あまり間を置かず、月村はその点をすらすらと述べた。

「犯行の時刻ですが、僕は七時十五分頃蒲田駅で清川さんに電話をかけ、それから駅ビルのセルフサービスのそば屋に入りラーメンを食べました。そのあと東急多摩川線で沼部まで行き、歩いてアパートへ帰りました」

「そのそば屋へはよく行くの」

「ここ一年で三度ぐらいです。混んでいましたし、僕のことなんか覚えていないと思います」

「電車の中とか道の途中は」

「誰にも会いませんでした」

「アリバイが証明できないとなると、君を無罪にするには真実を、つまり風間が真犯人であることを明かすしかないね」

私はいった後、視線を記録に転じ相手の出方を待った。これからの月村の人生、風間の人生、そして二人が夢見た一緒の人生をめぐって、どう進路をとるのか。その胸のうちを想って急かさずに待つつもりでいると、数秒後、「やめてください、風間さんを被告にすることだけはやめてください」と悲鳴に近い声をあげた。

「そうすると、君は有罪判決を受けることになる」

「わかってます。先生、罪を認める方針で弁護をお願いいたします」

「しかし月村君、それでは私が……」

私は言葉に窮し、かえって助言を求めるような気持で月村をじっと見た。するとそれが琴線に作用したのか円らな目に涙が浮かび、おおきな珠となって頰をこぼれ落ちた。

今日は二月の第一土曜日、田伏邸へ来て四か月以上がたち、わが楽天的予想でもあと一か月無事に過ごせるか危ぶまれるが、月村事件を受けてからは終結まで何とか持つのではと、欲張りになった。

そんな太平楽に冷水を浴びせるかのごとく、腰と背中の境目あたりに痛みが起こった。二日前のことで、疼くような、刺し込むような、指で強く押されたようでもあった。なかなか表現し難い痛みではあるが、我慢できぬほどでもなかった。物の本によると膵癌の痛みは腹をえぐられるようなと形容してあり、これとは異質のものではないか。もしかするとこれは癌とは無関係かもしれない。実際、一過性ではないものの、嵐の中の燈台の灯のように間を置いてチカチカ信号を送ってくるだけだ。

とはいえ、主治医の順一からは痛みが出たらすぐ来るように厳命を受けている。今日は土曜日で午前中は診療している。私は医院へ行くことに決め、そう決めたとたんにほっとし、朝食後墓地へ散歩に出かけた。風のない、ぼやっと靄のかかった大気に土の匂いが混ざっている。何かが発酵しているような、ちょっと甘い匂いだった。私は春の予兆を感じながら三十分ほど歩き、戻るとサロンで体を休めた。散歩中悪い信号がチカチカすることもなく、サロンにおいても同様だったので、私に迷いが生じた。もし、この状態が続くとすると、順一の所へ行くのは尚早かもしれない。仮に二日前からの痛みが癌と関係ないと診断されたら、どんな顔をすればいいんだ。

そんなことを考えていると、伝ちゃんが入ってきた。彼は庭の方へ歩を進め、硝子戸の所で「暖かいですね」と、大きな伸びをした。私はそれを見て反射的に「キャッチボールやろうか」と誘いの声をかけた。「やりましょう、やりましょう」と伝ちゃんは即座に乗り気になった。こないだサロンの雑談の折、暖かくなったらキャッチボールをやろうと約束していたのだ。そういえばあのとき彼は、キャッチボールにちなんで、こんなエピソードを聞かせてくれた。

――自分は図々しく物おじしない人間と見られますが、小さい頃は引っ込み思案で、教室では借りてきた猫、運動会はビリか五番目でした。三年生のときでしたが、担任の大西という、当時は珍しかった坊主頭の先生が放課後家に来ました。グローブとボールを携えていて、外へ出ようというので、僕下手やからと断ろうとしたら、べつにボール投げせんでええんやといって表に誘い、海の方へ歩きだしました。五分も行くと海水浴場の広い砂浜に出ます。そこで先生は水平線に向かい「おーい、ヤッホー」と大声で叫びました。三度くりかえし、「大田原君、いっしょにやろう」というので、仕方なく僕は小さい声で先生に合わせました。先生はしつこい性格らしく、何度も何度も「おーい、ヤッホー」の重唱を僕に強い、ええぞええぞとひとりで喜んでいましたが、不思議と僕の声は大きくなり、先生がぱたりと声を止めたとき、僕だけ大声を発していました。「よーし、今度はキャッチボールだ」「先生、僕、ストライク投げられへん」「思いっきり投げるんや。なんぼ暴投ほおっても構わんから」先生は二十メートル向うへ走って行き「カモン、カモン」とグローブを叩きました。仕方なく投げてみると、ボールはワンバウンドし先生の股間を抜けていきました。先生はボールを拾うと「ナイスボール」といって僕に投げ返しました。二球目は先生の頭を飛び越えました。先生は距離を五メートルほど伸ばし、「君の実力ならもっと遠くに投げられる」といいました。たしかに三球目はそこまで届きましたが大きく左にそれました。それからも僕の投球は右にそれ左にそれ、頭を越えるなど暴投ばかりでしたが、先生は全力疾走でボールを取りに行き、「ナイスボール」といってくれました。三十球も投げたでしょうか、とうとう僕のボールは続けざまに先生のグローブにおさまりました。「ゲームセット」先生がそう宣言すると、僕は先生に駆け寄り、握手を求めました。これ以降僕は教室でよく手を上げるようになったのです——。

このエピソードでは大西先生が捕手役を務めているが、今日は伝ちゃんにそれを頼もう。なにしろ彼のずんぐりむっくりした体軀は「僕は捕手です」とレッテルを貼っているようなものだ。私は部屋から道具一式を持ってきた。ボールは軟式用で先日買ったばかりの新品だが、あとは三十年以上の歳月を経ている。「こっちをやってくれるかい」と私はキャッチミットを伝ちゃんに示した。彼はミットを受け取り「まだ新しいですね」と、尤もな感想をもらした。購入した後ほとんど使わず、わりと手入れをしているからだ。じつはこのミット、息子とのキャッチボールを志したおやじが一応実行したものの、尻切れトンボにおわった、いわくつきのものだ。私が小学校二年のとき、おやじは自分にこれを、息子に少年用のグローブを買ってきて私を誘った。当時は世田谷・等々力の公務員宿舎に住んでいて、多摩川へは歩いて十分ほどだった。おやじは河川敷の空いたグランドを見つけ、何度かキャッチボールを試みた。私は一年のときから友達と野球の真似事をしていて、まあ、普通よりだいぶ上手だった。対しておやじはボールというものを投げた経験が無いようなのだ。腕を振らずスナップも利かさず押し出すように投げ、捕るときも腕を前に突き出し、パクッとつかまえる。ミットがパン食い競争をしているようだった。捕手だから当然しゃがむことになるが、肩に力を入れぐっと構えるので尻がアヒルのように突き出て、サマにならなかった。何度かの多摩川で、剣道をやる人は球技が苦手なんだと、やっと気づいた。それで次に声をかけられたとき「僕、野球好きじゃないんだ、ごめんね」とやんわり断りをいった。

それからの私は、リトルリーグの誘いにも乗らず我慢していたが、中学になり、とうとう野球部に入った。どうせなら、ばれる前にと、おそるおそるおやじに報告すると、ふーんといったきり黙ってしまった。すると横からおふくろが「人の好みって変わるもんね。草平は野球どころか文学も好きになったんだって。将来ポルノ小説なんか書いたら、わたし、どうしよう」と焦点をぼやかし、その場を丸め込んだ。

田伏邸の真裏、地続きの所に小公園がある。二本の桜の古木がどっしりと地面を占領し、運動のスペースはバッテリー間の投球がやっと出来る程度である。私と伝ちゃんはともにスニーカーを履き、靄が晴れ、すっきり空気の澄んだ小公園へ歩を進めた。まだ九時前で親子の遊ぶ姿はなく、われらの運動場には、そこだけ絨毯を敷いたような日溜りが出来ていた。初め十球ほど、立ったまま投げ合い、「よーし」といって伝ちゃんがしゃがんだ。「真直ぐだけですか」「変化球、だいじょうぶかい」「カーブでもフォークでも」。私は「フォークなんか」と、首を振った。私にはこの球種に苦い思い出がある。中二の春、すでにエースであった私に、「フォークを練習してみろ」と監督が指示したのである。一応、「プロに行く気なんかないだろうな」と念を押した後にそういったのである。つまり、ここで肘を壊しプロに行けなくなったらまずい、と彼なりに気を遣ったのだろうが、怪我やなんかが問題じゃなかった。私はあのボールが大嫌いだから、即座に監督の申し出を拒否し、何度かの説得にも頑なに応じなかった。たしかにあのボールを覚えたら、いともたやすく三振を取れる。打者は直球だと思ってバットを振るがボールはすとんと落ちる。何かあまりにも簡単過ぎる。力と力で渡り合うところがまるで無い。相撲でいえば立ち合いの変化、第二次大戦でいえば原爆を落としたことと同じではないか。私のこんな思いは信念といっていいほど強く、どうせ監督に理解できるはずがないと、拒否の理由を告げなかった。その態度がよほど気に障ったのか、この年の夏の大会で、私は外野の補欠に降格させられるという憂き目にあった。

そんなことが頭に浮かび、私は思わず「くそっ」と悪態をついて本格的に第一球を投げた。糸を引くような真直ぐな球がすぽっと伝ちゃんのミットにおさまった。腰も背中もまったく何ともなかった。「ナイスボール」と伝ちゃんは応え、速いボールを投げ返した。それを受けると、にわかに私の胸は熱をおびた。監督に対する憤怒の気持ちが野球界全体に拡大し、抑制がつかなくなった。私は胸のうちで次々と罵言を吐きながら一球一球力をこめて投げた。

「高校球児よ、ツーベースを打ったぐらいで、拳なんか突き上げるな」

「金まみれのプロ野球が侍ジャパンとは笑わせやがる」

「外国選手の入れ墨を容認しているコミッショナーの、間抜け野郎」

伝ちゃんは受けるたびに「ナイスボール」の大声を返してくれる。そのうちだんだんと彼の声が別様に聞こえてきた。これは伝ちゃん、担任の大西先生を真似ているのではないか……。三十球ほど投げると、体がほこほことし、気持ちがだいぶやわらいだ。

そういえば、あの野茂投手もフォークを決め球にしていたな。私は例外的に彼のフォークは目をつぶることにしており、なぜかというと、彼が好きだからだ。彼においては、ガッツポーズも雄叫びも無く、ただ黙々と、苦行僧のように投げ続けるその姿、そのひたむきさに心を打たれたからだ。

私は最後の十球、野茂を真似てトルネード投法で投球した。背中を捕手に向けるほど回転と捻りをきかせるこの投法に、わが内臓は驚愕し、決定的症状を発するだろう。むしろ、そうなることですっきりしたいとさえ考えたが、何の痛みも起こらなかった。

それにしても自分がいくつもの罵言を吐いたのは、この五か月積もり積もった鬱屈が形を変えて噴射したのであろう。

8

キャッチボールの後、腰背部への影響がしきりと気になった。この日はむしろ体が軽くなったように感じ、これまでの痛みは何だったのだろう、緑川事件でぎっくり腰を演じた報いかな、などと空想を愉しみさえした。日曜も、小説構想を終えた早暁までは順調で、貧乏詩人と恋雀が下鴨神社の森でキスする場面を設定した。真昼間、小川の橋の上で、ほんの一秒唇を合わせ、女に「わたし、このほうが感じるわ」といわせたところで、この章は終わる。

直後にそれは起こった。鋭いというより、重く圧するような痛みで、ボールの投げ過ぎによる筋肉痛かもしれなかった。なにしろ、何十年ぶりかで五十球ほど投げたのだから、こうなるのは当然だろう。私はそれからほとんど横になり、柳多留名句選を眺めて過ごした。吉原篇に「居続けのばかばかしくもよい天気」という句があり、その悠長さを羨みながら、絶えず腰のほうに神経をとがらせた。しだいに痛みの間隔が短く、その度合いも強くなった。しようがない、明日一番で診てもらおう。

私は元じいに急用が出来たと告げて朝食を抜き、鈴木医院に八時十五分に着いた。一番に呼ばれると、顔をうんとしかめて診察室に入った。

「どうしました」

「見てのとおりです」

「どこがどんな具合に痛みますか」

「腰から背にかけてですが、その態様は深遠で一言には表現できません」

「強く痛みますか」

「麻酔なしにペンチで歯を抜かれるほどじゃありませんが、なかなかのつわものです」

「いつから」

「四日ぐらい前から」

「なぜすぐに来なかった。あれほどいっておいたのに」

「自分は痛みをやわらげる方法を知ってるもんで」

「ほうー、どうやるんだ」

「ヤクザが指を詰めるだろう。あれを色んな役者に演じさせるんだ」

「その場面を想像すると、自分の痛みが軽減するのか」

「そうだ。人の不幸を見ると、自分の不幸は緩和するだろう」

「参考のために聞くが、一番痛がった俳優は」

「高倉健とジョン・ウェインさ」

「へえー、アメリカ人も指を詰めるのか」

「美人女優にもやらせたよ」

「女はあまり痛がらないだろう」

「そのうちでもぜんぜん平気な顔をしてたのは誰だと思う。原節子さ」

「ああ、あの人、涼しい顔してるからな」

「映画のタイトル、いま思いついたよ。東京物語番外編というんだ」

医師はむっとした表情で聴診器を取り上げ耳に挟んだ。そんなこと、もういいじゃないかといおうとしたが、黙ってベルトをゆるめ上着を脱ぎシャツをたくし上げた。聴診の後、私はいつものとおりさっと寝台に横になり、ひと通り終わったところで、これまたいつもどおり医師からの無言を甘受した。いまさら、腫瘍がこれくらい成長したよといわれたって何の意味がある。私と順一医師は、あうんの呼吸でやっているのだ。

そのかわり医師は、癌の鎮痛について私を小学生並みに扱い、噛んで含めるように説明した。この痛みは我慢しておさまる類のものではない、痛み止めは内服を使うが適量は人によって違い、その人に適切な薬を、適切な量、適切な間隔で投与されると十分な鎮痛が得られる。ただし、効き目の減少、症状の増悪など、適宜処方を変える必要が生じる。当患者の場合、ある程度我慢できる痛みのようだからWHO方式の第一段階の非オピオイド、つまり一般の消炎鎮痛剤をとりあえず処方する。これで痛みが消えなければ薬を変えることになるので、飲む時間を厳守して、明日の午前中に具合を知らせてくれ。

「以上」

医師の声がぴしゃりと耳にひびいた。私は「先生、わかりました」というと、大げさに背中を丸めて診察室を出た。

薬のおかげで痛みがほとんど無くなったが、夕方訟廷日誌をくりながら、私は体ばかりに構ってはいられないと、あらためて自覚した。まだ公判には二週間あるものの、そろそろ弁護方針を固めておかねばならない。私は気分転換により方向が定まることを期待し、銀座でそばを食べてからカジモドへ出かけた。

人形町で下車したのが六時半、自分が一番乗りだと威勢よく戸を開けると、中年女性が二人奥寄りの席を占領してるのが見えた。とっさに私はそちらへ行くのを諦め、マスターの前に坐った。自分の定席がふさがっているのと、途方もなく喋られそうな予感がしたからだ。

思ったとおりであった。ビル・エヴァンスのリリカルであるべきピアノは彼女らの声にかき消され、乗り越えられていた。少しして私はトイレに避難し、あまり望みを持たず戻ってみると、マスターがレコードの音を大きくしたり小さくしたりしていた。彼女らの自覚を促すつもりらしいが、無駄なことを思いついたものだ。

こうして一時は音の無法地帯にいるようだったが、グレン・ミラーがかかると事態は一変した。以前テレビで見た「グレン・ミラー物語」を思い出し、彼女らの音声がぜんぜん気にならなくなった。ヨーロッパの戦地において彼の率いる楽団は、同胞兵士の大歓声、敵の猛爆の中にあって、母国の音楽を見事にスイングさせていた。あの状況にくらべたら奥のおばさんのお喋りなんか、ぬるま湯の中で屁を聞く程度であった。私は頭が冴えてくるのを覚え、懸案にとりかかった。

被告人は有罪を前提に弁護活動をしてくれという。

しかし被告人は無罪である。

それを知りながら有罪の弁論をすることはいかなる事情があれ許されることではない。

したがって自分は無罪を主張するか辞任するかであるが、国選事件の辞任は容易に認められないし、自身辞める気が無い。

そうすると無罪を勝ち取るために確実な方法をとることが弁護人の義務であろう。そしてそれには真犯人の存在を明かすことだ。

ところが月村はこれを峻拒している。

自分は彼の意に反してそれを強行するのか。

それとも彼の意に沿って真犯人を秘匿したまま無罪を得るための立証活動を行うのか。

それは険しい隘路を爪先で歩くに似て、至難の極みである。

いったい自分はどうすればよいのか。

瞼に、月村わたるの涙に濡れた顔が現れた。私はその涙を痛ましいものに感じながら考えた。

月村はいま風間との暮らしを夢見、それを叶えたいとあがいているが、弁護士としてはまず彼に冤罪を負わせぬよう行動すべきであり、ならば真犯人の存在を明かさざるを得ない。

だがそうすると月村は密告者同然の立場に立たされるばかりか、夢が根底から破れ自暴自棄に陥るだろう。

こんな場合、筋金入りの人権派弁護士はどうするのか。ほどほどに人権派であり、ほどほどに体制派である自分と同じように、冤罪の阻止と個人の幸福追求の狭間に立ってうろうろするのだろうか。

もう一つ、真犯人を秘匿して弁護するのは正義に悖ることだ、との考えがあるようだ。一応、もっともな考えとは思うけれど、正義には神の正義もナチスの正義も山賊の正義もあり、私にはその違いがよくわからない。薬のせいか少しの酒で酔いが回り、串に刺された三色団子が瞼に浮かんだ。これら三つの正義にそう違いはないぞと、暗示されたのではないか。私はとりあえず考えるのを打ち切った。

順一医師の処方が相当だったと見え、痛みはやわらいでいる。ただ食欲の無さ、疲れやすさまではカバーされず、体重も一・五キロ減った。土曜、日曜は墓地へ散歩に出るほかは外出せず、ベッドで柳多留をめくって過ごした。

川柳を眺めている間も弁護方針の四文字がチラチラとし、事務所にあっても窓辺へと往復するばかりだったが、公判を一週間後にひかえ私は決断した。やはり月村の希望に沿おうと、つまり、真犯人を秘匿したまま無罪の弁論をしようと。

早速、公判打ち合わせのため拘置所に出向いた。現れた月村の頭が青々と丸められているのを見て、思わず目をみはった。

「君、すっかり腹を決めたと見えるね」

「はい、さっぱりしました」

頭の青さのせいか、くりっと丸い目がいっそう澄んで見え、あごを引き締め胸を張った姿勢にも並々ならぬ覚悟が窺えた。ああ、この青年が同性を好きになり、濃密な夜々を過ごしたのか……と、私は一種不思議な気持ちに襲われた。

「月村君、折角の覚悟だけど、無罪の方針でいこうと思う。風間が犯人であることは知らんことにしてな」

さらりといって、どうだいとばかり顔を通話孔に近づけると、「先生」といったきり目を伏せ、口をぎゅっと一文字に結んだ。私は何秒か待ち、用件に入った。

「風間のことだけど、面会に来るとか、接触してきたことはないだろうね」

「それはありません。そんな危ないことはしません」

「姉さんを介してもないだろうね」

「ありません」

「君たち、電話のやりとりは頻繁にやっていたのか」

「いいえ、彼の携帯は仕事用に持たされたもので私用に使っていませんし、私の携帯にもかけてきていません。私たちは週に一度必ず会い、そのとき次の予定を決めましたから必要なかったのです」

「しかし、携帯でやりとりするのが普通だろう」

「あの人は超古風というか、偏屈というか、携帯というものが大嫌いなんです」

「それじゃ、君の携帯の記録に風間が登場することはないんだな」

「ありません。だから警察に提出したのです」

この点が一番大事だった。月村の携帯から風間との関係が出てくるようではどうにもならない。私はほっとし、次の質問に移った。

「無罪を主張するとなると、風間の供述調書を証拠とするのをこちらは拒否するから、風間は法廷に呼び出される。君たちはそれを知っていたか」

「いいえ知りませんでした。先生、風間さんが証人になるのですか」

「そういうこと。検察官が先に尋問し、当然こちらも反対尋問することになる」

「どんなこと、質問するのですか」

「それは出たとこ勝負で、何ともいえないね」

「先生、あのう……」

月村は何かいおうとし、とっさにこらえたようだった。目がうっすらと赤くなった。

「君は、風間に会って打ち合わせてほしいなどと考えてるんじゃなかろうね。真犯人である男とリハーサルなんか出来るものか。そりゃあ真犯人であることを暴くような聞き方はしないつもりだが彼自身が馬脚をあらわさぬともかぎらない。まあそのときは諦めるより仕方ないな」

厳しく言い切ると、月村は目に涼しさをとりもどし「はい」と優等生の返事をした。私はひととおり人定質問などの段取りを説明し、彼の腹を固めさせるために無罪の可能性に敢えて言及した。有利な証拠としては、風間が君の人相を述べていないこと、清川が襲われる直前に聞いたという君の「すみません」という声は彼女の記憶ちがいらしいことの二点しかない。君が取り調べの初期に自白したことも君に不利にはたらくだろう。アリバイの点を、完全ではなくても相当程度心証づけることが出来たら、べつだけどね。

私の言葉に月村はいちいちうなずき、アリバイについては、何とか思い出すようやってみます、ひょっとしたら思い出すかもしれません、と少々おかしな答え方をした。この点に望みを持っていない私はあまり気にもせず接見室を後にした。

第一回公判期日。私は十分前に法廷に到着した。踵を接するように男が一人、傍聴人入口から入ってきて、丁寧に一礼すると一歩一歩踏みしめるように歩き最後列の席についた。私は風間だと直感し、ちらちらとそちらを観察した。紺の背広に白のワイシャツ、ネクタイはせず、肩幅の広い引き締まった体軀をしている。顔は自分と同じ長四角で髪は角刈り、最近の心労で頬がこけたのか、骨が秀でて顔色は蒼く、精悍さが風雪にさらされたといった感じだった。

私は、月村が入廷したとき風間がどんな顔をするかと、後ろの気配にも注意していた。少しして脇の出入り口から看守に伴われ月村が入り、弁護人の前の長椅子に腰を下ろした。この間私は風間から視線をそらさず、そのまばたき一つ逃すまいと神経を集中させた。風間は我が子を見守る父親のように月村を目で追い、月村が椅子に坐ると、ほんの一瞬顔をほころばせうなずくような仕草をした。月村は私に背を向けていてその眼差しは見えないが、二人は目で合図し合ったにちがいない。それは、月村から目を離した風間の様子によく現れていた。瞼をしきりにしばたたき、懸命に悲しみをこらえているように見えた。

間もなく三人の裁判官、六人の裁判員が入廷、着席した。あらためて見る裁判長は赤ら顔の肥満体で、法廷壇上ではあまり見かけないタイプだった。ごく簡単に裁判員選任手続が行われ、すぐに公判が始められた。

「被告人は前へ」

月村はさっと立ち上がり、胸を張って中央の証言台へ足を運んだ。

人定質問、起訴状朗読、罪状認否、冒頭陳述、同意された書証の取り調べ等が行われ、証人調べに入った。清川も予定されていたが喘息の発作が起きたそうで、今日は風間一人になった。

検察官の尋問は供述調書をなぞっただけのおざなりなもので、新たな事実が顕出されることはなかった。公判検事もまた月村を一目見て安易に判断したのであろう。この男なら証文の盗取などという純情な犯罪をやらかすにちがいないと。

私はその必要も感じなかったが、一点だけ質問をした。

「被告人を見てどうですか、事件の夜あなたの目撃した男に間違いありませんか」

「はい、背格好はよく似ています。ただそれ以外のことは何とも申し上げられません」

「おわります」

このあと裁判長が、証人の視力を確認してから次の質問をした。

「証人が七時四十五分頃、清川宅から出てきた男に不審を覚えた理由を、もう一度述べてください」

「以前仕事に入って清川さんが一人暮らしであるのを知っていたのですが、男が顔を伏せるように出てきて、足早に歩き去ったからです」

裁判長の尋問はこれで終わり、公判前手続で会ったチャーリー・ブラウンや裁判員からは何の質問も出なかった。

清川証人への尋問は、二週間後が予定されている被告人質問の前に行われることになった。閉廷になり、傍聴席に目をやると、ちょうど風間が椅子を立つところだった。証人が出番を終えそのまま傍聴する姿はよく見るから不思議ではないが、風間にかぎっては動くに動けなかったのではないか。さっき月村を見る風間の様子を目にし、彼は真実月村を愛し、その身を案じていると、私は痛いほど感じた。そしてこのようにも思った。

この男が愛する相手を、自分の身代わりになどするだろうか。相手にいくら懇願されたからといって肯んじるだろうか。二人には何か別の事実が存在するのではないか。

鋭い矢となって、そんな考えが脳天を撃ち、私はしばし茫然となった。もしこの仮定が当たっているなら、もはやわが手ではこの事件、どうすることも出来ない。とにかく余計なことは考えず今の方針でいくしかない。私はどうにかこうにか、直感に乗ろうとする自分を抑え込んだ。

三日後、出勤して間もなく、月村が接見を願い出ていると拘置所から連絡がきた。さてはアリバイの件かと、午後一番を照準に、早めにあちらへ着くよう事務所を出た。

きっかり一時に接見室に入り、いつものようにきびきび入室してくる月村へ、私は軽く手を挙げた。ただちにアリバイに関する朗報を聞くとしよう。

月村は、坊主頭が五ミリほど伸びて剛毛になりつつあり、かつらをつけているようでもあった。何か悪ガキのようでおかしいが、臙脂のとっくりセーターと不思議によく合っている。私は鞄からメモ帳を出し、「さあ始めようか」といおうとした。

「先生」

声が震え、月村は直立していた。両手をぴんと下に伸ばし、硬直して立っている。顔もこわばり、えくぼの痕跡もなかった。

「君、どうしたんだ」

「先生、ごめんなさい。許してください」

体をぱたんと二つに折り、そのまま静止した。

「とにかく、坐りなさい。君には一度騙されている。もう何が起きても驚かないさ」

月村はのろのろと椅子に坐り、十秒ほどして口を開いた。

「先生、僕、犯罪をおかしました。そのことをいわなくちゃ、いわなくちゃと思いながらつい……」

「君は身代わりじゃなく、実行犯なの?」

「いいえ身代わりにちがいありませんが、風間さんとほとんど同時的に僕自身の犯罪を行ったのです」

「へえー、君が犯罪をねぇ」

私は首を大きく振って疑問の意を示し、話を続けよと手ぶりでうながした。

「自分はあの日、駅ビルのそば屋を出ると、アパートへ帰ったのではなく、清川さんちに向かいました。お金が出来ましたといって表の戸を開けさせ、危害を加えるぞと脅し、清川さんに証文を出させようと企てたのです。あちらに着くと表の戸が少し開いており、中に入ると玄関の戸は開けっぱなしでした。中を覗くと廊下の奥に人が倒れているのが見え、靴を脱いでそこまで行きました。倒れていたのは清川さんで、気を失っているように見え、とたんに僕は逃げ出しました。それからは頭に火がついたようで、どうしてアパートに帰りついたかも覚えていないほどです。先生、僕は清川さんを襲おうとしたのです。侵入したのです」

彼の話しぶりは真率そのものだった。真直ぐ向けられた目が私の胸を直撃し、一点の疑念を挟むことも許さなかった。私は、彼が真実を黙秘していたことに立腹すべきだったが、そんなことで時間を空費したくなかった。私はただちに質問を始めた。

「そば屋を出たのは何時頃？」

「七時半頃だと思います」

「そこから清川宅はどのぐらいかかる」

「池上線と徒歩で二十分前後だと思います」

「風間が清川宅を出たのが七時四十五分頃だから、その直後だね」

「はい」

「清川さんを襲おうと決心したのはいつ？」

「証文を奪いたいという気持ちは、暴力金融に渡すといわれたときからあったと思いますが、やろうと心に決めたのは清川さんに電話してガチャンと切られたときです。いよいよ証文が渡される、と焦ったのです」

「君はしかし、そば屋に入ったじゃないか」

「やろうという気持ちと、やっちゃいけないという気持ちが半々でした。何とか思いとどまろう、それには短気な行動はしないことだ、腹に何か入れたらおさまるかもと、そば屋に入ったのです。でも焦りは大きくなるばかりでした」

「ラーメンを食ったといったね。そんな心理状態でよく食べられたね」

「半分以上残しました。あっそうだ、鉢を返すとき、お腹が痛くなって食べられませんでしたと、カウンターのおばさんに謝りました」

「うん、それで」

私は勢いこんで、おばさんの風体や年齢について質問を進めた。しかし、清川を襲うことで頭がいっぱいだったのか、五十歳ぐらいの小柄な人としか彼には記憶されていなかった。それでもこれはアリバイ証明に使えるかもしれぬ。

いずれにしても次回公判ではこの事件、大転回することになるし、月村がなぜ自分に覚えのない、人のやったことなど自白したのか、疑問を提起されるだろう。下手をすると、身代わりがばれ、風間の逮捕、月村に対する犯人隠避の嫌疑にまで拡大するおそれがある。この点は公判までによく検討することにし、体よく持ってくれと祈りつつ接見室を後にした。

帰りの車中で、私ははっと思い至った。月村を身代わりとすることに、なぜ風間が同意したかということに。それはおそらく、こういうことだろう。

二人はむろん共謀などするはずがない。ただ、ほとんど同じ時刻に、一人は金銭を、一人は証文を奪うために清川宅に侵入した。目的物に違いはあっても、二人が夢見る暮らしのために企てたことは共通している。いわばこれは運命共同体としての行動であり、その責任は二人で負わねばならないと覚悟したのだろう。そして実際に刑罰のことを考えると、証文目当ての月村を被告人とするほうが軽くて済むと考えたのである。のみならず、風間が外にいて稼いだほうが二人の夢を早く実現できる、とも判断しただろう。

こうして二人はしたたかに悪知恵を働かせ、あれこれと画策したのだ。電話記録などから早晩月村に呼び出しがかかることを予想し、その場合は早い時期に自白すること、目撃者としての風間は肝心の人相を述べないこと、などを。

ところが月村の心境が変わり、自分の犯した罪を告白しようとしている。ただ、風間のことまで供述するはずはないから、住居侵入に問われるだけだろう。

私は二人の顔を思い浮かべながら考えた。私が風間の犯行に目をつぶり弁護を続けることはやはり彼らに加担することになる。これは正義なるものに反するようだし、弁護士倫理にも引っかかるだろう。だがそれがどうしたというのだ。だいいち、この自分、これまで優等生だったためしがあったろうか。

夕方月村の姉の所に何度か電話を試み、夜八時にやっとつながって息子に用向きを伝えることが出来た。〈叔父さんの、出来るだけ最近の写真を探し、明晩七時蒲田の駅ビルのそば屋に持ってきてほしい〉。

翌日午後七時、駅ビルのそば屋の前。月村の甥に伝えたとおり、グレーのコート、黒鞄の恰好で立っていると、背のひょろ高い、いまどき珍しいニキビ面が「先生ですか」とお辞儀をした。

「わざわざありがとう」というと、紙袋から一葉の写真を取り出した。「これしかなかったんです」

というその写真は、近影にはほど遠い卒業時のもので、長く伸ばした髪と笑わない顔が別人のようだった。私は役立たない写真を預かり、「わたる君、心配いらないからね」といって、お使いを返した。

そば屋のカウンターには女性が二人いて、一人は若く、もう一人は私の同級ぐらいでこちらは小柄だった。私は小柄の方に向かい、「ある人間がここに来たことを聞きたいのですが」と声をかけると、「いつ頃のこと」「三月ほど前です」「今忙しいので後にしてくれる」「何時頃」「九時前」のやりとりがなされ、私はそれまで駅前のカフェで時間をつぶした。九時十五分前、すぐそこで買った薔薇の花束を抱え入店し、小柄なおばさんにまずこれを差し出した。一応それを手にしながら、「こんなもの」と戸惑ってる隙に、彼女が五か月前に雇われ、六時から九時までが勤務時間であることを聞きだした。私は次々と質問を繰り出した。「客の中に料理を半分も残す人、おりますか」「いいえ、そんな人は」「三月ほど前、ラーメンを半分以上残した青年がいたでしょ」「さあ……その人がどうかしたのですか」「あなたが思い出してくれれば、彼の無実を立証できるかもしれないのです。申し遅れましたが、私、弁護士です」「うーん、そういえば、そんなことが」「背の高い、目の大きな、可愛い青年だったでしょ」「外見はよく憶えていませんが、たしか、すまなそうにして鉢を返したと……」「お腹が痛くなってといいませんでしたか」「かもしれません」「店を出たのは七時半だと、彼ははっきり言い切っていますが」「さあ、そこまでは」「あなたの勤務する三時間の、ちょうど中頃ではなかったですか」「まあ、その頃だったかもしれません」

私はうんうんとうなずき、声量を上げてこうしめくくった。

「あなたの記憶は背の高い青年の言い分とほぼ一致します。時期は三月ほど前、ラーメンを半分以上残したこと、そのことをすまなそうにしていたこと、七時半頃店を出て行ったこと」

私は「百田草平です」と名刺を渡し、「お名前を教えていただけますか」と申し出た。「ツチダトモコです」と彼女は教え、手で「友」の字を書いてみせた。「あのう、わたし裁判所に出なきゃいけないのですか」「いいえ、それはないですが、警察が聞きに来るかもしれません。そのとき、今の調子で答えていただいたらそれで済みます」

一礼して出て行こうとすると、「これ、これ」と花束を持って帰れの仕草をした。私は手を振ってそれを拒否し、片膝を低く、両手で捧げる動作をし、彼女に受け取らせた。

記すのを忘れていたが一月半ば頃、小竹真弓が事務所に近況報告に来た。緑川は昼間は尾花の保育園、夜は専門学校と、保育士への道を着々と歩んでいるそうだ。秋に結婚式を挙げるので、先生仲人をと頼まれ、それまでに嫁さんが出来るかなと、とりあえずごまかした。「赤ちゃんは」と聞くと、「緑川に正直に話したら、大笑いしておしまいでした」と真弓はけろっと話し、私に手を合わせた。同じ頃、山名課長からトリベエで一杯やろうと誘われた。やりたいのは山々だったが、酒量も減っているし痩せてもきているから、あの鷹のような目で見破られたらかなわない。これもとりあえず、「今ちょっと忙しい、暖かくなったら電話するよ」と返事した。

今日は三月の第一土曜日で、伝ちゃんとキャッチボールしてから三週間。腰に強い張りと鈍痛があり、薬が効かなくなってきたようだ。月曜に医院に行くことに決め、朝食後散歩に出た。例のとおり墓地をひと回りした後、小公園のベンチに、このところ疲れやすくなった体を休めた。頭上は桜の古木が枝々を差し交し、そのさまは、てんで勝手とも精緻の極みとも判断がつきかねた。もう花芽が米粒ぐらいにふくらみ、見ているうちに俺の腫瘍とどちらが先に弾けるかなと、良からぬ方へ連想が及んだ。私は即座に今年の桜から来年の桜へと頭を切り替え、これもあっさり断念すると、想いを一気に過去の方へさかのぼらせた。

桜にちなむ一番楽しい思い出といえばどれだろう。うっすら目を閉じると、点滅する幾つかの景色から一つが浮かび上がった。それは京都の針谷繁邸のあの桜、吉田山を背に芝生敷きの築山に立つ一本の紅枝垂れだった。ほそい小枝がレース織りをつくる、すらりと伸びた木立。ふりそそぐ陽光に、花は天女さながら明るいピンクをまとい、日が翳るとにわかに色を濃くする。幽かな音を立て風に揺れる花々。私は何度も夢の世界に引き込まれる思いがしたものだ。ああそれにしてもあの桜、針谷氏と多恵夫人が語るロマンスを象徴しているように素晴らしかった。

私が針谷氏と知り合ったのは、京大に落っこちたその日だった。京都で仏像を見歩きたいのと京大の硬式野球部に入ることで頭がいっぱいだった。だから試験に落ちるのを想像しなかった私は駅の観光案内所前で茫然としていたらしく、針谷氏はそんな私に「君、どこか観光したい所はないか、私はボランティアのガイドだよ」と声をかけてくれた。それがきっかけで同氏が亡くなるまで付き合いが続き、お宅には何度も泊まらせてもらった。

——針谷氏は元ジャーナリスト、若い頃特派されてパリに赴く機中、フランス映画の買い付けに行く多恵さんと隣り合わせた。「僕、パリは初めてです。フランス語で知っているのは、エトランゼだけです」などとしきりと多恵さんに話しかけ、彼女が口にチャックの仕草をしてもやめようとしなかった。三日後にアンドレ・マルローも招かれた大使主催の文化パーティで二人は再会し、出版関係者らと二次会のキャバレー「リド」に流れてゆく。針谷氏は敏捷に多恵さんの隣に尻を滑り込ませ、ショーが始まってダンサーが張り出し舞台をこちらへ向かってきた隙をとらえた。テーブルの下に手を伸ばし多恵さんの手を握ろうとしたのである。反射的なほど速く、ぴしゃりと針谷氏の手は退けられた。タイミングが悪かったのかと針谷氏はこの反応を解釈した。ダンサーはストリッパーだから胸に何もつけていないのだった。男がこれに興奮して手を出してきたと思われたにちがいない。針谷氏はそう解釈したのだが、ぜんぜん見当はずれで、当時多恵さんは恋人を交通事故で失くした痛手を深く抱え込んでいた。帰国してから何度も針谷氏が誘うのだが多恵さんはにべもなかった。そうして一年半ほどたった或る日、二人は東京駅でばったり出会い、こんな会話を交わすことになる。「エール・フランス、大使館パーティ、そして今日と三度目ですね。四度目もあるかしら」「僕は十二月十七日午後五時、日劇プレイガイドにボリショイ・バレエの切符を買いに行きます」「わたしも同じ日同じ時刻に同じ切符を買いに行くかもしれません。たまたま、ですけどね」。十二月十七日午後五時、雪の降りだした日劇プレイガイド前で、二人のロマンスは発進する。百メートル徒競争のような猛烈な勢いで——。

「あらっ、百田先生」

はっと現実にもどり声の方を見ると、ダウンのトレーナーを着た真世が、胸をそらせて立っていた。

「偶然の出会いだね。何度目だろう」

「カジモドへ行った日の青山通りと今日で、二度目」

「この二人に三度目の出会いはあるかな」

「それは……もちろん」

真世はつぶやきながら、私の横へぴたりと腰をつけた。

「今日の午後一時、地下鉄外苑前改札口なんかの予感がします」

「うーん、私も同じ予感が……しかし」

真世とデート出来るのか。そう思い背中を伸ばしたとたん、くだんの部位に痛みが走った。私は三度目の偶然を優先させるため、月曜に医院に行く予定を前倒しすることにした。

「いそぎ片付けたい用があるので、二時にしてほしい」

「オーケー、百田先生」

三十分後に私は鈴木医院に着き、看護婦さんの「すごくお痛みですか」の誘導質問に「はい」と答え、特別扱いを受けた。「痛みはこないだ程度ですが、急激に悪化しそうな気がします。即効性の鎮痛剤をお願いします」「何か予定がありそうですね」「午後二時までに治さねばならんのです」。医師はニヤリとし、「よく効く薬を上げましょう。すぐにのめば二時に間に合うかもしれません」暢気そうにいうと、声を落とし「女か」とたずねた。私はそれには応えず、「早く処方を」と急かせた。今回はWHO方式の第二段階、モルヒネを含むコデインという薬で、医師はこちらを焦らすように、ゆっくり懇切にモルヒネの副作用について講義し、吐き気予防と下剤の処方もした。

私は薬局のほか、コンビニでお握りを二個買い、早めに昼飯を済ませ、二時間ぐっすり昼寝した。

午後二時、銀座線改札前の真世は、朝の身なりとほとんど変わりがなかった。加わったのは薄化粧と猿の赤ちゃんくらいのリュックだけだった。

「ここからさらに一緒に行動すると、元じいのきまりを破ることになるね」

「聞こえませぬ。わたし、外国のお上りさんの行く浅草というところに行ってみたい」

「僕ちゃんも行ってみたい」

終着駅浅草までおよそ三十分、ホームから地上に出ると、まっしぐらに雷門まで歩き、外国人の屯《たむろ》する中を参道に向かった。「きみ、角館から家出してきたんだって。ここからが仲見世、突き当りが浅草寺だよ」「おら、こんな人だかり、見たこともねえ」真世が感嘆の声を上げ、腕をこちらの脇に滑りこませた。

行く人帰る人、狭い道路は色んな人種でごった返し、列について進んで行くと、動く歩道で運ばれていくようだった。きょろきょろしているうちに境内に着き、大鉢から濛々と上がる線香の煙を浴び、二人ともたっぷりと利口になった。人間、利口になると常識的になるらしく、本堂の賽銭箱に金を入れ、二人並んで手を合わせた。寄進したのは百円硬貨だったがてきめんにご利益があらわれた。スマートボールをやれとお告げがあったのだ。たしかこの界隈に、土、日だけ開く店があったはずだ。それを、真世の行き当たりばったり方式で見つけようと寺の西側へ足を運んだ。すぐ近くからカラオケの歌声、鼻にぷーんとくる香辛料の匂い、けたたましい女の笑い声。さらに歩を進めると、昼間もやっている居酒屋がならび、硝子戸にホッピーとかデンキブランの貼り紙がしてあった。私も真世もこれに気をそそられ、この横丁をゆっくりゆっくり歩いた。

足の赴くまま、六区の通りに出た。交番を見つけ、店の場所をたずねると、そこから五十メートルの所にあった。三十台ぐらいのスマートボールが二列と旧式のパチンコ台が一列、客は若い男女が二組しかいなかった。私と真世は中程に坐り、それぞれ自分の懐から玉を買った。二百円でピンポン玉より少し小さい水色の玉を五十個くれ、一個ずつ弾く。パチンコとちがってほぼ水平だから玉はのろく、釘に当たる音もどこか優雅である。当たりの穴は十個出るのと十五個の二種類があり、私は三打目に十の当たりを取った。当たると台の天辺からガラスの上をドヤドヤと玉が転がり下りてくる。その一個一個がうれしそうな顔に見え、こちらもやる気が起こる。

減りもせず増えもせずが私のペースだったが、隣は一度十五を当て「わおー」と雄叫びを上げた後、鳴かず飛ばずの閑古鳥になった。「ねえ、コツを教えて」というので、「直接真ん中に玉を落とすか、左の釘に当てて反発させるか、どっちか一つにしなくちゃな」と私は、何の根拠もないなと反省しながら、真世に教えた。真世はこの教えを何度か実践したらしく、「チクショウ」とか「ウソツキ」とか悪態をついた。

間もなく真世は破産し、「台が悪いんだ」と私の左に移り、「もう二百円買おうかな」とわりと大きな独り言をいった。ちょうど私のほうが出ていたので、「ほら、おすそわけ」と手の平二杯分を真世に渡した。

玉が順調に出て、ガラスの半分が埋まり下方の穴が見えなくなった。私は店員のおばさんを呼び、「景品、どんなものがあるの」とたずねた。

「ケイヒンないよ。ケイヒン出して、シャチョウさん、警察に怒られたよ」

東南アジア系らしいおばさんがわりと流暢に答え、ハロウィンのカボチャのような笑顔を見せた。私は何だか無性にうれしくなった。景品のもらえないこと、これが純粋の遊戯であることが。

真世がまた破産し、「もらっていい」と小声でたずねた。「今度失敗したら、吉原へ売り飛ばすからよ」「わあほんとう。廓ことば、覚えなくっちゃ」真世はぐっと身を寄せ、両手いっぱい、玉を掬《すく》い上げた。

だがそれも瞬く間に底をつき、もう口に出して、欲しいとはいわなかった。そのかわり一個打つ毎に一つずつ持ってゆく作戦に切り替えたのだ。私はだんだんと隣の女と所帯を持ってるような気になった。

こうした慢性的ロスにもかかわらず私の玉はどんどん増え、とうとうガラスを埋め尽くした。真世は椅子を立って「ブラボーブラボー」と叫び、二組の客も立ち上がって盛大な拍手を送ってくれた。

「ゲーム・セット。どうもありがとう」

そういって店を出ようとすると、「ちょと、まて」とおばさんが追ってきて、私と真世に一個ずつスティックのついた飴玉をくれた。

外に出ると、私はしんみりと真世に話しかけた。

「お前さん、とうとう吉原に行っちまうんだね。その前に銭湯てのはどうかえ」

「あれー、どうしよう。あたい、手拭い持っていない、ありんすよ」

「構うもんかい、ハンカチでよー、隠しちまいな」

国際通りを田原町まで歩き、銀座線に乗って次で降りた。以前奇遊会の数人と、ここの「亀の湯」に入ったことがある。外観は一階の軒とトタン葺きの大屋根に唐破風《からはふ》がつけられ、なかなか堂々とした構えである。私は入る前に、銭湯が未経験の真世に、「番台というものはね」と講釈をほどこした。「関西じゃ男女の脱衣を公平に見られる位置にあるが、こちらはかっこをつけて入口に向いている。江戸っ子はバカだねえ」「でも江戸の湯屋は混浴なんでしょ」「あっ、そうだった。真世さん、二人で肩を組んでデュエットしよう」「どんな歌？」「松原遠く消ゆるところ、というの知ってる？」「白帆の影は浮かぶ、でしょ。母の大好きな歌です」

番台のおばさんに二人分の入浴料とタオル代を払い、「君はあっち」と赤いのれんを指さすと、真世は「なーーんだ別々なの、がっかり」とずっこけるふりをした。

浴場は高窓からの明かりで湯船もタイルも眩く輝き、十人ほどの客が立てる物音が、ぼわーんとのどかに響く。ここのペンキ絵は富士の松原ではなく、濃い緑が吹き流しのはためくように塗りたくられていた。シャワーを浴び簡単に体を洗ってから寝風呂というのに寝そべり、頃合いを見て一番大きな湯船へ足を入れた。そこにはさっき洗い場で彫り物が見えた禿げ頭の爺さんが入っていた。その刺青は赤鬼が青い大蛇に巻かれ目を剝いている図柄で、背中のたるみのせいで鬼の目が泣いているように見えた。

私は爺さんの大蛇を怖れながらも、女湯に声をかけずにいられなかった。

「おーい真世さん、聞こえるかい」

「……」

「いま、何をしているの」

「……」

「ちゃーんと体、洗いなさいよ。すみずみまでね」

真世が発したのであろう、「おっほん」という声が聞こえ、同時に鷲の爪に背中を摑まれた。くりからもんもんの爺さんだった。

「お前さん、女に話があるなら、向うへ行って直接いいな」

「すみません。だけど、あっちへはどうやって行くんです」

「そこのタイル、乗り越えりゃいいじゃねえか」

「その前にひとつ、ご無礼、ご容赦願います。一曲歌うもんで」

私は大きく息を吸い込み吐き出すと、歌いだした。

「松原遠く　消ゆるところ」

三秒ほどして女湯が応えた。

「白帆の影は　浮かぶ」

続いて私が「干網浜に　高くして」

「鷗は低く　波に飛ぶ」と真世。

そうして一緒に、

「見よ昼の海」

「見よ昼の海」

歌い終わると私はざぶんと頭まで湯に浸かり、十秒後浮上した。

「見事、見事」

爺さんが平手で頭を叩き、喝采してくれた。

「向うの女、カミさんかい」

「まあ、そのようなもんです」

「いい声だ。夜もあんな声、出すんだろうな」

「それは……まだまだです。修業が足りませんので」

風呂を出た後、われわれはまた銀座線に乗って上野で降り、居酒屋でビールと寄せ鍋の夕食をゆっくりと愉しみ、二人そろって田伏邸に帰還した。

玄関に入ると、応接間の扉が開けてあり、元じいの顔がこちらに向いていた。二人のところを見られた以上、二階へ直行するのはまずい。敵前逃亡とみなされ、極刑を下されるだろう。だいたいの作戦はビールを飲みながら謀議したので、なるだけ抵抗を試みよう。

私たちはこもごも「今晩は」とじいに挨拶し、静々とソファに腰を下ろした。じいはゆったりと椅子にもたれ、幼子を慈しむような目で私たちを見た。つやつやした頭を、毛髪が馬蹄形に縁取り、天井の灯がやわらかに照り映えていた。

そんな光景に安心したのか、真世が「じい、おやすみ」といって椅子を立った。これはまったくシナリオにないことで、私もあわてて腰を上げかかった。

「ちょいとお待ちよ」

じいはひくくドスのきいた声でいい、次の瞬間テーブルの物をぐいと掴み上げた。私はびっくりした。何とそれはこの家で初めて見る長煙管で、朱塗りの煙草盆も揃えてあった。

「カップルで、どこへお出かけでしたかえ」

じいは私たちをぎょろりと見、長煙管で陶器の火入れをポンと叩いた。

「われわれは示し合わせて会ったんじゃありません」

「たまたま外苑前の改札口でばったりと、です」

「なるほど。帰りの電車に乗り合わせたのだね」

「ちがいますよ。往きに会ったのです。私は銀座で日比谷線に乗り換え、築地へ行く予定でした」

「わたしはふらりと浅草に行きたくなって」

「お二人は、別々の所へ行ったのに、帰りも偶然改札口で会ったんだね」

「元じい、それは誤解です。真世さんが浅草へ行くと聞いて私も行きたくなったのです。それで、俺も浅草へ行こうかなと独り言をいいました。彼女、返事しませんでしたから、あくまでも別々に行ったことになります」

「それで浅草でどうしたの」

「仲見世はごった返していて、真世さんが変な外国人にかどわかされぬよう、蔭にかくれてガードマンやりました」

「片務的安保条約なんて初耳だわ。それでそのあとは」

「浅草寺で線香の煙に巻かれ、真世さんが見えなくなりました」

「わたし、百円お賽銭上げたら、六区のスマートボールへ行けとお告げがあったのです」

「まさか、百田先生、同じ店に入ってはいまいね」

「それが、煙にまといつかれ、消えたと思ったら真世さんの隣で玉を弾いていたのです」

「ひどく飛躍しているが、それより景品、何か取ったかね」

「いいえ、何も」

「真世さん、隣の男に玉をやったりしなかったろうな」

「あげません。たまたま隣り合わせた男になんかあげるものですか」

「それで今度はどこだ」

「稲荷町の銭湯です。ここは混浴じゃないから、まったく別行動でした」

「男湯と女湯とで会話するなんて、出来っこないでしょ、元じい」

「それは正論だ。して、次は」

「上野の居酒屋です」

「真世さんもか」

「たしかに同席しましたが、口を利いてはいません」

「そんなこと、あるもんか」

「あやしい二人連れの男と相席になったので警戒し、仲良くしなかったのです」

「じいに頼まれた探偵かもしれないわ、現場を押さえられたらじいの家から追放されちまうわってね」

「うーむ、こしゃくな」

じいは顔を真っ赤にし、目玉をぐりぐりと一回転させ、逆回りにも一回転させた。

「おのれ、このふとどきものめが」

いいながら元じい、長煙管を高く持ち上げ、火入れめがけて振り下ろし、寸前でぴたりと手を止めた。青磁の優雅な陶器が惜しくなったようだった。

9

これまで私の小説は完結したことがない。いま手がけているものはその場しのぎだけが目的だから、なおのこと、終着駅を目指してはいない。だのに私は間もなくすべてが時間切れになるのを予感し、どうしても完結させたいと希《ねが》うようになった。この五か月私の盾になって死の恐怖を遠ざけてくれた登場人物に、それなりの結末を与えてやりたい。必然、この二人は悲恋に終わるわけだが、その別離に一点の情趣を添えることが出来るとすれば……。

私はその舞台を北嵯峨の広沢池とした。周りが一キロちょっと、低い尾根を連ねる北側にぽこんと帽子のような山があり、池にその姿を映している。南の堤は桜並木、西は一面の野菜畑、目を上げれば広やかな空がとほうもなく明るい。夜ともなれば、月は隈なく池を照らし、風と相和し、水面に金、銀の綴れを織り上げる。

約束の時刻は、東の空に月が仰角三十度に位置したとき。会う場所は池の西側、先端に祠のある、小さな小さな岬。今夜の女は銀の綸子《りんず》に若竹の手描き友禅、黒の袋帯をきりりと締め、男は肩のきつい紺の背広はいつもどおりだが、おわりを覚悟し、頭を角刈りにし、新品の革靴を履いている。

男はこう決心している。けったいな女との愉快な日々を記憶にとどめ、さばさばと別れよう。自分はじつはこの池に棲むカッパだといってやろう。おつむの硬い女だから簡単に信じるだろう。「どうも京の街を放浪し過ぎたようだ、水底へ帰るべき時期がすでに来ている。こんな頭にしたのはここに皿をのせるためである」といって、実際に池に飛び込むのだ。むろん買ったばかりの靴は、あと五年は履けるから、脱いでからやるのだ。

女はじっと祈るような姿勢で月を仰ぎ見ていた。ロボットゆえの目つきの異様さを知っているつもりだが、やはり変だった。活き活きした輝きが一瞬にしてじわっとうるみをおび、また、きらきらとする。目玉に表と裏があって、表の歓喜と裏の悲哀を、高速回転で見せているようだった。

「月を見て、想うことなどあるのですか」

「うれしくもあり、かなしくもあるんです」

「僕はうれしくなんかない。たぶん今日でおわりだろうから」

「久しぶりで月と交信したのです。ネイティヴの言語で」

「何をいってるのです。変な人だな」

「ロボットの言葉は窮屈やけど、月とは気楽に話せます。そんなことより新海さん、この句、知ったはります？　名月や池をめぐりて夜もすがら」

「芭蕉やね。この広沢池を詠んだのかもね。ほら、池に映るあの月を愛でながら夜通し歩いたという」

「ちがいますって。主人公は人間やなくて、月なんです。月が天をめぐると、月の影もこの池をめぐるのです。しんしんと夜をこめて」

「面白い。じつに詩的です。だけど、人工知能がそんなやわらかな発想、出来るだろうか」

「わたし、ほんとうは、月から来たのです。今まで黙っていてごめんなさい」

「へえー、そうやったのか。それで、君、何しにこの地上へ？」

「ええ男はんを物色に来たのや。あちらには、顔に雨合羽かぶせたような男しかおらへんの」

「僕、月へ連れてってもらえますか」

「もう一問試験します。蕪村の句、月天心貧しき町を通りけり、を解釈しなさい」

「中天にかかった皓々と照る月の下を蕪村が通り抜けてゆくのです。貧しい貧しい町の中を」

「こらあかんわ。主人公はこれも月です。月が貧しい町を通ってゆきます。灯もなく静まりかえった貧しい家々の上を、非情なほどの光を注ぎながら」

「いやー、素晴らしい。ぞっとするほど凄愴だ」

「もう手遅れです。あなたは月人になりきることが出来ないと判断されました。わたし一人、月に帰ります」

「しかし、どうやって宇宙へ行くのです。忠告しときますが、種子島から飛ぶのはやめたほうがよい。あそこのロケットはときどき分解するからね」

「ここからです。龍の背中に乗って」

「この池に龍なんていませんよ。じつは僕、ここの主であるカッパの一族なんだ。この池に鯉が七百九十八匹。鯰が二百二匹いることも知っている」

「そやけど、頭にお皿がのっておへんな。そんなカッパ見たことないわ」

「いま、清水六兵衛さんに焼いてもらってるんだ。それより恋雀さん、君のいう龍は大覚寺の大沢池におったよ。後ろに屋形船を連結してね」

「新海の意地悪！　うち、どないしょう」

「そんなこと知るもんか。俺はカッパだから、いまから飛び込む。ほんまに飛び込むからね」

「あっ、ほんまや。靴脱いだはるわ。ちょっと新海さん。誰かにその靴盗られたらどうしますの」

「そ、それは困る。今日買ったばかりだから」

「すぐ戻ってくるんなら、見ていてあげてもよろしいけど」

「月に帰るの、延期するわけ？」

「うち、この靴が前みたいなドタ靴になるまで、延期しようかな」

「え、えっ」

「新海はん、どうするの、なあ、どうしはるの」

男は両手を高くかかげ、池に向かって走りだす。万歳してるようにも降参してるようにも見える恰好のまま、ざぶんと飛び込み、すぐさま駆け戻ってくる。女は靴を両手にぶら下げ、目つきを眼球の表側、つまり歓喜のほうにして男を迎える。


月村事件第二回公判。

月村がここで自分のやった犯罪を明らかにすることは、なぜ被疑事実を自白したのかと問われることになろう。当然、誰かの身代わりではないかと推理されるはずだから、この点に神経を傾注せねばならない。この作業は非常に厄介であり、成功したときは風間も助けることになるのだから弁護活動を逸脱している。だのに私は、何とか月村の力になってやりたい、犯人隠避の罪まで負わせたくない、の一心でシナリオを練り上げた。昨日小菅に出向きリハーサルをしたところ、月村はほとんど私の想定どおり答えることが出来た。こいつ、可愛い少年の顔をして、なんて利口なやつなんだと腹も立つが、今更方針は変えられない。

法廷に十分前に着き傍聴席に注意していたが、清川らしい人物は見当たらなかった。どうなることかと懸念していると、冒頭、裁判長から発言があった。清川証人が三十分ほど遅れるそうだと告げ、「被告人質問を先に、ということでどうでしょう」とソフトな口調ながら頑固そうな顔を私に向けた。

「結構です。ただし清川さんの後で再度被告人質問の機会をください」

「それでは被告人、前に出て」

「裁判長！」

間髪を入れず、裁判長を叱りつける口調で大声を出した。

「な、何でしょうか、弁護人」

「異例ではありますが、質問を始める前に被告人の発言をお許し願いたいのです。すなわち被告人は本件とは無関係であるものの、本件ときわめて近接した時刻及び場所において別の犯罪を行おうとしたのであります。それを私が一つ一つ聞いていくより、まずあらましを述べさせたうえ質問したほうが要を得ると思います」

たちまち裁判長の顔に、好奇心も持ち合わせておりますぞといわんばかりの、人間らしい表情が浮かんだ。

「どうです、検察官、よろしいでしょう。被告人のアリバイに密接に関連するようですから」

これは予想しない事態だから、私が検察官であっても、当の本人のように顔を真っ赤にしたろう。

「しかるべく」

検察官がぼそっと答え、月村が前に進み出た。裁判長の指示で椅子に坐った月村は、暴力金融にたいする恐怖について声を震わせ話してから、接見で私に話したとおり、駅ビルのそば屋から清川宅を逃げ出すまでの行動を、簡潔、明確に陳述した。

「弁護人、どうぞ」

私は立ち上がると、どうも腑に落ちませんねという顔を検察官に向けた。検察官も私に同じ顔をしてみせた。

「被告人、今の話、本当ですか。君は真実、清川さんを襲っていないのですか」

「はい、襲っていません。襲おうと思って侵入したら、廊下の奥に倒れていたのです」

「清川さんのそんな姿を見て、君はどう思った」

「すごく恐くなって、逃げ出しました」

「恐くなったというのは、自分に疑いがかけられるんじゃないかと思ったから?」

「そうではなく、自身がやったような気持になったのです。どうやってアパートに帰ったか、よく覚えていません」

「自身でやったような気持になったのは、倒れている清川さんを見て、強い罪悪感に襲われたということ?」

「そうです。清川さんに対し何と恐ろしいことを企てたのかと思うと、この結果も自分のせいだと思えてなりませんでした」

「君が警察に事情聴取されたのは事件後何日目?」

「四日目です」

「そのとき気持ちはおさまっていたか」

「いいえ、ずっと眠れず、明日は警察に行って話そうと決心しながら、つい一日延ばしに」

「君は任意同行を求められたのだが、初めから嫌疑をかけられていたの」

「はい。清川さんの電話記録や目撃者もいて、証拠は揃っているといわれました」

「君はその日の夕方に自白しているね。心身とも弱りきっていて、抵抗力が無くなってしまったのか」

「弱っていたのは確かですが、自白は自分の意思に従ったのです」

「なぜ、やってもいないことを認めたのか」

「誰かが清川さんから証文を奪った行為は自分の企てとまったく同じであり、自身がやったと思えてならなかったのです。そして、罰を受けようと決心すると気持ちがすーっと楽になったのです」

「取り調べにおいて、いろいろと細かい点も聞かれたと思うのだが、人のやったことは答えようがなかったのじゃないか」

「警察では、朝から夕方までの間、ああだろうこうだろうと事実を示されました。僕は大体そのとおり認めたと思います。ともかく素直に罰を受けようと」

「例えば君は侵入口について、忍び返しのゆるんだところと述べているが、これなども警察に誘導されたわけ」

「実際は表の戸が開いていてそこから入ったのです。そういいかけたのですが相手にされず、実況見分のとき、ここだろうとその箇所を示されたのです」

「君は階段の下に隠れたと述べているが、これも誘導されたのか」

「どこに隠れたのかと聞かれ答えられないでいると何箇所かを挙げ、どこだといわれました。僕は清川さんの倒れているのを見たので、推測で階段の下と答えました」

「清川さんに暴力を加えたことについて、計画的かどうか聞かれたか」

「気が動転してしまい、とっさにやりましたと答えると、出前の電話に焦ってしまったんだなといわれ、はいと答えました」

「証文は居間の茶箪笥にあったと述べているが、これも誘導か」

「たぶん、居間の戸棚といったと思います。茶箪笥という言葉は知りませんでした」

「取り調べで一番問題にされたのは」

「金目当てではないかと、しつこく聞かれました」

「証文が無くても貸金債権は譲渡できるのだが、君はそれを知らなかったの」

「はい、まったく知りませんでした」

「結局真実を話す気になったのだが、重い刑罰が恐くなったからか」

「そうじゃありません。面会のとき百田先生に証文が無くても債権譲渡が出来ると聞き、なーんだ自分はなんて馬鹿なことをしようとしたのかと肩の力がいっぺんに抜けたのです。それで精神的に落ち着いて、真実をいって公正な判断を仰ごうと考えるようになりました。それと先生に、清川さんにどうお詫びをするのかと聞かれ、一生懸命働いてまずお金を返そうと」

私はこのあと、七時十五分から五十分までの行動を確認し、アリバイの質問でしめくくった。

「ところで、そのセルフサービスのそば屋に、よく行くの」

「いいえ、たまにしか行きません」

「七時十五分から七時半頃までそこにいたことが証明できれば、アリバイとしては十分なんだけどね」

「僕は胸がつかえ、ラーメンを半分も食べられなかったのです。器を返すとき、お腹が痛くなり残してすみませんと謝ったので、覚えてくれているかもしれません」

質問を終え傍聴席を見ると、清川らしい女性が最前列に坐っていた。裁判長が一声、「検察官、反対尋問どうぞ」といった。訴追側としては、あくまでも自白の真実性を立証せねばならず、「なぜ嘘の自白をしたのか」と先ず訊きたくても訊くわけにはいかないだろう。そのジレンマのためか、椅子を立つさまは、尻に百キロの重りをつけているようだった。

「先ほど君は、侵入したとき清川さんは倒れていたと、他人事のように述べたが、君が倒したんだろう」

「いいえ、ちがいます」

「清川さんを見て、何か声をかけたか」

「いいえ、かけていません」

「清川さんは、すみませんという君の声を聞いてるんだ。はっきり供述している」

「清川さんは気を失っているようでした」

「君が突いて気を失わせる直前のことだ」

「僕が清川さんにすみませんといったのは、七時十五分頃蒲田駅から電話をかけたときです」

「君は暴力金融を非常に恐れていたね」

「はい」

「証文を取ってしまえばそれを免れると思っていたんだね」

「はい」

「今どき証文を盗もうとする人間なんてめったにいるものじゃない。そんなことするやつは君ぐらいだよ。どうだ、君がやったんだろう」

「そう思って侵入しましたが、清川さんが倒れているのを見て恐くなり、逃げたのです」

「君は自分の証文だけでは自分がやったことがばれると考え、茶箪笥に会った証文を全部奪ったんだ。証拠隠滅のためにな。間違いないだろう」

「僕はやっていません」

検察官はまだ何か聞きたいようで、「えー、えー」と休止符のような言葉を吐いた。たぶん先ほど明かされた新事実や嘘の自白について弾劾しようとしたのだろうが、ヤブヘビになると考えたらしく「終わりっ」と怒鳴るようにいい、どーんと椅子に坐った。

入れ替わりに清川いすずが証言席に歩を運んだ。かつかつとヒールの音を立てて歩くその姿は、レンガ色のツーピースが固太りの体軀を包み、とうてい七十五には見えなかった。見たところ首がなく、肩の上に肉づきのよい丸顔が坐っていて、「バンビ商会」を名乗るのはどうかと思わせた。

検察官は気力を奮い起こしたのか、露骨に不愛想なこの証人に対し、尺取虫のような進み方で尋問した。そして最後にハイライトである「すみません」の場面に及ぶと、「その点はちょっと……」とはぐらかされた。

「証人、これ大事なところなんですよ。よく思い出してください」

「はあ、それが……言い切る自信が無くなったんです」

「なぜです。あなた、警察にそう明言しているんだよ」

「事件の直前の記憶があいまいなこともありますが、この裁判の犯人が月村さんじゃないとわかったからです」

「何い、何だって。それ、どういうこと」

「この裁判、傷害事件だけじゃなく、月村さんが自分の証文を奪ったことも裁かれていると知って、おかしいなと思ったのです」

「わかりませんな、何がいいたいのか」

「月村さんの証文はそのとき無かったのです。だから月村さんが自分の証文を奪うことはあり得ないわけです」

「証文が無かったといったって、実際に奪われているじゃありませんか」

「あの日の夕方、七時少し前ですがある業者に月村さんの分を譲渡し、証文も渡しました」

「あなた、警察に証文のことを聞かれたとき、そのことを話しましたか」

「譲渡したとまではいいませんが、証文全部が無くなったと、ちゃんと話しました」

「月村が被疑者であること、あなた、知っていたのでしょ」

「はい」

「それじゃ、他の業者に渡したこと、なぜいわなかったのです」

「そのときは傷害事件だけが頭にあり、証文が大事とは思っていませんし、業者に渡したことは積極的にいいたいことではなかったのでね」

「相手が暴力金融だからですか」

「同業者の悪口はいいたくありません」

「どこの何という業者ですか」

「話したくありません」

「ちょっと、清川さん」

ソフトな口調で裁判長が口を挟んだ。

「あなたが話したくなくても、電話記録やなんか調べれば、業者はすぐに突き止められますよ。それに証文の点はこの事件では大事なことなんですよ」

「はあ……それなら私が業者に話をし、証文を取ってきて提出いたします」

「それでは早急にそれを検察官に見せてください」

「裁判長、一点質問したいのですが」

「弁護人、どうぞ」

「清川さん、さきほどの月村君の供述聞かれたでしょ。彼はあなたに金を返す意思は十分に持っております。そこで聞きますが、あなたが業者から証文を取ってくるといわれるのは、貸金債権を自分に戻すことと解釈してよろしいですね」

証人は数秒考えた後、「わかりました」と答えた。

「裁判長」

「何ですか、弁護人」

「私はつい先夜、蒲田駅ビルのそば屋に行き、土田友子さんという従業員から、およそ三月前、ラーメンをたくさん残した青年がすみませんといって鉢を返したこと、その時刻が七時半頃だったことを確認してきました。その点について述べたいので、異例ではありますが、私を証人として尋問していただけないでしょぅか」

「はあー、あなたを、いまここで、ですか」

裁判長は呆れたようにいうと、両手を顔にあてがい、肩を二、三度揺すった。笑いをこらえているようだった。

「いまの発言で心証を取ったわけじゃありませんが、この耳で聞いちゃったことは聞いちゃいましたねえ。まあ、必要ないでしょう。以上、証人調べはこれで終わり」

裁判長はきっぱり宣言すると、声のトーンをがくんと落とした。

「さて、進行はどういうことになるのかな」

裁判長はそんな気楽なことをいい、左陪席のチャーリー・ブラウンと協議に入った。私も進行がどうなるのか予測がつきかね、懸命に頭を働かせた。検察はこのまま起訴を維持して判決まで行くのだろうか。無罪の危険を避けるため訴因を住居侵入に変更する手はあるけれど、公訴事実の同一性があるのだろうか。それが可能としても裁判員裁判の対象外になってしまうな。いずれにせよ、不同意にした書証をどうするかの問題も残っている。

ここまで考えたとき、検察官が「裁判長」といって起立した。

「次回終結の予定はそのままにしておいてください。被告人より新たな主張が出たこともあり、当方としても対応を検討いたします」

三日後、検察事務官より、月村に対する公訴を取り消すとの連絡があった。証文の原本を確認し、土田友子さんにも聴取し、他の証拠も綜合し、そう判断したのであろう。翌日、公訴棄却の決定が下され、夕方、釈放された月村が姉、甥とともに事務所へ礼に来た。姉さんは、小柄なころころとした体つきの人だが、円らな目が月村と瓜二つだった。自分は貧乏で新婚旅行に行けなかったが、弟が初めての月給でそれをプレゼントしてくれたと、息子の通訳で教えてくれた。

月村は無罪放免されたわけではない。住居侵入については自認しているし、風間の犯行がばれると、犯人隠避で捕まるかもしれないが、もうアドバイスする気などまったくなかった。私の月村事件はすでに幕を閉じている。今回も官憲を欺いたわけで、爽やかな後味など持てないけれど、死を目前にしたこの時期に変化に富んだ月村劇場を見せてもらったこと、天にいくら感謝してもしきれるものじゃない。


時期を同じくして背中の痛みが強くなった。今回のは遠い内部からくるようで、深海の大鮫が浮上し尾ひれをやたらと動かす光景が目に浮かんだ。朝一番に医院に電話すると、順一本人が出て、「午前中は例の役者を使ったあのやり方で我慢し、十二時半に来てくれ」といった。私に対し説明義務を果たすのに、少々時間がかかるのだろう。私はそれも計算したうえ、おふくろに電話した。「母さん、びっくりして死なないでくれよ。俺、膵臓癌を患っているんだわ、ほんとだよ。それで話があるから出てきてくれないか」。電話のときもこちらの倍ほど喋る人がぱたっと絶句し、時間と場所を告げると「うん、わかりました」とだけ返事した。外で会うのは、他の家族のいる所でひそひそ話をしたくないからだった。

今日の医師は診察をせず、体の具合だけをたずねた。「だいぶ疲れやすくなった。食欲もあまりないけど好きな物は食べられる。贅沢になって食費がばかにならない」「ヒレステーキのランク、上げたのか」「前頭三枚目から小結になった」「本格的にモルヒネを使うことになりますが、おさらいをしておきましょう」

私は阿片とアンナン娘に関するジョークをいいかけ、とっさに口をつぐんだ。医師の鼻の頭に、真摯さを物語る汗の粒が噴き出ていたからだ。

――この薬は癌患者の痛みを、百パーセントではないにしろ九十パーセントはやわらげることが出来る。のみはじめに吐き気が起こることがあるが一週間で副作用に対する耐性が出来ておさまる。眠気をもよおすが、これこそ主たる効能であり、また、重病人の睡眠時間が長くなるのは当たり前のことだ。ただし、過度の眠気は薬の量に起因するから医師と患者は連絡を密にする必要がある。便秘は必ず起こる副作用であり、つねに下剤は服用すること。

さて終末期の癌患者は「サイトカイン」による悪液質によって、ひどい倦怠感や食欲不振に陥ることがある。モルヒネはストレスや睡眠障害を軽減し倦怠感をやわらげる作用をするが、日常的に軽い運動、入浴、マッサージをすることが役立つし、食欲不振にはステロイドホルモンの投与もあるが、むろん口に合う物を食べるのが何よりだ。

この患者の場合、リンパ節、肝臓への浸潤が見られるほか、腹膜播種といって癌細胞が腹膜に散らばるように転移することが考えられ、そうなると腹水が溜まる。これは腹が張って大変苦しいもので、通常腹腔穿刺といって腹に針を刺して水を抜くのだが、栄養分も失い身体は消耗するし、一週間もするとまた水が溜まる。私はこの方法でなく、利尿剤の投与で水をしぼるやり方をとろうと思う――。

「先生」と私は右手を挙げ、講義を続けようとする医師の口をふさいだ。

「私の希望はたった一つです。自然死に近い状態で死なせていただきたいと、それだけです」

「私もそうしてあげたいけれど、それが一番難しいのです」

「せめて三年生きられるのならべつですが、ちまちま生きるための点滴だけはやらないでもらいたい」

「わかりました。なるべく希望に沿うようにやります。しかし、モルヒネが嚥下できなくなることと呼吸困難に陥る事態は想定しておかねばなりません」

「つまり楽な息をしながら阿片を吸飲するごとく安らかに逝くこと」

「そう、それに近づけたいのです」

順一医師はさらに説明を続けた。――自分だけで出来ることには限界がある。だから医療機器業者、訪問看護ステーションの協力を得てやってゆく。モルヒネを嚥下できなくなったときは、持続的に皮下に注入する「精密輸液ポンプ」を使用する。それで苦痛と呼吸は楽になるはずだが、加えて「在宅酸素療法」というものも準備する。お母さんが付き添ってくれるとしても、時機を見てステーションに看護師の派遣を要請する。自分は毎日曜のほか適宜往診するが、うるさがらないでくれ。おふくろさんがウイスキーの水割りを作ったりしても、断るような無礼はいたさない。なお、このあと薬局に直行し、そこで第一回をのんでくれ――。

「ありがとう」と私は礼をいい、ちょっと間を置いてから「先日お願いした事務員のことだけど」と、気兼ねを感じながらたずねた。

「そうそう、丸の内にオフィスのある先生が雇ってくれそうだ。面接の日を知らせるから履歴書をとりあえずこちらに送ってくれ」

もう一度礼をいい、玄関を出ようとしたら後ろから声がかかった。「今晩、河豚でも食いに行かんか」「いいね。河豚なら末期癌でも口に合うからな」。順一は赤坂にある料亭の場所を教え、診療の都合があるのだろう、時間は七時半にしようと一方的に指定した。

おふくろとの待ち合わせは午後三時、地下鉄白山駅入口である。その前にデパートに寄り、カステラを買い、それを後ろに隠し持って待っていると、五分後にやって来た。齢六十八、肥り気味の体軀ながら歩調は軽く、電話でショックを受けたようには見えなかった。元気そうなのはサングラスをかけているからかもしれない。薄い紫色の丸いフレームの眼鏡で、これに色の白さが加わり七、八歳は若く見えた。私たちはそばのセルフサービスのカフェに入り、歩道を向いたカウンター席に腰を下ろした。「コーヒーでいい?」「わたしが持ってくる」「いいからいいから。病人を甘やかさないでくれ」。コーヒーを運んできてから、私は世辞をいった。「サングラス、よく似合うよ」「ありがとう」「目が悪くなったの?」「これ、度は入ってないの。さっき買ったばかりよ」「何のために」「息子に母親の涙を見せまいと思ってね」。この一言でだいぶ気が楽になった。「それをかけていると、皇室御用達のマッサージ師にも見えるな」「それ、けなしてるんじゃないの」「ちがうよ。俺、母さんに毎日マッサージしてもらいたいんだ」

私はまず勝どきのマンションで看取りをしてもらいたいこと、それから治療の内容と緩和ケアについてさっきの講義を要約し、締めくくりに、余命についても言及した。この点について、おふくろに余分な神経を使わせたくないからだ。

「たぶん、あと三か月かそこらだよ。直感でわかるんだ」

私は視線を歩道にやり、窮屈な姿勢で隣の息づかいに耳を澄ませた。泣き声はしないがごそごそいう音がし、そして静かになった。たまらず横を見ると、眼鏡をはずし、ハンカチを顔に当てている。

「母さん、何のためにサングラス、買ったんだい」

「そんなこと……口に出していうもんじゃないよ」

鼻声でおふくろはいい、急に一オクターブ声を高くした。

「人間、死ぬのは仕方がないわ。けど一番心配なのは食事のこと」

「早晩食べられなくなるだろう。そのとき点滴なんかしてくれるなと順一にいってある。母さん、それまでよろしくお頼みします」

「何を食べさせればいいの」

「味付けは母さんの京風がいい。食材は築地の場外市場で買えばいい。魚屋、八百屋とも懇意だから、母さん連れてって、病気のことも話そうと思っている。きっと親切にしてくれるさ。ただし肉だけは地下鉄で三駅の人形町に行って、『今善』の上等のヒレ肉を買ってほしい。もちろん二人分だよ」

「わかった。それでほかには」

「ウイスキーも欠かさないでね。銘柄は『山崎』か『竹鶴』でね」

「酒なんか飲んでいいの?」

「往診の医師が水割りでアルコール消毒するんだよ。俺にも薄いのをね」

おふくろは、こんな緊迫したやりとりの間にも、コーヒーを空にした。

「もう一杯持って来ようか」

「とてもそんな気持ちにはなれないよ」

「ひとつ、頼みがあるんだ」

「ひとつだって……今までのは何だったのだろう」

「ぽん太に来てもらいたいんだ。母さん、説得してくれないか」

「自分でやりなさいよ。だけど、よけいへそを曲げるかもね」

「あいつと日向ぼっこしたいんだ」

「伊豆へ桜を見に行こうとでもいって連れ出すか。あとはあなたが責任を持ちなさい」

「あれはメスかなあ。オスならまだ説得しやすいんだが」

「衣類や布団を運び込まなくちゃね。いま合鍵持ってる?」

「はい、アパートの鍵貸します。母さん以外、女を入れたことがない神聖な場所だよ」

「そんなこと、何の自慢にもならないわ」

これで、一つの大任を果たし、店の前でデパートの包みをおふくろに渡した。

「母さんの好きなカステラさ」

「これ、くれるの? 何かのお礼?」

「そう、これから世話になるから」

「料理人の給料ね」

「マッサージ料も、洗濯や掃除の労賃も、とにかくすべて」

「へえー、そういえば重いわ。で、過去の分は？」

「俺、何か世話になったっけ」

「あなたを養育しましたし、落っこちた京大の受験料も立て替えたままです」

「それもカステラに含めます」

「ぽん太の預かり賃も？」

「そう、もちろんそうですとも。まさか母さん、カステラじゃ不足だとおっしゃるのですか」

おふくろは「わーいわーい」と包みを三度ばかり高く持ち上げ、「あ、り、が、と」と低い一音一音をこちらに吹きつけ、わりと軽い歩調で帰っていった。

事務所に四時半に戻り、茶を淹れに立とうとする女史に「話があります。そのままそのまま」と腰を下ろさせた。彼女の机の横に立ち、「急なことですが、私、今月で事務所をたたみます」と前置きし、要用をすべて、間を置かずに話した。初め目をみひらいて謹聴の姿勢をとった彼女だが、病名を告げたとたん両手で顔を覆い、この人らしくない、かぼそい嗚咽の声を洩らした。涙が指の間から溢れ、腕へ、首筋へとたくさん流れ落ちた。私はそのさまに感じ入りながら懸命に感情を抑制した。どうにか平静に話し終えると、そっと彼女の肩に手を置いた。

「あなた、丸の内の法律事務所にチャレンジしてみませんか。採用の見込みが大ですので、あなたが望まれるなら履歴書を準備しといてください」

二つ目の大任を果たすと、私はソファに身を横たえ、ほどもなく眠りに入った。目が覚めたら六時を過ぎており、たいてい五時半には帰る女史がまだいるのに気づき、声をかけた。

「だいじょうぶ、まだ生きています。早く帰んなさい」

「は、はい」

女史が出て行くと、とたんに体が沈下してゆく感覚をおぼえた。すーっと、どこまでもという感じだが、ソファの底が抜けたのじゃないようだった。女史が分厚い法律書で補強をほどこしたのだから、これは自身が刻々に脱力してゆくのである。それにしてもこれは止めようのない現象だ。私は抗う力もなく、ぺちゃんこの風船になってしまった。

月村事件も終結し、残る仕事は法律相談と調停委員の二件だが、これも辞任すればすぐに補充されるだろうから心配することはない。

もう私にはやるべきことが何もなくなった。この世において、もう何も……。

私はソファを起ち、窓辺へと歩を運んだ。お向かいの税理士さんのしょぼくれた姿を見ようと思いつき、この魂胆、卑しいなと思いながら足の行くにまかせ、窓まで来た。

と、不思議なことが起こった。向かいの明かりがしだいに弱くなり、あれっと窓に目をくっつけると、同時にすーっと、潮が退くように消えてしまったのだ。いったい、オフィスの電燈がこんな消え方をするだろうか。今の現象はこちらのおわりを知らせる、あちらからのサインではないのか。

まさかと思いながら、またソファに横になった。このままずっとずっと眠っていたい、この期に及んで河豚なんか食べたくはない。私は出かけるのが心底厭になった。

それでも七時にモルヒネをのみ、タクシーを拾い教えられた料理屋に出向いた。ここはかつて二つの繁華な通りに跨る、黒板塀の料亭だった。今はビルにかわり、三階より上はオフィスになっている。仲居さんが玄関に出て「百田様でございますね」と心得顔に二階の十二畳まで案内した。「急患が出来て三十分遅れると連絡がございました。何かお飲み物をお持ちします」。いわれて私は少し考えた。モルヒネとアルコールというのは親和するのだろうか。開高健の本に、阿片は酒精に出会うとたちまち効果が消えてしまう、とあったのを思い出し、モルヒネの効果が消えぬよう、酒精の弱いビールにしておいた。

通された部屋は自分にはたいそう贅沢な場所に思われた。透かし彫りの欄間、南天の床柱、胡旋舞を描いた掛け軸。バルコニーには雲のたなびくような松の盆栽、橙の灯を点す灯籠など。

三十年この方、奇遊会のときも順一と二人のときも、こんな所で遊んだことはなかった。同業者との会合にしてもこのクラスでやることはなく、どのぐらいの勘定になるのか見当がつきかねた。まあ、割勘だから財布の金でぎりぎり賄えるだろう。

私は気楽に構え、仲居さんのお酌で一杯目のビールをじわじわと飲んだ。二杯目を注いでも仲居さんはいっこうに場を離れようとしない。ここに至って自分が順一の客として扱われているようだとやっと気がついた。順一は自分持ちで俺に河豚を食わせようというのだ。つまり彼は……最後の晩餐を俺のために設定したのだな。そうか、そうだったのか。

食思の衰えた俺に淡泊な美味を食わせてやりたいと、それだけかもしれないが、やはりこの座敷、特別の席に思える。どうして順一がこんなことを、このようなたいそうなやり方をしなきゃならないのか。

私は不愉快になった。非常に不愉快になった。これまでずっと、死の近いこの患者に対し、軽症患者を遇するごとくであったのに、なぜなんだ、なぜ焼鳥じゃ駄目なんだ。これじゃ、死を突きつけたも同然ではないか。

ようやく仲居さんが腰を上げ、時計を見ると二十分たっていた。このままでは順一とまともな会話が出来そうにないし、席を蹴って出て行くことにもなりかねない。その前にこちらから姿を消そう。言い訳は、あとで何とでもつくだろう。私はそう思いながら、ためらいにもとどめられ、十二畳を何周かした。

やっぱり帰ろう、そういう方法でこの不快を知らしめてやろう。

そう決めて、座椅子の横の鞄を取ろうとしたとき、「すまん。すまん」と順一が入ってきた。

「二回目のあれ、飲んでくれた?」

「ああ、七時ちょうどに」

仕方なく私は座椅子に坐り直した。すぐに仲居さんが注文を聞きに来た。「河豚のコースで頼みます。それでいいよね」と順一が私に念を押した。ほとんど素通りのような聞き方だったので、「俺そんなに食えない、鍋だけでいい」と異論を挟んだ。「ま、いいからコース二人分」、順一は一方的に決め、「お飲み物は」の問いに、ちらっと私のほうを窺い、「こちらもビール」といった。

「ひれ酒を頼めばいい」

「うん、まあ、今日はやめとこう」

「こっちに気なんか遣いなさんな」

「そうか、じゃあひれ酒を」

仲居さんが出て行き順一と向き合うと、平静ではいられなくなった。

「たいそう高級な店だな。よく来るのか」

「ま、ときたまね。おやじの代からの馴染みだから」

「奥さんもつれてくるのか」

「ああ」

「子供たちもか」

「ああ」

「いいなあ。君は仕合せだ」

思わず出た言葉だったが、これが拍車となって抑制がきかなくなった。

「料理のことで、頼みがある」

「どうぞ、何でも注文してくれ」

「肝が食いたい」

「えっ、肝って、河豚のかい」

「そうだ」

「そりゃ、駄目だ。無茶をいうなよ」

「大分じゃ、おおっぴらに食わせている。ちゃんと洗えば何でもないさ」

「ここじゃ出さないよ、絶対に」

「順一、今日は最後の晩餐じゃないのか、最後の……」

「そんな……」

「最後の晩餐にちがいないさ。順一、俺はな、この世でしたいこと、出来ることが何も残されていないんだ。たった一つを除いては」

「その一つって、何のことだ」

「河豚の肝を食うことさ。君は顔が利くんだから店を説得できないわけはない。やる気さえあれば」

「草平、どうしてもか。食って、もしものことが起きたらどうする」

「俺はもう何か月の単位でしか生きられない。河豚で死のうが膵癌で死のうが知ったことじゃない。河豚で死んだときは、鈴木医師が膵癌の死亡診断書を書けばこの店に迷惑がかかることはない。な、頼む、女将に事情を話して説得してくれ」

　順一は食卓に置いた手を支えに立ち上がり、戸の方へのろのろと歩いた。途中立ちどまってこちらへ向き直り、「草平、本気だろうな」と念を押した。私は「当り前さ」と強気に答えたが、このとき順一の目がきらりと光るのを見た。後で思い返すと、あれは眼鏡に何かが反射したようにも思えるが、表情がひどく悲しげだったので、涙に見えたのかもしれない。ともかく私はこの場にいたたまれなくなった。私はパス入れから名刺を出し、ちょっと歩いてくるとだけ認《したた》め、食卓に残した。そして玄関にいた店の人に「そこまで用足しに行きます」といって靴を出させた。

それからは、どの方向へ行くのか、どこを通っているのか、つい目の先も見ていなかった。順一にすまない気持ちと慚愧に堪えない思いで頭がいっぱいだった。

私は歩くというより速歩、いやそれどころか駆けているのに近かった。むろん身体に対する顧慮など無く、ただやみくもにそうせずにはいられなかったのだ。

私は逃げようとしているのか。何かに向かって急いでいるのか。残り少ない活力を一気に蕩尽しようというのか。

さすがに私も、肺が破裂するのは怖く、数メートルだけ歩度をゆるめ、ちょっと立ち止まり、また走りだす。通り過ぎる街はどちら側も飲食店がならび、明るかった。赤、青、黄の光が目の中で揺れ、明滅し、シャボン玉みたいに吹っ飛んだ。

色んな音が切れ切れに聞こえた。ざわざわと波が砂礫をさらう音、犬の遠吠え、すぐ近くのクラクション、二度ばかり人にぶつかりそうになり罵声を浴びた。

そんな中で私は、順一すまなかった、なぜ俺はあんなことを、と胸のうちで言い続けた。声に出そうになるほどその言葉ははっきりとし、くりかえすことをやめなかった。

だのに私は何度目かに歩度をゆるめたとき、ふと気づいたのだ。なぜ俺はこんな目にあわなきゃならないのか、俺だけがこんな目に、といいそうになっている自分に。

たぶん息が苦しく限界に来ていたのだろう。私は足をとめて呼吸を整え、そんな自己憐憫を頭から追っ払った。そこはもう乃木坂の坂道の途中で、さて今からどうするかと考え、ようやく鞄を手にしてないことに気づいた。中は空っぽ同然だからあわてることはなく、私はかえって冷静になった。今更料亭へ戻れる義理でもないし、体もひどくしんどい。そのうえ眠気もさしてきたので、ポケットから携帯を出しメールを打った。

「フグ肝を目に浮かべながら散歩していたら、薬が効いてきて眠くなった。そちらへ戻れないので、座椅子の横の鞄は預かってくれ。明日事務員に履歴書持参で取りに行かせる。今夜は大変失礼した。猛省しつつ、二人分のコースがどうなるのか心配している。俺のかわりに奥さんが呼ばれることになったらよろしく伝えてくれ。ではおやすみ」


大したことはないけれど、吐き気がする。順一医師はこれについて「一週間ほどでおさまるよ」と気楽なことをいっていた。今日はモルヒネをのみだしてから五日目で、日曜の夕食会がある。朝食の席で、本日は例外的に千円の仕切りを取っ払い、但馬牛のスキ焼とします、教え子が毎年送ってくれるんでね、と元じい、得意顔で予告した。ひょっとしてその肉、霜降りではなかろうか。私はそうでなければいいがとひそかに祈った。

モルヒネはたしかによく眠れる。今日も二時間近く昼寝をし、しまいに変な夢を見るまでは熟睡していた。その夢は桜の花吹雪ではじまり、それが川面に花筏をつくると、どこからかモーツァルトの喜遊曲が流れてくる。そしてそれが急にアレグロに転調し、水面に速い渦巻が現れる。花びらはみんなそれに呑み込まれ、くるくると舞い、やがて一輪の大きな花びらに変容する。紅と白のまだら模様の薔薇の花びらである。「さあ食ってくれ、遠慮なく」とその声は順一、場所はあの料亭らしい。「俺は食べない、俺はここにいないはずだ」と私は懸命に抗弁し、夜の街へと逃げ出してゆく……。

よく考えると、これは変な夢などじゃなく、ちゃんと辻褄が合ってるようだ。まだらの薔薇は霜降り肉にちがいないし、先夜の振舞を私は後ろめたく思っているからだ。

やはり悪い予感どおりであった。たいそうにもそれは伊万里の皿にのせて盛り上げられ、紅白の生身をてらてらさせていた。私は視線をそむけ、深呼吸をした。

元じいは巧みな手さばきでスキ焼を進めながら、肉の送り主の話をした――自分が高校の英語教師になりたての頃、担任のクラスに飛びきりハンサムの少年がいてね、面長な色白の顔に、讃美歌を歌わせたくなるような、品のよい紅い唇をしていた。だのに頭はつるつるに剃り上げている。「なぜ君は」とたずねると、「登校が嫌なので気持ちを励ますために」と答えた。「全部自分で剃るのか」「いいえ、耳の周りは母にやらせます。断って泣かれるのは嫌ですから」「大きなリュックサック背負ってるが、何が入ってるの」「古語辞典と英和辞典と漢和辞典」「それ、全部読むのか」「いいえ、一字も。ただの重荷として背負ってるのです。本当はオスのトラ猫を連れてきたいのですが、先生いいですか」「英語を話す猫ならいいよ。助手にするから」。この少年、テストをすると、文法は落第点なのに英文和訳は百点だった。「これ、わざとやったのか」と詰ると、「こういう生まれつきなんです。音楽も楽譜は読めないのにメロディは一度で覚えます」と豪語した。それで彼を下宿に呼び、カントリーウエスタンを原語で聞かせ、翻訳して歌ってみろといったら見事やってのけた。「じゃじゃ馬娘がロデオに出れば、ブラウス破れ胸がポロリン」などとね。今は関西の私大で英語を教えているよ――。

スキ焼が出来上がると、じいは皆の鉢に、肉もあしらいもまんべんなく取り分けた。私は肉を残して気を悪くさせてはと、「腹具合が悪いんで、肉、敬遠させてもらいます」とことわり、伝ちゃんの鉢へ肉を移した。じいは数秒間私の顔を凝視し、つと目をそらすと「伝ちゃん、食って食って」と場を取りなすようにいった。私はじいのおごりの小ビールをちびちびと飲み、焼豆腐や白滝には箸をつけ、それも胸につかえぬよう少しずつにした。鍋の立てる匂いを我慢するのが精一杯だった。たぶんじいは日本酒も用意していたはずだが、私に気を遣ったのか、無しで済ませた。会が暗くなってはまずいから、私はタイムリーなクイズを出した。「わが腹痛の原因は何だと思う?」「はい」と伝ちゃんが手を挙げた。「お腹に虫がいるんですよ。先生、覚えありませんか」「信州で蜂の子を食ったことがある。あれが成長したのかな」「きっと、トゲトゲのある虫ですよ」「ダンゴ虫ならいいのになあ。あれ、丸まっちくて大好きさ」「たぶん、外来種の虫ですよ」「それ、どこから来たんだい」「ガラパゴス諸島からです。背中に、トゲトゲがあるもの」「ふーん。それで一龍斎先生、その虫、あの島でどのように棲息しているの」「ウミイグアナの背中に寄生しているのです。宿主と同じ形状をしてね」「日本にはどのようにして?」「都知事がファーストクラスに乗っけてきたんです」「自腹を切って乗せたのかい」「いや、表向きは公務出張でしたよ。それだから報告書をちゃんと書きました。『はるばる来たぜガラパゴスから』というタイトルで」「それでその虫、日本に着いてどうしたの」「知事にどこへでも行けと放り出され、しくしく泣いていると、新橋に面白い所があると教えられたのです」「まさか、わが事務所のはす向かいのあそこじゃなかろうな」「そのとおり、あのキャバクラです。先生、夕方ソファで口を開けて眠りこけたこと、ありません？」「わかりきったこと、聞くもんじゃない」「浪漫法律事務所を、その虫、キャバクラと間違えて入り、先生の口の中に飛び込んだのです。ガラパゴスで生き延びたにしてはあわて者ですよね」

伝ちゃんの一席、スマートに落ちた所で、拍手が起こった。一番大きく手を叩いたのは講釈師の当人、その次は私で、あとの二人は儀礼的に見えた。元じいも真世も、右のやりとりの間一言も挟まず、ときおり私を気づかわしげに見やった。ただの腹痛ではないと、異状を感じとったようだった。

食べるほうでも伝ちゃんの口は旺盛に活動し、伊万里の皿はついに空になった。頃合いを見ていたのか、元じいが来週の予定を発表した。大学の友人と、土、日の二泊で南九州へ行くから、朝食と日曜の夕食は各自好きにやってくれ、なお私は確信している、あるじがいないからといってここのルールを破る不届き者などいるはずがないと。

10

八王子の商工会議所で、私にとって最後の法律相談があり、四時半に終わった。普通どおり京王線に乗り、しばらくはぼけっと車輪の音と振動に揺られていた。人生のすべてが電車まかせみたいな塩梅だったが、事務所に寄ろうか田伏邸へ帰ろうかと考えだしたとたん、胸の動悸と息苦しさを覚えた。痛みに対する予防はちゃんとしているから、何か別の心理性のものなのか。私は酸欠の金魚のように喘ぎながら、ともかく外の空気を吸おうと決め、下北沢で下車した。

駅の周りをゆっくりひと巡りすると、呼吸は落ち着き気分もよくなった。私にとって学生時代以来のこの街は、初めて来た土地と少しも変りなかった。ここには昭和があり、国籍不明化した現代があり、それが仲良く肩をならべ、色彩豊かな多様な文化的雰囲気を醸していた。驚いたことに小劇場が六つもあり、その中の七時開演のチケットを、私はほとんど衝動的に買った。「悦楽園」というタイトルに何かうさん臭さを感じながら。

どこかで腹ごしらえをと駅の方に戻ると、学生街の洋食屋といった風の店が目にとまり、中に入った。カウンターに腰を下ろし、生ビールの小と、エビピラフを「少なめに」と頼み、食後にコーヒーも追加し時間をつぶした。

劇場に入ってまず感じたのは一種の親しみと、これとは逆の疎外感だった。一階のみの客席は百五十にも満たない、村の芝居小屋のような空間。そこを七分がた埋めているのは自分よりはるかに年少の若者たちだった。

幕が開いた。舞台装置はごく簡単で、中央の仕切りを挟んで左側に一組の応接セット、右側にベッドが一つ、照明は左が淡いブルー、右はピンクで、役者は男二人に女一人、後にもう一人女が加わった。

初めの一、二分で私は、三人の男女はシェアハウスの住人で、三角関係にもあるようだと察しがついた。男はピエールとトキムネ、女はクレアといい、名を呼び合うときの狎れ狎れしさが関係を窺わせる仕掛けになっているのだ。三人は左の部屋にいて、「さあ、ソファで寝る人を決めましょう」のクレアの一言で尻取り遊びを始めた。まずクレアが「イベリコ豚の短いしっぽ」と発し、次にピエールが「ポリバケツにちょろちょろおしっこ」、続いてトキムネが「ここを過ぎてソドムの街」という具合に何巡かし、トキムネが答えに詰まった。罰として彼がソファに寝ることになり、服を着たまま横たわり、クレアが毛布をかけた。

それから彼女とピエールは右の部屋に行き、下着だけになってベッドに上がると、脚を布団に入れ、上半身はヘッドボードにもたせかけた。その恰好で二人は、どちらが先に下着をとるかについて、「俺は銭湯でもこれ以上脱がない」とか「裸になると、あたし欲望が萎えてしまうの」とか珍妙なやりとりを長々とし、その間、隣の様子に聞き耳をたてているトキムネはひとつひとつ衣類を脱ぎ、ついに褌らしきものを放り投げた。と同時に毛布の一箇所が勃然と隆起し、「あーあ」の声とともに毛布が上下動した。そしてこの動きが痙攣的に激しくなり、トキミネの声が絶頂に達した。ゴーンゴーンと録音の鐘の音が響きわたり、右の二人がベッドに立って鐘をつく所作をしていた。

第二幕も趣向は一幕とかわりなかった。尻取りの文句が「ふにゃチン男の千人斬り」「リュックのポッケにコンドーム」「無毛、ああ無毛のわがデルタ」と下ネタになったのと、ピエールがソファに寝る番になったのがちがうだけだった。

第三幕は思ったとおりクレアが敗れ、三人はこちらの期待どおりベッドに上がり、布団にもぐりこんだ。観客のために、布団がめくられ悦楽園が始まるのは時間の問題だろう。たしかにそれはじわじわと足の方へめくられていった。しかし役者は上着をつけたまま、ベッドのなかで、こんな台詞を喋りまくるのだ。「男のペニスは存在論からいえばミミズとかわりはない」「憲法九条を読もう。インポテンツを正当化するために」「甲子園の始球式で、文科相よ、お前のバナナを投げろ」。クレアがベッドを降り、真直ぐ観客を向き、透明な声で告白する。「あたし、レズなんだ、こうしてはいられない。ユズちゃん、出ておいで」

ユズが舞台に現れ、ベッドのわきで一枚一枚脱いでいくと、クレアも右ならえし、ともに全裸になってベッドに入り布団をかぶる。男たちはというと、左の部屋へ移り、これまた全裸になってソファに横になり毛布をかけた。

何が始まるのかと注視していると、右の照明も淡いブルーにかわり、海辺の夕暮を想わせる音楽が流れだした。ドビュッシーであろうか。布団にも毛布にもわずかな動きさえ無く、一言の台詞も無く、客席もしーんと静まりかえった。これが五分ほど続き、照明が消された。

数十秒後、レモンイエローの照明が点され、四人はお揃いのずんどうのワンピースをまとい、手をつないで舞台中央に並んだ。

ハレルヤ、ハレルヤ……。

劇場空間を吹っ飛ばすように、ヘンデルの合唱曲がとどろきわたった。四人は手をつないだまま、膝を上下させ、床を踏み鳴らした。たったそれだけの所作を、速度と強弱によって舞踏の域へと高めているのであった。ハレルヤのところはとりわけ、高速、強打がぴたりと合っていた。私はふとハレルヤの声がまわりから聞こえるのに気がついた。客席を見ると起立している者がたくさんおり、この状況は私にも感染し、終わりのハレルヤは私も椅子を立ち大声で歌った。私はとても仕合せな気持ちで劇場を後にした。


モルヒネはわが心身の暗部に対し、的をあやまたず、しっくりと作用するようになった。私がこの世で経験したことのない安らかさ——愛する女が健やかな寝息を立てるのを、聞くともなく聞いているが、セックスの記憶は霧の彼方に霞んでいる——とでもいうようなのどかさ。

グレアム・グリーンは『インドシナ日記抄』(田中西二郎訳)の中に阿片の経験をこう書いている。「……二服すうと、わたしは何となく睡気をおぼえ、四服すったあとでは神気とみに冴えて、しかも沈静した——不幸とか未来への恐怖とかは、何だか昔はひどく大したことに思ったのをおぼろげに憶えているといったようなものになってしまった」

私もほぼ毎晩のようにこれに似た気分を味わっている。眠気があるのに頭が冴え、愉しかった過去のひと齣ひと齣が脳裡に浮かんでくる。モルヒネを服用する前はこんなじゃなく、愉快な思い出は未来を絶望させるだけの厄介物だった。今はそんなことにならず、未来は現在の安らかさの中にぼんやり霞んでいる。

愉しい思い出に一番よく登場するのは針谷繁・多恵夫妻である。私が知り合ったとき繁氏は六十台半ばで、目鼻立ちの整った端整な顔に、ジャーナリストらしい精悍さが残されていた。多恵さんは対照的に頬がふっくらして可愛かった。初めて家にお邪魔したとき、多恵さんは庭にいて、私をやわらかな笑みで迎えた。目のふちのしわが笑い、輪のように頬にひろがり、日を受けた銀髪がキラキラ輝いていた。

二人はエールフランスに乗り合わせ、それから針谷氏の誘いを多恵さんが振り続け、一年半後東京駅で三度目の出会いをするのだが、多恵さんが四度目はあるかしらといったのを機に、二人は四度目の偶然を画策する。「十二月十七日午後五時日劇のプレイガイドにボリショイ・バレエの切符を、たまたま、買いに行くかもしれません」と言い合うのだ。

この日の成り行きは夫妻に何度も聞かされ、また繁氏が綴った文章も見せられ、わりと精確に記憶している。例えば、日劇前を歩きだすと、すぐに雪が降りはじめる……。

「わたし、転んで骨折したらどうしましょう。来月パリへ買い付けに行く予定なの。ヌーベルバーグのハチャメチャな映画をね」

「僕に腕を回し寄っかかってれば大丈夫さ」

「あなたのようにきりっとした二枚目は、案外先にこけるものよ」

「デパートで、二枚目に合う長靴を買うとしよう」

「今履いてる靴、ぶら下げて歩くの？」

「デパートで新品のように包装してもらうんだ」

「それ、何年履いてるの？」

「五年ぐらいかな。僕がいかに怠惰な記者かわかるだろう」

「それを包装してもらって、クリスマスプレゼントのシール、貼ってもらいましょうよ」

二人はデパートに行き「カンジキありますか」などと店員をからかってから交詢社の隣のバーに入る。

針谷氏に一つ気がかりなことがあった。東京駅で会ったとき多恵さんがつづらのような荷を担いでおり、それを彼女は、毎月東寺の市へ古着を買いに行くのだと説明した。このとき彼女は腹ペコだったのだが、針谷氏にはひどくやつれた姿に見え、多恵さんの担ぐ古着が、それを着た女の苦労ともども彼女にのしかかっていると思えてならなかった。

針谷氏はウイスキーで気合を入れてから、気がかりな点を質した。

「君は何のために古着を集めているのですか。投資のためですか」

「いいえ」

「美学の論文でも書くのですか」

「そんな大それたことじゃありません。ただ好きで集めているのです」

「それを活かしたらどうですか」

「古着をですか。どう活かすのです」

「古着で得たもので新しい織物を織るのです」

「わたしが、織物をですか」

「機織に限ることじゃない。新しい展望、新しいデザイン、新しい勇気、新しい希望、新しい果実」

「……」

「僕はそのためにあなたの力になりたい。あなたの終生の友となりたい。偶然であろうとなかろうと、何度でも何度でも出会いを重ね」

だしぬけに多恵さんがシャンパンを飲みましょうと言い出した。「ここはラムネじゃなくて本物だよ」と針谷氏は止めようとしたが、「ボーナスもらったんです。あなたにはわがままばかりしたからお詫びしたいのです」と聞き入れず、マスターにシャンパン・リストを持って来させた。若い女が生意気なと思ったのだろう、顔を曇らせたマスターだったが、いちいち値段を確かめる彼女の真率さに動かされ、これがよろしいでしょうと手頃な値段のを勧めてくれた。上質で優雅な味だった。泡は金色に輝き、ふつふつと湧きつづけ、胸の想いと共感しているようだった。

二人は無言の乾杯を何度か交わし、見つめあい、微笑みあった。そして一本をきれいに空にすると、マスターに「ありがとう」といって外に出た。

さて、ここからは雪の銀座のフィナーレである。その文章を繰り返し読んだ私は一字一句、脳裏に刻み込んでいる。

——表に出ると雪はもう踝の上まであり、ネオンの中の雪片が光に群がる小虫のように見えた。私と多恵は腕を組み合い大通りに出、尾張町へと歩いた。さすがに今日は人が少なく歩行ものろのろしているが、私たちは雪を跳ね上げ、闊達に進んだ。古靴を履いた私も来月パリへ発つ多恵も、骨折なんか何のそのであった。

水底のような静けさを、尾張町まで来ると、雪はいちだんと密になり、都電の鳴らす警笛が間の抜けた半鐘のように響いた。

あちらもこちらも、灰色がかった白の世界。そのとばりの中、角の時計台や銀座教会が見え隠れし、やりかけて投げだしたデッサンのようだった。

日劇の前まで来ると多恵が足をゆるめ、「フランス語で知ってる言葉、ほら、たった一つ知ってる言葉、いってみて」と甘えるようにいった。

「エトランゼ」と私が答えると、「そうね、今夜のわたしたち、エトランゼよね」と調子を合わせた。

そう、たしかにこの街は私たちにとって初めて訪れる街にちがいなかった。この街のどの建物もどの道筋も街灯も何もかもが、ようやくここに到着した自分たちを、初めての顔をして迎えているのだ。

「だけどわたし、もうエトランゼではないわ。あなたとこうしていられるのだもの」

腕に回した右手を多恵はほどき、私の左手を握りしめた。私はそれをつよく握りかえし無言で応えた。

そうだ、この街は初めてだから、どこへ行くか場所の名を答えることは出来ないけれど、自分たちは知っている、二人がどこへ行くのか、それがどこにあるのかを知っている。あそこ、あの鉄橋を渡る列車よりもはっきりと、それがどこに行くのかを——。

ああ人生は素晴らしい、何と何と素晴らしい……胸につぶやきながら、私はことんと眠りに落ちた。


土曜日、元じいは予定どおり旅に出た。

昼食に、卵うどんを作り、食後ベッドで寝ていたら、ドアをノックされた。伝ちゃんが青い顔で腹痛をうったえ、吐き気もあって「死にそうです」という。「ほーう、まだ死ぬなよ」といって鈴木医院に電話するとさいわい順一医師がいて、すぐに連れて来いと命じた。真世も部屋にいたので彼女もさそい、伝ちゃんを医院へ運んだ。私の想像したとおり病名は虫垂炎で、手術が必要と判断した医師は近くの病院を手配してくれた。「先生、この患者、ガラパゴスのウミイグアナを食ったようです」「ははーん、病原はそれですか。念のため、あなたたち病院まで付き添ってください」。順一は私と真世を深遠な目つきで見た。何か誤解したらしい。「先生、救急車を呼んでください」「その必要はないので、タクシーを呼びましょう。ただし病院に着いたら救急外来に行ってください」

その病院は著名な内科医がいることで私も知っていたが、当番の医師がのんびり屋なのか、意外に診察が長びいた。

「伝ちゃん、入院の必要なしと診断されるかもね」

真世が不安げに声を落としていった。

「同じことを、二人で心配してるんだな」

くすくす笑い合ってると、当人が現れ、「手術は月曜ですが、痛みが増すと困るので入院することにしました」と告げた。とりあえず実家に連絡させ、明日母親が上京するとの返事を聞き、私はほっとした。このあと入院手続きや何かでまた時間がかかり、六人部屋におさまった伝ちゃんに「それじゃ」と帰ろうとすると、「携帯の番号、教えてください」と頼まれた。「何のために」「僕、危篤になるかもしれませんし」「そのときは自分でかけてくださいよ」「真世さんも、お願いしますよ」「なぜ二人ともなの」「百田先生だけじゃ、心もとないです」。私は寝台の脚に向かって一撃、キックを放った。

もう五時に近く、私も真世もだいぶ前から夕食の心配をしていた。簡単なもので済ませることにし、地下鉄で銀座に出、デパートに寄った。ポテトサラダに小鯛の雀鮨、それに好物のソラマメが申し訳程度ならべてあるのを発見、あわてて買った。「お酒、どうします」「赤ワインを一本買おう」

手を加えるのはソラマメだけだから、帰って間もなく晩餐が始まった。食器やグラスは元じいのを借りようと気楽に決めながら、食堂を使うのは聖域を侵すような気がし、応接間にしておいた。このけじめのつけ方は何だか変だが、ともかくソファに二人で居るのは気持ちよかった。

真世は洗い晒しのジーンズに白のブラウス、濃紺のベストと地味な装いに、口紅だけが妖しく目立った。受ける明かりによってローズ色が銀をおびたり、暗い紅に変化したり、ほっそりと蒼い首筋に抗っている。

ワインを半分ほど飲んだ頃、「伝ちゃん、まさか、帰って来ないよね」と自身へ聞かせるように真世がいった。「手術は月曜だそうだから、今夜は危ないな」。私はそういうと、食堂からグラスを一つ持って来た。「彼が戻ってきたら、これに注いでやろう。君の帰りを待っていたという顔をして」「それはいいや」「きみきみ、伝ちゃんのグラスに注いでどうするの」「伝ちゃんの分、わたし飲んじゃいます。そうしたら彼、帰るに帰ってこられないでしょ」。真世は伝ちゃんのグラスを瞬く間に空にし、「ねえ先生」と私の膝に手を伸ばし、軽く揺さぶった。「彼、さびしくなって電話かけてくる、と思いません?」「それはあり得る」「わたし寝込んでいて音が聞こえなかったらどうしよう」「彼、さびしさの果てまで行ってしまうよ」「先生にも電話して、先生も電話に気づかない、ってことあるかな」「同じ寝室なら、どちらかが気づくんじゃなかろうか。あれっ、いま何をいったんだ」「先生、それしかないのじゃありません。伝ちゃんにさびしい思いをさせないためには」。真世が肩を私の方に寄せ、どきっとしたときは腰も密着させていた。私は物理的窮屈さと皮膚の快感を同時に味わいながら、一緒に寝るにしても、電話に起きるためだぞと自分に警告した。

私は田伏邸のメンバーになったときから酒が弱い。それを、真に受けている真世だから、「さあさあ」とけしかけ、伝ちゃんのグラスに残りのワインを満たした。

「ちょっと失礼」と私はトイレに行くふりをした。モルヒネをのむためで、ここから先は急ぐ必要がある。薬がつむじを曲げて私を睡眠地獄に追いやる前に、同衾態勢を整えねばならない。戻るとすぐに、ジャンケンをしようと提案した。

「何を賭けるの」

「私が勝ったら、私の部屋へ君が来ることになる」

「わたしが勝ったら？」

「お互い、おとなしく自分の部屋で寝よう」

「先生、何を出します？」

「いつも最初はグーだ」

私たちはジャンケンをし、私はグーを、真世はチョキを出し、勝負は決した。二人は後片づけをし、下の戸締りも確かめ二階へ上がる途中、こんな会話をした。「今からシャワーを浴びるけど、君は？」「もちろん私も」「それから私はある目的のため、何も身につけず寝ようと思う」「どんな目的」「全身の毛孔が開いて伝ちゃんの電話に聞き耳を立てるように」

私はそそくさとシャワーを浴び、言葉どおり素っ裸で寝台に入り、サイドテーブルの明かりを弱くした。待ち遠しくて、誰も来ないような気がしだしたとき、ドアがノックされた。「どなたでしょう」と大声でいい、薄目を開けてそちらを見ると、バスタオル一つの真世が入ってきた。まだアメリカ映画に節度があった頃の胸の上まで隠す、あの巻き方だった。「キーはロックしないでいいの」と真世がたずねた。「かけなくていいよ。じいが突然戻り侵入してきたら、ぺちゃんこになって謝ろう」

目をつぶり、これからどうするのだと自問していると、答えより早く真世が隣に来た。肩と肩、腰と腰がじかに触れ合い、耳に入るのは、何かたゆたうような、裸身の真世の息づかいだった。普通ならこれでしっかり勃起し、あとは本能のままに進めばよい。だのに現実の立像はうつむき気味で、屹立へと発展する気配も感じさせなかった。これはモルヒネのもたらす平安が分身にも及んでいるのだ。

「伝ちゃんの電話、遅いなあ」

その場しのぎでいってみたけど取って付けたようで、真世から応答はこなかった。

何十秒かの後、「先生、抱いてください。ね、わたしを抱いて」ちょっとかすれた、ひくく歌うような声に、私の腕が動きそうになった。とっさに私はその腕を、もう片方で押さえ、「君はレズなんだから、無理しなくていい」と声に冷たさを含ませた。

「先生は別。わたし、出来ると思うの……」

「仰向けに寝るのが好きな雄猫とレズの雌猫。それでいい、それで十分ハッピーだ」

「でも……」

風が出てきたらしく、窓を叩く音に雨がまじり、波が小石をさらう海辺の光景が目に浮かんだ。これはどこの海？　と暢気なことを考えていると、ざあーっとひと吹き強い風が窓を打ち、景色が一変した。何の湾曲もない、石ころだらけの海岸が果てもなくつづき、海は波の鎧をまとい、ごっそりと石ころをさらってゆく。刻々に、そして限りのないように。

私は怖気をふるい、反射的に体の向きを変えにかかった。このとき真世は真世で、行動の寸前だったらしく、それが私より一瞬速かった。上を向いたまま、彼女の手が私の右手をつかみ、胸の上に持っていった。私の手は、指を開いたまま数秒間、乳房の上に静止した。これから、手に何をさせようかと思案しながら、窮屈な姿勢だけどこのままでもいいな、と迷ってもいた。

「ああ」

真世がそんな声を洩らし、私ははっとして手を離した。その声が性の喜悦から出たのではなく、悲嘆の声と感じとったのだ。血流が悪くなったせいか私の手はひどく冷たい。そのことばかりか、ひょっとすると彼女、私のことを気にかけていたのではあるまいか。私を浅草に誘ったのも、先日の会食で気づかわしげに私を見ていたのもそうだ。忽然と私はそう確信し、真世に事実を話そうと決心した。男の面子上も、ただのインポと見られたくはなかった。

「すまない、きゅうに手を離したりして」

私はまず無礼を詫びてから、さりげない調子でいった。

「じつはモルヒネをのんでいる。それで完全にイレクトしないんだ」

いってしまうと、私は体を右に向け、ちょっと背を丸めた恰好になった。自然にそう動いたのだが、真世さんにすまないという気持ちと、多少の芝居っ気もあったかもしれない。

「そう、そうだったの、やっぱり……」

真世は声をつまらせ、しばらくのあいだ切れ切れに、水っぽい鼻音を聞かせた。そうしてまた真世の行動。今度はどんな姿勢なのか、どちらの手なのかもわからないが、私の首筋から背中へ、腰へと手の平が撫でて通った。それは腰よりも下へ行き、ほどほどで折り返し、始発の高みへと登ってゆく。何かいたわるような優しい手つき、たどたどしいほどの速度。それは直線的に上下するばかりか、中程では円を描き、しだいにその範囲が広くなった。

私は彼女に病名を告げていない。だから病巣がどこにあるか知る由もないわけだが、手の平はそれを知っているようだった。膵癌という悪党が縄張りとするあたり、子分どもが背部痛を撒き散らすへんを、何かを伝えるように巡回してゆく。

このまま眠るのでは、と私は思った。それでいい、そうしようと考えだしたとき、真世の手がやみ、体をくっつけてくる気配がした。ツーンと鼻にくる、化粧水のミントの香り。それを序曲にしたように真世の吹奏がはじまった。唇が私の背の、肩甲骨の真下に当てられ、吸っている。そっとそっとひそやかに触れ、そしてまた、チュウチュウ音をさせて吸っている。とめどなく唾液が湧き出るらしく、ぬめぬめと濡れた唇、舌の滑りようが軟体動物のようだった。

すごく気持ちがよかった。どうもこの期に及んで、肩甲骨の下に性感帯が出来たらしい。

ああ真世を抱きたい。真世とセックスがしたい。

だけどやっぱり、この体はどうかしている。頭の「やれよ、やるんだ」の指令が男の中枢部まで届いてくれない。わがペニスのありようは、富士登山でいえば八合目でダウンし、空しく頂上を眺めているのだ。

まあ、これは想定済みだから、落胆はしなかった。それどころか、なぜかふとドイツ語の「アジール」という言葉が頭に浮かび、とても安堵した気持ちになった——森の深くの小さな隠れ家、奴隷を庇護する教会堂、世俗に侵されない聖なる場所――。

私はそこにいるような気がし、真世への感謝の念でいっぱいになった。何かお礼がしたい、自分もよろこんで出来るものはと考え、即座に思いついたのが、このアジールにおいてお乳を吸うことだった。

私はもう自分を止められず、くるりと真世の方に半回転し、その惰力で彼女を仰向けにした。赤ん坊のようにひたむきにお乳を吸いたいが、淫してはいけない、お礼らしい節度をもたせようと、自身に命じた。そっと手をのせると、すっぽり隠れてしまうほど可愛い胸で、手の平の中心に小さな果実の感触があった。私は少し体を起こすと、その果実へと首を進め、舌を使わず短くチュッと吸うだけにしておいた。これは右のお乳に対してだったので、そっくり相似形をした左にも公平に行い、そのあと静々と真世の横に身をくっつけた。

「先生、テクニシャン」

「ありがとう」

「ヘリコプターが強風の中、二個の乳首を釣り上げていった」

この喩え、何だかとてもおかしく、噴き出した笑いが全身にひろがった。それはたちまち真世にも伝播し、私たちは笑いの波を肩口でぶつけ合った。

眠気がきざしてきた。雨は短い間奏で終わったらしく、風が木立を渡るさわさわした音が、空気の澄んだ高原を想わせた。なだらかな緑の起伏、うねうねとつづく牧場の柵、ポプラの梢にぽかんと浮かぶ白い雲……。

手がぶつかりそうになった。どちらの手も牧場を越え隣の敷地へ侵入しようとしたのだった。私は真世の左手をとり、鳩尾の上に持ってきた。真世は右腕を下にした窮屈な姿勢のまま、その手を下降させ、へその辺から加速してさらに下を目指してきた。私は腰を下へずらせようとした。そんなに急いでは終着駅に早く着き過ぎるよ。身の動きでそう伝えようとしたら、姿勢が苦しかったのか、真世のほうが手を離し仰向けになった。そして休むことなく、今度は右手が伸びてきた、すべるように速く。

そこはもう森の入口で、びっくりしたように真世の手が止まった。ためらいと好奇が指の表情に表れているようで、おかしかった。この森には案内板も散策の小道もなく、レズの彼女にとって未踏の密林なのかもしれない。もしかすると彼女、気のよわい兎になって、ヤーメタと逃げ出すのではないか。などとちらっと想像したが、ほんの何ミリか手が動き、また止まった。それは「ごきげんよう」と挨拶しているようにも、顔を覗かせきょろきょろしているようにも思えた。

それからの真世は、尺取虫のように指をすすめ、学者らしい勤勉さを表した。こんなにスローモーじゃ、森は繁茂し、広がりはしないか。私はさっきとは逆に早く終着駅へ行ってくれとねがった。

手が森と遊んでいるのに、私はふと気がついた。地表である皮膚の上に手の感触が無く、毛根をひっぱる、強弱のついたリズミカルな感覚があった。毛をつまみ、指と指でこすりあわせ、その響きを聞いているのか?

私は彼女の手によって絃になったのか。絃ならばチェロになりたい。チェロならばバッハを弾きたい……。

耳奥に無伴奏組曲の、蜂の唸りのような出だしが聞こえた。旋律はストイックなほど飾りが無く、武骨な指が弾いているようだが、一拍の休止の後ひくい暗部へと下降しかかった。

私は思わず、ううっと声を洩らした。チェロに合わせたように手がひくく伸び、ペニスをつかんだのだった。それはつかむというより、手に触れた驚きで、指がぎこちなく握ってしまった、というのが正確だろう。ともかく五本の指が筒を作り、中で私のものは直立しようとしているのだ。筒の内部は温かく、真世の指の弾力に微妙なうごめきが感じられた。

ひょっとすると、自分は出来るのではないか。ちゃんと直立すること、そしてそれを持続させること。

しかし、バッキンガムの衛兵のように起ち続けるのは無理なようで、真世の手が少しゆるむと、はっきりそれを自覚させられた。

仕方がない、諦めよう。しかし、束の間希望を持たせてくれたお礼はしなくちゃな。眠気の中に、まだ少々元気が残っていた。

仰向けのまま、私は左手を真世の腹へそっとのせ、少し下へすべらせると、近辺からしだいに遠くへと円を描いた。半ば夢の中の手の平に、ぷりぷりと跳ねかえしてくる感触があり、何周もするうちにそこが、無辺の原野のように感じられた。これがもしピアノだとしたら、キーに分化する前の一枚の円盤にちがいなく、たった一打で歓喜の頌歌を響かせるだろう。

無辺の原野の意外に近くに森があった。地下水が豊かなのか木々が密生し、白磁を思わせる平地から来ると、濃い緑に目がくらくらとした。私の指はそのように連想し、森の中に分け入った。私はもうほとんど眠っていた。森の奥に泉が湧いていなければ、五秒も覚めてはいなかったろう。私は少し意識清明になり、泉がこんこんと湧くさまを思い浮かべた。水が地面に溢れ、まわりの草花をひたし、水面へ伸びた枝に小鳥がならび羽をやすめている。

そんな情景の中に私自身も水辺へ近づこうとしている。つまり、私の好色さが泉へと向かわせるのだが、このとき瞼に一頭の一角獣が現れた。馬に似た体形の、伝説にしかいないはずの動物が水のほとりへよろぼい出てきた。長く尖った角、純白の体毛、キリンより速い脚力……。そんなものをすべて失ったのか、このものの角はこぼたれ、皮膚は黒くたるみ、足取りは鎖をつけたように重い。


獣が水を飲みはじめた。こればかりは勢いがよく水しぶきを散らすほどだ。

ああ君は長い長い歳月、旅してきたんだね。

話しかけるが返事はなく、また声をかける。

君は無辺の原野の道なき道を、一人歩いてきたんだね。

やっと顔を上げ、ひと呼吸すると私の方を何かいいたそうに見た。もっと水を飲んでいいかなとその目はうったえていた。

いくらでもお飲みよ。ミネラルをたっぷり含んでいるから君の疲れをいやしてくれるよ。

私は彼をもっと安心させるため、こうもいった。

この泉は海につながっている。すぐそこが海だよ。どうだ塩っぱいだろう。

私は調子に乗ってこんなこともいった。
その海の水の何パーセントかは真世さんの泉から溢れ出たものだ。どうだ、甘いだろう。と、このとき、どこかから歌が聞こえてきた。海の向こうからか、真世さんの森からか、タイルの壁のあちらからか、そんなことなどどうでもいい、私の耳は確かに聞いたのだ。

松原遠く消ゆるところ
白帆の影は浮かぶ
干網浜に高くして
鷗は低く波に飛ぶ
見よ昼の海
見よ昼の海

浪漫法律事務所は、大学の後輩で修習生時代から事務所に出入りしていた弁護士が引き継ぐことになった。いつも用が無いのにやって来てなかなか帰ろうとしないので、三度に一度は鞄を持たせ居酒屋へ連れて行った。私が丸の内へ引っ越すと思っていたらしく、本も什器もすべて使えばいいというと「ええっ」と絶句し、私の顔をまじまじとみた。体重が五キロ減り、このところ頬も目立ってこけてきている。これは見破られるなと直感し、同業者に対し初めて事実を告げた。するとと彼は窓の方を指し、「あの看板を継がせてください」と目に涙をためて申し出た。私は「まあ、いいだろう」と勿体ぶった調子で承諾した。

見た目ばかりか、全体的に弱ってきたのがよくわかる。モルヒネのおかげで肉体の苦痛はやわらいでいるが、下剤を併用しているから腹によくないに決まっている。朝食は、真世も伝ちゃんも活発でないので、こちらの不調が目立たないけれど、前のようにうまいと感じなくなった。サロンでも、眠気をおさえながら聞き役に回っている。もう潮時だ。契約を打ち切らねばならない。

三月二十九日に勝どきへ引っ越す予定を立てており、前日にやっと元じいに「話があるんですが」と会談を申し込んだ。真世も伝ちゃんも外出するのを待って声をかけたのだが、察していたのか、じいは厳かな表情で「わかりました」といった。

私が長椅子、じいがいつもの右斜めの席だから、向き合わないで話せるのがありがたかった。窓の外は溢れるほどの陽光が芝に注ぎ、薄橙の楠の若葉が風に揺れていた。私はほそめた目を庭に向けたまま、要点だけを淡々と話した。その間じいは「そうだったの」「うんうん」の二語を何度か発したに過ぎず、その言葉少なさから、やはり事態を予測していたのだと察せられた。

「そういうわけで、契約はあと五か月残っております」

いいながら私はハンドバッグから金の包みを出し、「これ、残りの家賃です」といって渡そうとした。じいは、これも予測していたのだろう、即座に私の眼前に両手を突っ張らせ、峻拒の態度を示した。

「私に帰すべき事由によって契約不履行が生じたのです。責任を持つのは当然です」

「契約書に、そんなこと書いてないよ」

「じい、契約書なんか存在しないでしょ」

「この領地においては、朕が契約書である」

「ははあ。して私はどうすればよろしいか」

「君の一番好きな人にあげたらどうかね」

「その一人であるおふくろには、十分礼をしてありますので」

私は、これも想定しておいた考えをじいに提案した。夫人の遺産を恵まれぬ人に贈った、あの先例にならいたいといったのである。元じい、今度は手をぱちんと鳴らし「それはいい、基金の口座を教えよう」と椅子を立ち、三枚の振込伝票を持ってきて私に写させた。伝票を見ると、じいは毎年寄付を続けているようだった。

「大変お世話になりました」

一礼して立とうとすると、じいが「一つお願いがある。あれを置いてってくれないか」とヴェランダに出したブーゲンビリアの鉢植えを指さした。ここへ運んで来た頃は薄桃色の可憐な花びらをいっぱいにつけ、寒くなって室内に入れてからは、色が透きとおるような白にかわった。それでも冬の間じゅう夏に負けないほどの花をつけ、今はしばし休息のときを送っている。

「あれ、もらってくれるのですね。どうか大事にしてやってください。渋谷で街娼をして捕まった女性がくれたものです」

「そうだったの。そのひと、きっと気立ての優しい人だろうね」

じいは自分の言葉に感得したように、うんとうなずき、さっと自室へ戻っていった。

この日、カジモドへ行こうと夕方早く銀座に出、腹ごしらえに湯葉入りの中華粥を食べ、しばらく銀ぶらをした。もう日本の文化圏で無くなった表通りは避け、裏通りを歩いた。桜の開花はまだ先になるらしいが、暖かな夕べで、大気に花の匂いが微かにあるのを、病んだ体が感じとった。これが銀座の見おさめと思うからだろうか。どこかからあの歌も聞こえるようだ。おふくろの十八番の「東京ラプソディ」。

「花咲き花散る宵も　銀座の柳の下で　待つは君ひとり　君ひとり　逢えば行くティールーム」

カジモドも今宵が最後になるだろう。夜間出歩いておふくろに心配をかけたくないし、だいいちそんな元気、もうありはしない。それにしてもこの店、私がときに陥る夕暮のメランコリーを、いつも優しく受けとめてくれた。

最初は誰に聞いたのでもなく、開いたばかりのところへふらりと入って行くと、マスターが真世にしたように、カウンターから腕を伸ばし通せんぼをした。「ここは会員制です。ドアに表示してあります」。私は足を止めず奥へ進み、これ以降指定席となる椅子にとりついた。「そんな看板見なかったよ」「木のプレートですよ」「落っこちたんじゃないの」。マスターは確認のために出て行き、あごを尖らせて戻ってきた。「プレート、ついてた?」「どうぞおかえりください」「わかった。ところでこの店、レコード何枚ぐらいあるの」「LPとSPで五千枚」「へえーそんなにあるのなら、一人でも多くの人に聞いてもらったら」「余計なお世話です」「どうだろう、一曲、マスターの好みの曲かけてみては」「あなたに関係ないでしょう」「曲の名と演奏者を私が当てたら、この店は新しい会員を獲得することになる」。ポーカーフェイスというのか、表情を頬に閉じ込めたような顔に微笑が浮かんだ。音楽に関し、私は広く浅くしか知らず、ジャズはなおさらだったから、次にどんな手を打とうかと考えはじめた。あれっ、この曲ぐらいは俺も知ってるぞ。マスターがポピュラーなのを選んでくれたんだ。

「デューク・エリントン、A列車で行こう」

「結構です。お飲み物は」

あれからもう十年になる。月に一度は来て二時間ほど過ごすが、マスターとは音楽のことしか話さない。彼が女房持ちかどうか私は知らないし、私がバツイチの独り者であることを話したこともない。つまりここではありふれた日本語は交わされないのだ。

誰も客のいないことが今日はとくにありがたかった。音の即興詩と言葉少ないマスター。この店のあるべきたたずまいの中、ジョン・コルトレーンがテナーサックスを奏でていた。

都会風な歯切れのよい曲の次に「コートにすみれを」がかかった。

手をつなぎ春の野を行くような、スローなテンポ。すみれの花のようにやさしい旋律は遥かな初恋の日々を追憶しているようだった。聞いてると、だんだん耳の中で音がふくらみ、どこからかほのかな花の香りと活き活きした会話を運んでくる……。

これはそう、この音楽の醸す半ば夢のような情景は、あの春に一度見て、私の記憶にずっとしまってあったものだ。

そう、三十年前のあのとき、自分と杉森豊との会話はこんな風に始まったのだ。

「きみ、君の名を教えてくれないか。僕、すぎもりゆたか、木の杉に、上野の森に、豊作の豊」

「僕はももたそうへい、百の田に、草に平ら」

「百田君、僕、おやじの転勤で福岡に引っ越すことになったんだ。それでね……」

顔を合わすようになって丸一年、やっと名前を知ったと思ったらもう別れ話なのか。緊張のためか、いつもはくりっとした目をしょぼつかせ杉森はこんなことをいった。

「失礼と思うけど、レコードを一枚もらってくれないか」

「僕にレコードを……」

「ハイフェッツが弾くベートーヴェンのヴァイオリン協奏曲なんだけどね」

杉森はちょっと口ごもり、それから早口に次のような説明をした。今年の誕生日にたまたまおやじと従兄が同じ曲をプレゼントしてくれ、一枚は新しいまま置いていた。とても素晴らしい演奏で眠らせておくのが惜しくてたまらない。そこへおやじの転勤が決まり、そうだ彼にもらってもらおうと頭が閃いた。彼と自分が一枚ずつこの名盤を持つのはとても素敵なことではないだろうかと。

杉森はそれだけいうと、円い目がもどり、頬にえくぼを浮かべた。

「だけど百田君、これ、押しつけにならないだろうか」

「そんなことないよ。僕、音楽大好きだもの」

二人はその日の二時に同じ場所で会う約束をし、それぞれ自分の中学に向かった。

卒業を間近にして学校は午前で終わり、帰ろうとしていると隣の席から「二時よ」と、小声ながら叱りつけるような声が聞こえ、私は「う、うん」とつられて返事をした。そういえば隣の浜田邦子と今日の二時に日劇前で会い映画に行く約束をしていたのを、先刻杉森と新しい約束をしたため、ころっと忘れてしまったのだ。

家への帰り道、二時に行くのはテニスコートの横と決めた私は、仮病を使うことにした。昼食におふくろ十八番のカレーを食べながら、杉森とのことも邦子との約束も洗いざらい話し、「母さん、すまないけど腹痛でいけないと断っておくれよ」と頼み込んだ。

「しょうがないね。杉森君の電話番号は」

「ちがうったら。断るのは浜田邦子のほうだよ」

「えっ、あの子を振るの。全校一美人のあの子を」

「母さん、僕は女の顔より男の友情を大事にする人間だからね」

おふくろはふーんと鼻を鳴らし、大仰に後ろにのけぞった。それから妙に張り切った足取りで電話の方へ歩いていった。

私はこんな日こそお洒落をと衣類の全部を頭に浮かべ結局一番ましな、朝と同じ詰襟にした。二時少し前にコートの横に着くと杉森はもう来ていて、私を公務員宿舎へと誘った。そこは広い敷地に二階建ての共同住宅が何棟かゆったりと建ち、そちこちに葉の繁った常緑樹がこんもりと蔭をつくっていた。

杉森は中庭の一つに入り、奥の方へ足を進めた。煉瓦で囲った花壇が二つ、一つには三色すみれ、もう一つにはチューリップがにぎやかに花ひらき、その先が休憩所になっていた。そこは木のテーブルを挟んでベンチが向かい合い、上は藤棚なのか粗い目に竹が組んであった。

ベンチに並んで腰を下ろすと、すぐに杉森は手にした紙袋からレコードを取り出し、私に渡さず自分の耳に当てた。

「ああ、いい音がする」

目をつむり、たまらないという風に首を振ってから「どうぞ、百田草平君」と両手で差し出した。それを私は同じように耳に当て、じっと聞くふりをした。

「杉森君、大発見。ベートーヴェンって、とても静かな音楽を作るんだね」

「うん、そうだね。そういう風に聞けば、第九も静かだろうな」

杉森はひとしきり声を立てて笑ってから、「福岡なんかに行きたくなくなったな」としんみりした調子でいった。

「でも博多にはハタというとっても美味しい魚があるってね」

これはさっき杉森の話をしたとき、福岡と聞いておふくろがとっさに口にした言葉だった。

「君、よくそんな暢気なことがいえるね。だけど僕はもう引き返すことが出来ないんだ。頭がこれだからさ」

杉森は普段着に着替えているのに学帽をかぶっていた。変だなと思っていたのだが、帽子を取るとくりくり坊主が現れ、私は思わず目をみはった。杉森がいうには入学の決まったあちらの学校が坊主頭を奨励していると聞き、一大決心で刈ったのだそうだ。

「百田君、これ、僕に似合わないだろう」

「いや、そんなことは……」

私はこんな生返事では不誠実だと思い、腰を上げて向かいのベンチに回り、とくと頭を観察した。この日は四月も飛び越して初夏になったような陽気で、竹の隙間から注ぐ陽に照らされ、つやつや青光りしている。白のワイシャツ、緑のチョッキともぴったりと似合い、穢れなき少年僧といった感じもした。

「杉森君、その頭、とってもいいよ」

「ほんとう? 僕はね。全体をもう少し伸ばし前髪だけ長くしてぱらりと垂らそうと思うんだけど、どうだろう」

「君の高校、男女共学かい。君の身が心配だな」

そのとき「ユーちゃん」と呼ぶ声が中庭の向こうから聞こえ、背のすらりとした女の人が歩いてきた。

「あれ、うちの母さんだよ。君、母さんの腹を注意して見ていてくれよ」

杉森のお母さんは軽やかな足取りでお盆を運んで来て、ポットから紅茶を注ぎ、ショートケーキの皿と一緒に私の前に置いた。そうして、前に屈んでかぶさった髪を無造作にかき上げ、「どうぞ召し上がれ」と、にっこり笑いかけた。面長な、最近覚えた臈《ろう》たけたという形容がぴったりの顔の中で、目が悪戯っぽく光っていた。

「男はやっぱりロマンチストね。おはようだけで一年付き合えるんだもの。女だったら二日目にはお喋りを我慢できなくなるわ」

お母さんはそれだけいうと、さっとその場を離れ姿勢よく歩み去った。

「百田君、母さんの腹、見てくれた？」

「あっそうだ、お腹、見ることになってたよね」

「母さん、赤ん坊が出来るらしいよ。僕の第六感だけどさ」

「そんなこと、第六感でわかるのかなあ」

「ハミングでよく、眠れよい子よを歌ったり、いやに優しくするからね」

「君、一人っ子？　僕は妹がいる」

「弟か妹が出来たら、僕は世界を放浪する」

「君はお役人か政治家になるんじゃないの」

「それはイヤだ。断乎ことわる」

杉森は拳を高く上げ、その手を下ろすとショートケーキを摑み、半分以上をほおばった。私はといえば、フォークで慎重に切れ目を入れ持ち上げようとして上の苺を落としそうになった。思わず杉森を見ると、もう食べ終わり、舌を一周させて口のまわりを綺麗にしていた。私は彼の五倍は時間をかけてケーキを上品に食べ、「紅茶、もう一杯どう」といわれ、「はい、いただきます」と上品に返事した。

紅茶を飲み終えると私は虚飾を捨て、「君の顔、スケッチさせてくれよ」と乱暴にいい、デパートの紙袋からスケッチ帖と鉛筆入れを取り出した。

「僕の顔を？　それはいいけどこの頭がね」

「気にしない気にしない、そのままそのまま」

そういわれてもよく描かれたいと思うのか、杉森はハンカチで頭を拭い、目をぱちぱちさせた。彼の顔については一年の蓄積があるのと、スケッチの構想も出来ているので、いまさら観察の必要もないほどだった。ただ困ったのは長い髪をイメージしていたから、そこをどうするかであった。

描きだして間もなく、「君は将来何になりたい」と杉森が難しい質問を発した。一番なりたいのは作曲家であるが、誰のどんな曲が好きと聞かれた場合、シューベルトの菩提樹という答えで満足するだろうか。そこで私は二番目の志望を一番に回した。

「作家になりたいんだ」

「誰のどんな作品が好き?」

「北杜夫の『どくとるマンボウ』とかスタインベックの『赤い小馬』とかかな」

「それじゃ、スターリング・ノースの『はるかなるわがラスカル』も読んだろう」

「うちの猫はラスカルという名前だよ」

「すると君んちの雄猫もピカピカ光るものなら何でもくわえてくるのかい」

「そんなことするどころか、目の前にヤモリがいても知らん顔してるよ」

「きっと丸々肥ってるだろうな。僕の船に乗せて一緒に旅をしたいな」

「ラスカルは気位が高いから、せめて百トン以上の船に乗せてやってくれよ」

「これマジな話だけど、僕はたぶん貨客船の船長になると思う。船が君の好きな港に寄ったときは絵葉書に一行の詩を書いて送るよ」

「マルセーユに着いたらどんな詩を書くの」

「この港町では……きっと、明日は詩が書けるだろうってね」

「ブエノスアイレスでは」

「この港町は……絵葉書に字を書くと、たちまち消えてしまう」

杉森の貨客船が私の一番好きなカサブランカに着くまでにスケッチが完成した。私は杉森の方に回り、いったん閉じた頁を彼の前にぱっと開いた。

「ああ、ああ……百田君」

杉森は声をつまらせ、自分の画像に見入った。そこには、坊主頭が少し伸び前髪だけがぱらりと垂れた、近未来の彼が描かれていた。杉森は椅子を立ち私と向き合った。

「ありがとう、百田君」

「こちらこそ、杉森君」

私たちはしっかりと握手し、互いに相手の顔を目に刻みこもうとするように見つめ合った。

こうして二時間ほどが束の間のうちに過ぎ、別れるときがきた。杉森に「家に上がっていって」といわれ、私もそうしたいのに、「僕、行かなくっちゃ」と答えていた。紅茶を二杯飲んだためか小便がしたくて我慢できず、それが恥ずかしくて言い出せなかったのだ。別れ際に「それじゃ元気でね」ともう一度握手したとき、互いに「君……」と同じことを口にし、結局黙ってしまった。

私は杉森の連絡先を聞きたかったのだが彼も同じ気持ちではなかったろうか。

いま、三十年余を経て思い返すと、自分が敢えてそれを聞かなかったのは心の底にそうさせるものがあったからだと思う。大事な大事な宝物を篋底《きょうてい》にしまっておくように、あの目くるめく光に満ちた一年を至純のままに秘めておきたかったのではあるまいか。相手が男であるだけなおさらに。

こうして杉森豊は甘い回想の中で生きているが、月村と風間の場合、十二年ののち再会し、肉体的にも結ばれる成り行きとなった。

おそらくあの二人は、強盗事件がどう決着しようと、簡単に別れることは無いだろう。

そんなことを想うにつけ胸がちくちくと痛くなり、かなしみに似たものが溢れるほどにこみ上げてきた。

私はウイスキーをぐいと呷り、レコードに耳を傾けた。初めて耳にする旋律なのでマスターにジャケットを見せてもらった。

チック・コリアのピアノにゲーリー・バートンのビブラフォン。曲目は「クリスタル・サイレンス」。

硬質な、白磁を思わせるピアノのタッチ。一つ一つどの音も、知性で濾過した言葉を話し、ビブラフォンがおおどかに受けて、印象派風のグラデーションをほどこす。

湖と空。秋色を深めつつある湖とまだ夏気分の抜けない空。この比喩は少々誇張であるけれど、湖面にただよう冷気を午後の太陽が波のきらめきに変え、見はるかす澄明な水面に空は悪戯っぽい雲の影をつくる。

チック・コリアの才気豊かなピアノがゲーリー・バートンの広やかな共鳴板にこだまして、こよなく美しい音楽を織り上げてゆく。

レコードが終わると、「いいものを聞かせてくれてありがとう」といって私は指定席を立った。

終章

百田草平は母親に膵癌を告げた三か月後、自身の予言を全うするようにこの世を去った。六月半ば、梅雨に入って間もなくの早暁であった。

三月二十九日に勝どきに戻ってから死ぬまでのことを、彼は一行も綴っておらず、カジモドで杉森豊を回想した一文が遺稿となった。治療のしようのない病を告知されたとき、残り少ない時間を面白くハードボイルドに生きようと心に決め、文章を書くときもそのことを念頭に置いた。

これからは心身の苦痛が日に日に増大するだろうと想像し、ペンを擱《お》いたのである。嘆いたりぐちったりを文章にして残すのはやっぱり柄に合わねえやと、原稿用紙も捨ててしまった。

もっとも身体の苦痛については緩和ケアのおかげでずいぶんと助けられた。薬の時間を守っても痛みが起こるときは分量を増やすことでおさえられ、腹水は利尿剤の服用で発症せず、倦怠感はこつを心得た母親のマッサージでしのげた。草平はそのつど「お代はいかほどで」とたずね、マッサージ師は「前にたくさんいただいておりますので」と答えた。死ぬ二週間ほど前にモルヒネの嚥下が困難になり精密輸液ポンプによる皮下注射に切り替えられた。また、最後の一月は訪問看護の援助を受けた。

食欲不振は衰弱の副産物だからどうしようもなかったが、一日一品、草平はわがままをいった。

「母さん、杉森豊のことを話したとき、福岡にハタという美味しい魚があるのよと教えてくれたっけ」

「そうだった？　はたとは思い出さないけど」

どうしても食いたいというと場外市場の魚屋に出かけ、刺身にしてもらい、意気揚々と帰ってきた。

「さあどうぞ、食えよ」

「食えよって、これハタかい」

「そう。ハタの別名はクエ。さあ食えよ食えよ」

この親子はとにかくさかんにジョークを言い合った。くそ真面目な人が見たら、これが死を目前にした親子のやることかと怒りだしたろう。

順一医師は日曜は必ず、ほかの日にも、医師本人の言によると「愛人のアパートに通うように」足繁く往診に来た。日曜には草平の母に水割りを作ってもらい、「お母さんの美声、すごく聞きたいです」とおだてあげ、「春のうららの隅田川」や「花咲き花散る宵も」を歌わせていた。草平も薄い水割りをあてがわれ、時間をかけて飲んだ。

そうそうクサ亀のぽん太だが、引っ越した当初は話しかけると首を引っ込め、十五年前自分を置いて結婚したことの恨みを態度に表した。しかしそのうち事態を察したらしく、飼い始めの頃より首を長く伸ばすようになった。

丸の内のＯＬになった下村女史もたびたびやって来た。彼女、短期間に人が変わったのか、来ると必ず便所掃除をやり、そんなことしなくていいといわれると、「あらわたし、これが趣味なんですよ。先生、ご存じのくせに」と言い張るのだった。

百田草平重病説が水のようにあちこちに浸透したらしく、見舞いの申し出がたくさんあった。それを謝絶する役も母親が負わされ、山名課長などかなり食い下がったようだが、「一日中、日向ぼっこの猫みたいに眠ってるんですよ」とかわされていた。

死ぬのはやっぱり怖かった。これを考えないでいられる日はなかったが、だんだん思考力が弱ってきて、草平としてはその力を一点に絞らねばならなくなった。いまわの際に何といっておふくろを笑わせようか。もう、そればかりを考えるようになった。

けれど肝心のとき、草平の頭はもうろうとし、用意しといた次のセリフを発することが出来なかった。

「母さん、もう一度結婚しなよ。今度は不良っぽい男とさ。姿かたちも、身のこなしも、まだまだセクシーだもの」

著者略歴

小川征也（おがわ・せいや）

昭和15年、京都市に生まれる。
昭和38年、一橋大学法学部卒業。
昭和39～42年、衆議院議員秘書を務める。
昭和43年、司法試験合格。昭和46～平成19年、弁護士業務に従事。
著書＝エッセイ『田園調布長屋の花見』（白川書院）、
小説『岬の大統領』（九書房）、
『湘南綺想曲』『KYOTOオンディーヌ』『恋の鴨川 駱駝に揺られ』
『先生の背中』『老父の誘拐』（作品社）。

花《はな》の残日録《ざんじつろく》

二〇一七年二月二〇日 第一刷印刷
二〇一七年二月二五日 第一刷発行

著者 小川征也
装幀 小川惟久
発行者 和田肇
発行所 株式会社 作品社

〒一〇二-〇〇七二
東京都千代田区飯田橋二ノ七ノ四
電話 (〇三)三二六二-九七五三
FAX (〇三)三二六二-九七五七
振替 〇〇一六〇-三-二七一八三
http://www.sakuhinsha.com

本文組版 米山雄基
印刷・製本 シナノ印刷㈱

ISBN978-4-86182-622-1 C0093

◆作品社の本◆

小川征也
Ogawa Seiya

湘南綺想曲

七十歳の独居老人が、ある日偶然に一人の奇妙な男と出会う。……ユーモアの中に巧みにペーソスを盛り、俗のうちに純粋さを浮き立たせ、湘南を舞台に言葉の綺想曲を展開する。

KYOTOオンディーヌ

八分の煩悩と二分の純心。現世の欲望と色欲にまみれた業深き男たちが織り成す恋と欲動のアラベスク。多彩な夢と快い眠り、美しい姫たちが紡ぐ目くるめきミステリアス・ロマン。

恋の鴨川 駱駝に揺られ

アラブ青年と美貌の京都市長。砂漠の星空から古都の風物まで取り込んで、東日本大震災のがれき処理を巡って繰り広げられる恋と正義の波瀾万丈の物語。

先生の背中

楡先生、七〇歳、元裁判官、片桐有紀、五五歳、料理名人。モーツァルトの音楽で出会い、恋の魔法にかけられる。―こんなキュートな大人の恋愛小説を読んだことがない。川村湊氏推薦

老父の誘拐

次期総理最有力候補の老父が何者かに誘拐される。不意の事件によって暴かれる日常の虚飾の現実。人にとって本当の《真実＝大事なもの》とは何か？　富岡幸一郎氏(文芸評論家)推薦